AF280598

Natalie Hennig
ist aufgewachsen und lebt in der Hansestadt Hamburg.
Mit ihrem Debüt, der Dilogie „BROKEN" &
„UNBROKEN" veröffentlicht sie ihre Romane im
Self-Publishing.

NATALIE HENNIG

ESCAPE

Die Last der Vergangenheit

Roman

Lektorat:
Lektorat Zeilenkleid – Nina Krönes
www.lektorat-zeilenkleid.de

Korrektorat:
Anett Mitzschke

Coverdesign:
Kuki Design – Monique Gärtner
www.kuki-design.de & Natalie Hennig

Copyright ©Natalie Hennig 2023
ISBN 9783757808518
Herstellung und Verlag: BoD – Books on Demand,
Norderstedt

www.natalie-hennig.de
Instagram: nataliehennig_schreibt
Facebook: Natalie Hennig
Email: natalie.hennig@outlook.de

*Für alle Kämpfer*innen da draußen.*
Ihr seid stark.

PROLOG
Freya

Nässe sickerte in den Stoff meiner Bluse, während die dicken Tropfen an meinem Körper hinab rannen und sich eisige Kälte langsam durch meine Haut fraß. Barfuß stand ich auf dem Asphalt vor dem Luxusrestaurant *Poderoso,* von dem hohe Flammen emporschlugen. Dort, wo meine Geschichte begonnen hat, schwebte nun dicker Rauch und verschluckte jede Erinnerung an die Dinge, die in diesem Gebäude passiert waren. Jetzt war meine Chance gekommen, denn bald würde er wissen, was ich getan hatte. Vielleicht wusste er es bereits. Meine Finger krampften sich um das Feuerzeug, welches ich in meiner Hosentasche fest umklammerte, während ich mich unruhig umsah. Die Gefahr hing über mir, wie die dunklen Rauchschwaden über dem Haus. Hin- und hergerissen von dem Wunsch, endlich frei zu sein und der Angst vor dem, was kommen würde, stand ich da und starrte in das Feuer. Aus weiter Ferne ertönte Sirenengeheul, weswegen ich kurz die Augen schloss, und das Gesicht in Richtung Himmel reckte. Regentropfen trafen auf meine Haut.

Wie so oft sehnte ich mich danach, damals andere

Entscheidungen getroffen zu haben.

Dieser Wunsch war alles, was ich wollte, doch er würde sich nicht erfüllen. Mein Schicksal war besiegelt worden, als ich ihn vor zwei Jahren in dem Restaurant traf, von dem bald nur noch Asche übrig sein würde. Unglücklicherweise fühlte es sich nicht ganz so befreiend an, zu sehen, wie das Feuermeer seine Existenz verschlang.

Tief in mir wusste ich, dass ich ihn nur noch wütender gemacht hatte. Nicht nur, weil ich sein erfolgreichstes Geschäft zerstört hatte. Die Tatsache, dass ich so oft versucht hatte, ihn seiner Taten zur Rechenschaft zu ziehen, hatte ihn erbost. Jetzt, wo ich nicht mehr da war, wird der Zorn ihn von innen auffressen. Zwei Entscheidungen in meinem Leben hatten mich hier hergeführt. Die erste, an dem Tag, an dem ich zusagte, seine Frau zu werden. Gott, es war der schönste Moment meines Lebens gewesen.

Mein Herz hatte sich vor Liebe für diesen Mann gefüllt und ich schwebte wie auf Wolken. Völlig ahnungslos, dass mein Leben sich in Kürze komplett verändern würde. Die zweite, als ich mich gegen meinen Ehemann wand und zur Polizei ging. Etliches hatte ich mit angesehen.

Zu viele unschuldige Menschen, deren Leben ihm nichts bedeutet hatten. Es hatte nicht lange gedauert, da hatte ich bereits Dinge miterlebt, die für mein Gehirn kaum greifbar waren. Da waren erst die Drogengeschäfte, die uns durch die halbe Welt reisen ließen. Die heimlichen Treffen.

Bis unter die Zähne bewaffnete Männer, die um uns herum streiften wie Fliegen.

Am Anfang hatte mein Temperament mich noch Fragen stellen lassen. Mich dagegen wehren lassen, zu den Geschäftsessen zu gehen und seine liebende Frau zu spielen, während er im Hinterzimmer krumme Geschäfte drehte. Jeder Streit, den ich mit ihm führte, eskalierte von Zeit zu Zeit mehr. Bis ihm das erste Mal die Hand ausrutschte. Noch immer konnte ich mich an diesen Schmerz erinnern. Erst die Überraschung, die meine Hand nach oben schnellen ließ, um sie auf meine Wange zu drücken. Dann war es der brennende Beweis auf meiner Haut, den seine Finger dort hinterlassen hatten. Niemals hatte ich geglaubt, mich jemals so stark zu verändern, wie ich es in den Jahren an seiner Seite getan hatte.

Mein Wesen glich dem eines Gespenstes. Eines, das nur da stand. Immer perfekt und mit einem falschen Lächeln auf dem Gesicht. Die perfekte Ehefrau.

Er musste den Moment gespürt haben, als er meinen Willen gebrochen hatte, denn als die Gewalt und die Aggression in unserer Ehe Platz gefunden hatten, spürte ich mich jeden Tag ein wenig mehr schrumpfen. Zu dem Zeitpunkt begann er nichts mehr vor mir zu verheimlichen. Wir betraten Luxusclubs, in denen sie im Hinterzimmer junge Mädchen zur Prostitution zwangen. Ich hatte in meinen jungen Jahren mehr tote Menschen gesehen, als ich Finger an den Händen trug. Es machte mir Angst.

Furcht vor meinem Ehemann und die Gewissheit, dass er all das auch mit mir tun könnte, falls ich mich weigerte seinen Forderungen nachzukommen. Zu guter Letzt empfand ich Abscheu, dass ich so lange keine Kraft besessen hatte, mich gegen ihn zu stellen.

Schweigend stand ich an seiner Seite, bis ich irgendwann schlichtweg abstumpfte, kalt und gefühllos wurde – wie er. Dinge, die er von mir verlangte, führte ich ohne Gegenwehr aus. Zu oft hatte ich mit angesehen, was passierte, wenn man sich ihm widersetzte. Die Angst, die tief in mir verankert war, ließ mich einfach nicht los.

Abermals schloss ich die Augen und sah ihn vor mir. Es war so real und fühlte sich an, als wäre es erst gestern geschehen, dass ich das kalte Messer auf meiner Haut spürte. Wie in Trance sah ich das heiße Blut meine Oberschenkel hinab laufen. Hasserfüllt und voller Gier lag der Blick meines Ehemanns auf dem roten Rinnsal, das von der Klinge abtropfte. Die Schmerzen ertrug ich, ohne eine Regung in meinem Gesicht. Etwas in mir hatte sich damit abgefunden. Nach so viel Pein schien mein Körper nicht mehr bereit zu sein, ihm die Genugtuung zu geben, indem er ihm den Schmerz zeigte. Als stünde ich neben mir, sah ich auf mich herab und nahm die Szene unter mir wahr. In mir bildete sich der unbändige Wille, dieser Qual endlich ein Ende zu setzen.

Entschlossen riss ich die Augen wieder auf, um der Vergangenheit zu entfliehen, die in meinem Kopf weiter lebte und bewegte mich langsam von der flammenden Hölle fort.

Die ersten Feuerwehrfahrzeuge erreichten das Restaurant. Bevor mich jemand sah, drehte ich mich um und lief in die entgegengesetzte Richtung. Ließ alles hinter mir, was dieser Mann mir jemals angetan hatte und hinein in ein Leben, von dem ich nicht wusste, was es für mich bereithalten würde.

KAPITEL 1
Freya

2 Wochen später

»Miss?«

Mit dem Kopf am Flugzeugfenster gelehnt, starrte ich auf die Wolken hinaus. »Miss, wollen Sie etwas zu trinken?«

Die Stimme drang durch meine Gedanken und ich riss den Blick von der endlosen Weite da draußen fort. Entschuldigend nickte ich der Stewardess zu und bestellte eine Cola.

Hinter mir lagen bereits etliche Stunden Flugzeit, direkt aus meiner Heimat Seattle nach Edinburgh. Warum ich gerade Schottland für meine Flucht ausgesucht hatte, wusste ich nicht. Es gab keinen speziellen Grund dafür. Hauptsache so weit wie möglich entfernt von zu Hause.

Ich hatte mein Verschwinden bis ins Detail geplant. Denn es war nicht nur die Angst vor meinem Ehemann, die mich verfolgte. Nein, auch das Misstrauen gegenüber der Polizei hatte mich dazu bewogen, das Weite zu suchen. Es waren Dinge geschehen, die mich an der Polizei und dem FBI zweifeln ließen.

Von Tag zu Tag spürte ich die Skepsis mehr in mir

wachsen. Sie benutzten mich als Spielfigur, die sie willkürlich dort platzierten, wo sie wollten.

Die vielen gescheiterten Versuche, die schrecklichen Dinge der Polizei zu melden, hatten mich jedes Mal in Lebensgefahr gebracht. Niemand hatte mir glauben wollen. Deshalb hatte ich den Entschluss gefasst, abzuhauen. Vor zwei Wochen war es dann so weit gewesen. Der Plan stand.

Vor vielen Jahren, bevor mein Vater starb, hatte er eine Menge Geld auf einem Konto für mich angelegt. Für deine Zukunft hatte er immer gesagt. Aus irgendeinem Grund hatte ich meinem Ehemann nie von diesem Geld erzählt. Ich ließ das Konto auf den Namen meiner Mutter laufen, weil ich schon damals spürte, dass es besser so war. Das hätte mir mehr zu denken geben müssen, aber ich war blind vor Liebe. Jetzt war ich froh, dass mein Ehemann nichts von der Existenz des Kontos wusste. Dieses Geld ermöglichte mir meine Flucht. Einen Ausweg. Denn hier im Flugzeug, über den Wolken, das Meer unter mir, spürte ich das erste Mal Erleichterung.

Auch wenn ich meine Familie und meine Freunde zurückgelassen hatte, wusste ich, dass es das Richtige war, was ich tat. Dieser Ort, den ich für meine Flucht ausgesucht hatte, schien für mich perfekt.

Vermutlich weil dieses Land, von dem alle sagten, dass es mystisch sei, mit einer Großstadt wie Seattle, nichts gemein hatte.

Außerdem hegte ich die Hoffnung, dass die Dinge,

die mir passiert waren, mir in Edinburgh unwirklich erscheinen würden.

Frei nach dem Motto: Aus dem Auge, aus dem Sinn. Ein böser Traum, sonst nichts. Damit ich innerlich endlich wieder zur Ruhe kam. Dass ich mich nun hier befand, glich einem Wunder.

In mir trug ich diese Hoffnung, dass der Neuanfang mein altes Leben in die Ferne rücken würde und dass aus all den Geschehnissen, nur noch dunkle Erinnerungen wurden. Dass das Feuer, welches ich gelegt hatte, um endlich einen Ausweg zu finden und die Angst hinter mir zu lassen, nicht umsonst gewesen war.

Leider hatten die Flammen nicht alles unter sich erstickt und zu Asche gemacht. Ganz im Gegenteil. Mein Verschwinden war jetzt präsenter als je zuvor. In den zwei Wochen, in denen ich bei meinem besten Freund untergekommen war, hatte ich gesehen, dass die Zeitungen voll damit waren.

Mein Ehemann spielte den Unschuldigen. Behauptete, er hätte mich fürsorglich in eine Psychiatrie gegeben, damit mir geholfen werden könnte. Er war Meister darin, die Fakten zu seinen Gunsten auszulegen. Alle glaubten ihm, was ein weiteres Zeichen für mich war, der Polizei nicht zu vertrauen. Es zeigte mir, dass ich bei ihnen nicht sicher war und auf mich selbst aufpassen musste.

Mein Blick glitt zu dem Mann neben mir. Ben Davis. Braunhaarig, groß und kräftig. Mein Beschützer. Ihn hatte ich für meine Sicherheit engagiert und mit dem

Geld meines Vaters bezahlt. Doch so wie er neben mir im Flugzeug saß, zweifelte ich, dass er mich in einer Gefahrensituation wirklich schützen konnte. Sein Gesicht war zur Seite gefallen und er schlief tief und fest. Sein Mund stand ein wenig offen, sodass kleine Schnarchgeräusche daraus hervorkamen. Es wäre ein Leichtes für mich, über ihn zu klettern und mich davon zu machen.

Ja, es gab wirklich niemanden, der auf mich aufpassen konnte, nur ich selbst.

Die Stewardess brachte mein Getränk und lenkte meine Aufmerksamkeit fort von ihm. Sie lächelte, aber etwas stimmte nicht in ihrem Ausdruck. Es waren ihre Augen. Sie kamen mir traurig vor und ich überlegte, ob auch sie sich hinter einer Maske versteckte. Nur aus einem anderen Grund, als ich es tat.

»Bitte«, sagte sie und beäugte dann meinen Sitznachbar. Mehrere Sekunden blickte sie auf den schnarchenden Mann hinab, hob dann jedoch den Blick und sah mir direkt ins Gesicht.

»Möchten Sie was für ihn mitbestellen?«, fragte sie mich und ich bestellte noch eine Cola. Nickend stellte sie die Dose vor den schlafenden Ben auf den ausgeklappten Tisch vor ihm und wand sich dann lächelnd ab, um zum nächsten Passagier hinüberzugehen. Kurz sah ich ihr hinterher, bevor ich den Blick auf meinen Schoß legte. Meine neue Identität, sie lag in meinen Händen. Nachdem ich entschieden hatte, vor meinem Ehemann zu fliehen, hatte ich eine Welle losgetreten, die so groß war wie Mexiko.

Auch wenn ich keine wirklichen Beweise vorzulegen hatte, wünschte ich mir, dass man meinen Ehemann seiner Taten zur Rechenschaft zog.

Doch das musste warten. Meine Priorität lag darauf, am Leben zu bleiben. Samuel Lopez, mein Noch-Ehemann, war einer der reichsten Männer Seattles.

Seine Luxusrestaurants *Poderoso*, was auf Spanisch mächtig heißt und mir damals schon eine Warnung hätte sein müssen, waren die gefragtesten Locations im ganzen Bundesstaat Washington. Alles, was Rang und Namen hatte, fand man dort. Mich allerdings hatte der Zufall in eines der Restaurants gebracht und mit dem Besuch hatte ich den Stein ins Rollen gebracht.

Das Schicksal hatte seinen Lauf genommen.

Wie an einem Anker hielt ich mich an meinem neuen Pass fest. Durch meinen besten Freund Richie hatte ich eine neue Identität erhalten. Er ist ein leidenschaftlicher Hobby-Hacker, sodass es für ihn ein Leichtes gewesen ist, eine neue Person aus mir zu machen. Meine Finger zitterten leicht, als ich das schwarze Heft aufschlug und mein Foto mich daraus anstarrte. Ohne Zweifel war ich dieser Mensch auf dem Bild und doch erkannte ich mich nicht wieder. Die dichten roten Haare auf eine Seite gekämmt, die braunen Augen fest auf die Kamera gerichtet. Auch wenn man es ihnen nicht ansah, sie hatten bereits Folter, Tod und Verlust gesehen.

Mein Blick glitt von meinem Foto fort, hinüber zu dem Namen, der mir so fremd war. *Letiza Ortello.*

Richie hatte sich selbst übertroffen. Er war so weit weg von meinem Namen, dass selbst ich mir fremd vorkam. Dieser Pass würde mir die Möglichkeit geben, Schutz zu finden. Sei es auch nur für ein paar Tage. Irgendwann und das wusste ich, würden mich die Männer von Samuel finden, auch mit Personenschutz und so weit weg von zu Hause. Doch bis dahin würde Samuel vielleicht einen Fehler machen und es gäbe Beweise, die ihn in die Knie zwingen und ein für alle Mal ans Messer liefern würden.

Wieder blickte ich aus dem kleinen Fenster hinaus und sah, dass es zu regnen angefangen hatte. Wahrscheinlich würde mich das Land was mir so fremd war, mit schlechtem Wetter empfangen.

Da konnte ich von Glück sagen, dass mich zwanzig Jahre verregnetes Seattle, abgehärtet hatte. Vor mir lag eine schwere Zeit, das wusste ich. Alles würde damit beginnen, in einem mir völlig fremden Land, zusammen mit einem fremden Mann an meiner Seite, zurechtzukommen. Das war schon schwer genug.

Nach der Durchsage, dass die Flugzeit noch etwa eine halbe Stunde beträgt, erhob ich mich, um ein letztes Mal zur Toilette zu verschwinden. Den schlafenden Ben Davis ließ ich zurück und die Tatsache, dass er selbst dann nicht wach wurde, hinterließ ein mulmiges Gefühl.

Kopfschüttelnd lief ich durch die Gänge und die rote Anzeige am Waschraum sagte mir, dass dieser belegt war.

Also lehnte ich mich an die gegenüberliegende Flugzeugwand und wartete darauf, dass die Person, die vor mir darin verschwunden war, den Raum freigab.

Mit einem leisen Klicken öffnete sich die Tür und ein Mann trat heraus. Unwillkürlich stieß ich mich leicht von der Wand ab, um mit ihm zu tauschen.

»Guten Abend.« Obwohl ich nur schnell die Toilette benutzen wollte, stockte ich bei dem Klang seiner Stimme. Dunkelheit drang aus jeder Silbe seiner Begrüßung und ich blieb abrupt stehen, um zu sehen, wer da aus der Kabine gekommen war.

Es war einer dieser Kerle, die einen Raum betreten konnten und es schafften, jede Aufmerksamkeit dabei auf sich zu lenken.

So wie - und ich gestand es mir ungern ein - meine.

Regungslos stand er immer noch da und sah mich an, als wartete er auf eine Erwiderung seiner Worte.

Wie eine Wand ragte er vor mir empor und ich spürte seine Größe in jeder Faser meines Körpers. Ein eiskalter Schauer lief mir den Rücken hinab. Er war komplett in Schwarz gekleidet. Lässig fuhr er sich durch die hellen blonden Haare, die ihm bis zu den Schultern reichten. Sein Blick lag fest auf meinem und das machte mich nervös. Unwillkürlich dachte ich, dass ich diese Farbe – ein helles Blau, was seine Iris umzog - noch niemals zuvor gesehen hatte. Wie ein See, der im Morgengrauen erleuchtet wurde. Ich schüttelte leicht den Kopf. Irgendetwas ließ mich an seinem Anblick hängenbleiben. Normalerweise hätte ich mich niemals auf eine solche Schwärmerei eingelassen, doch ich hatte schon so lange keinen Mann mehr gesehen, der so attraktiv war. Stockend korrigierte ich mich. Ich hatte noch niemals einen Mann gesehen, der so aussah. Samuel war mehr der elegante Business-Typ gewesen. Ganz anderes als dieser rohe Mann, der dort stand. Seine Augen brachen aus dem dunklen Schwarz seiner Kleidung aus, wie gefrorenes Eis. Sie fesselten mich und diese eiskalte Farbe brannte sich tief in mein Innerstes.

»Geht es Ihnen nicht gut?« Seine Stimme drang zu mir durch und sein Blick war auf mein Gesicht gerichtet. Unwillkürlich schlug mein Herz schneller.

Ich spürte, wie das Blut mir durch die Adern schoss, und Angst legte sich wie eine eisige Faust um meine Eingeweide. Der Blick des Mannes war ruhig und ausdruckslos. Irgendwo ganz weit hinten in meinem Kopf ertönte eine Erkenntnis. Nach jedem weiteren Herzschlag wurde die Stimme lauter.

Sie haben dich gefunden.

Der Mann war kräftig gebaut und strahlte unmessbare Stärke aus, obwohl er einfach nur dastand. Seine Gesichtszüge waren scharf wie geschliffene Messer und verliehen den Eindruck, dass dieser Mensch schon viel erlebt hatte in seinem Leben. Wer zur Hölle war dieser Kerl? Um meine Gefühle zu verbergen, schob ich meine Haare vor, als würde es mich unsichtbar machen.

»Alles gut.« Meine Stimme war viel zu zittrig und ich hasste es.

»Sicher?«, fragte er nach und tat etwas, womit ich

nicht rechnete. Er lächelte. Einfach so teilten sich seine Lippen und zauberten ein Grinsen, dass vor Arroganz nur so strotzte. Unwillkürlich zuckte ich zusammen und ordnete schnell meine Gedanken, bevor ich mich an ihm vorbeischob, um endlich im Waschraum zu verschwinden. Während ich mich in die enge Kabine zwängte und die Tür zwischen uns schloss, überlegte ich, wieso zur Hölle diese kurze Begegnung mich so stark aus dem Konzept gebracht hatte. Der Kerl hatte nichts gemacht. Er hatte nur dort gestanden und wollte höflich sein. Mehr nicht.

Weil dich schon lange keiner mehr so angesehen hat, antwortete mein verräterisches Inneres.

Ja, es muss an seinem intensiven Blick gelegen haben. Und da war auch diese irre Anziehung, die ich eindeutig gespürt hatte. Hinter meiner Angst prickelte ganz vorsichtig und leise Erregung. Entschlossen ignorierte ich die Stimme in mir und fluchte innerlich.

Als ich die Tür wieder öffnete, war der Mann fort. Doch das schnelle Klopfen meines Herzens sagte mir, dass diese Begegnung tatsächlich stattgefunden hatte. Während ich durch das Flugzeug zu meinem Platz ging, wanderten meine Augen über jeden Passagier. Die Durchsage der Stewardess kündigte an, dass wir uns nun im Landeanflug auf Edinburgh befanden und wurden gebeten, uns auf unsere Plätze zu begeben.

In dem Moment, als ich fast an meiner Sitzreihe angekommen war, entdeckte ich den Kerl von eben. Er saß ein paar Meter vor mir am Gang.

Unwillkürlich blieb ich stehen und starrte auf den blonden Hinterkopf. In dieser Sekunde drehte er sich um, als hätte er gespürt, dass ich ihn ansah. Unsere Blicke verbanden sich sofort.

»Miss, bitte nehmen Sie Platz und schnallen sich an«, kam es von hinten und ich riss mich von dem fremden Mann los.

Ben war mittlerweile wach und sah mich mit hochgezogenen Brauen an, als ich mich an ihm vorbeischob und an dem Platz niederließ, von dem ich aufgestanden war.

»Alles in Ordnung? Du siehst aus, als hättest du einen Geist gesehen.« Hatte ich das?

»Alles gut«, sagte ich nun zum zweiten Mal an diesem Tag, zu zwei verschiedenen Personen.

Leichter Druck baute sich in meinen Ohren auf, als das Flugzeug schließlich den Landeanflug auf Edinburgh begann und meine Aufregung wuchs, nach dieser Begegnung nun noch mehr.

KAPITEL 2
Freya

Schottland begrüßte Ben und mich mit regnerischer Kälte. Um mich vor dem Nass zu schützen, dass auf uns niederprasselte, zog ich mir schnell die dunkelrote Kapuze meines Parkas über meinen kupfrigen Haarschopf.

Auf dem Weg zu der kleinen Autovermietung zuckten meine Augen aufgeregt zu den Gesichtern der Menschen, die uns entgegenkamen. Massen von Personen strömten auf mich zu, doch keiner nahm Notiz von mir. Es war, als wäre ich hier ein anderer Mensch. In Seattle erkannten mich alle als die Ehefrau eines reichen Mannes. Doch hier war es, als wäre ich einfach nur ein normaler Mensch.

Mein Blick fing das Schild der Mietwagenfirma ein und ich fragte mich, ob es klug war, wirklich ein Auto auszuleihen. Doch ich wollte so schnell wie möglich von hier fort. Außerdem machte ein fahrbarer Untersatz es viel einfacher, sich unentdeckt durch die Straßen Schottlands zu bewegen. Zumal ich mich damit sicherer fühlte, als wenn wir uns einfach ein Taxi nehmen würden. Daher zog ich die schwarze Reisetasche etwas höher auf meine Schulter und folgte Ben zu den Serviceschaltern der Mietwagenfirmen.

Immer wieder schaute ich mich um und suchte nach dem Mann aus dem Flugzeug, doch ich entdeckte ihn nirgendwo.

Entschlossen legte ich unsere Begegnung unter der Kategorie Zufall ab und verdrängte seine ungewöhnlichen Augen aus meinem Gedächtnis.

Die großen Buchstaben, die das Wort »Edinburgh« formten, weckten meine Aufmerksamkeit und insgeheim wünschte ich, ein normaler Tourist zu sein. Doch ich war auf der Flucht. Immer wieder musste ich mir dies vor Augen führen. Höchstwahrscheinlich wäre es klüger von mir gewesen, einfach in Seattle zu bleiben und unterzutauchen. Doch die Dinge, die zuletzt passiert waren, ließen nicht zu, dass ich dortblieb. Zu real waren die Erinnerungen an die Ereignisse, die mein Noch-Ehemann mir angetan hatte. Jedes Mal, wenn ich an meinem Körper hinuntersah, wurde mir einmal mehr bewusst, wozu Samuel fähig war. Unwillkürlich strich ich über meinen Bauch abwärts, über meine Leiste und spürte selbst durch den dünnen Pullover die kleinen Erhebungen, die Samuel dort hinterlassen hatte.

Obwohl mein Vertrauen nur noch mir selbst galt, entschied ich mich trotzdem für die Flucht mit Ben Davis. Es musste einfach gut gehen. Es dauerte eine Weile, bis wir beim Schalter der Autovermietung ankamen. Ben und ich wechselten kein Wort miteinander, doch als wir dran waren, schenkte er mir ein aufmunterndes Lächeln. Wärme strömte in meinen Körper, als wir die nasse Welt hinter uns ausschlossen und die

Nervosität in mir stieg an.

Es waren wenig Menschen in dem Raum, wo die Mietwagen herausgegeben wurden.

Einzig und allein ein Pärchen stand in der hinteren Ecke und erhielt grade einen Schlüssel, an dem ein gelber Anhänger hing. Die Frau hinter dem Tresen zeigte auf eine, sich automatisch öffnende Tür. Das Schild daneben sagte mir, dass sich dort der Parkplatz befand. Mit ineinander geflochtenen Fingern begaben sich die beiden in die Richtung der vielen Fahrzeuge und küssten sich, bevor der Regen ihre Gesichter traf. Unsicher trat ich einen Schritt zurück, als die Dame hinter dem Tresen Ben und mich anlächelte und uns auffordernd ansah.

Bereitwillig ließ ich Ben den Vortritt und wartete, bis dieser alle Formalitäten erledigt hatte.

Die Anspannung fiel erst von mir ab, als wir schließlich im Mietwagen fuhren und das Navi uns anzeigte, dass wir das Apartment Hotel in etwa einer Stunde erreichen würden.

Bis es so weit war, versuchte ich so viel wie möglich von diesem wunderschönen Land in mich aufzunehmen, wie ich konnte.

Wir fuhren durch enge Straßen mit beeindruckenden Gemäuern, die aussahen, als wären wir in einem historischen Roman gelandet. Dicht an dicht ragten helle Backsteinhäuser in den dunklen Himmel. Gebäude mit spitz zulaufenden Dächern, die einem wirklich das Gefühl gaben, als wäre man in eine andere Zeit gefallen.

»Schau dort.« Die Stimme von Ben riss mich aus meiner Musterung und ich sah, dass er auf etwas zeigte. Mein Blick glitt an seinem Arm entlang und da war es. Hoch über der Stadt, auf einem Berg erbaut, entdeckte ich das *Edinburgh Castle*. Still und mächtig stand es da, als würde es auf diese Stadt aufpassen. Lächelnd sah ich Ben an.

»Warst du schon einmal hier?«, fragte ich ihn und er nickte.

»Ist schon eine Weile her. Aber diese Stadt ist mir in Erinnerung geblieben. Hier findest du viel Geschichte.«

Auch wenn ich gern hier in der Stadt untergekommen wäre, hatte ich mir eine Unterkunft außerhalb gesucht. Daher beobachtete ich, wie diese beeindruckende Burg langsam immer kleiner wurde, je mehr wir die Stadt hinter uns ließen. Die Landschaft veränderte sich. Die Straßen wurden enger und um uns herum, drang die Nacht in das Land. In weiter Ferne konnte ich die Berge sehen, die, auch wenn sie in der Dunkelheit lagen, nichts an ihrer Macht einbüßten.

In Seattle gab es auch sehr viel Landschaft, doch diese Berge waren nochmal etwas anderes. Plötzlich überfiel mich ein Gefühl der Sicherheit. Es war, als würde ich endlich zu Hause angekommen sein. Als würden mich diese großen Berge beschützen. Ben schaltete das Radio ein und ein ruhiger Song erfüllte das Wageninnere. Langsam fiel die Anspannung von mir ab und meine Glieder wurden schwer. Müde schloss ich meine Augen und lauschte der Musik, die mich in einen leichten

Schlaf lullte. Aus diesem Grund schreckte ich hoch, als ich etwas an der Schulter spürte. Kurz musste ich überlegen, wo ich mich befand, doch die braunen warmen Augen von Ben holten mich schnell zurück in die Realität. »Wir sind da.«

Ich wartete im Auto, bis Ben mit zwei Schlüsseln zurückkam. Wir gingen hinüber zu einem großen Platz, auf dem mehrere kleine Hütten standen.

Wir steuerten die letzte ganz links an und ich hob verdutzt die Augenbrauen, als ich das Innere sah.

»Das ist deine. Meine ist genau gegenüber«, erklärte mein Bodyguard und ich nickte. Kurz sah ich hinüber zu dem kleinen Haus auf der anderen Seite. Ein Holzweg verband alle Hütten miteinander.

»Möchtest du, dass ich dir noch Gesellschaft leiste?«

Auch wenn Ben sehr nett war, fand ich es nicht besonders reizvoll, meinen Abend mit ihm zu verbringen. Ein bisschen Privatsphäre nach dem 12-Stunden-Flug wäre angenehm.

»Nein danke. Ich bin müde, das Bett ruft. Wir sehen uns morgen.«

Der Bodyguard nickte. »Ich besorge uns Frühstück.« Das gespielte Lächeln glitt wie von selbst auf meine Lippen.

»Ich werde die Nacht über ein Auge auf deine Hütte haben. Fühl dich also so sicher, wie es dir möglich ist, ja?«

»Danke Ben.« Kurz beobachtete ich noch, wie er rüber zu seiner Unterkunft lief und darin verschwand.

Schließlich drehte ich mich um und betrat die aus dunklem Holz gefertigte Behausung. Die Tür ließ ich leise hinter mir zufallen und schloss ab. Dann schaute ich mich um.

Die Hütte bestand aus einem abgetrennten Badezimmer sowie einem Schlaf- und Essbereich mit kleiner Küchenzeile.

Das Bett, das unter dem Fenster stand, sah einladend aus. Kurzerhand ging ich hinüber und ließ mich darauf fallen. Meine Glieder schmerzten vom Flug und meine Füße steckten schon zu lange in diesen unbequemen Stiefeln.

Ein tiefer Seufzer kam mir über meine Lippen, als ich sie auf die Matratze hob und mich zurücklehnte.

Mein Blick glitt auf den kleinen Nachttisch, auf dem mehrere Tageszeitungen lagen. Eine Titelüberschrift einer amerikanischen Ausgabe erweckte meine Aufmerksamkeit und ließ mich diese in die Hand nehmen. Ich zitterte und konnte das leichte Papier nicht still halten, also rutschte ich zur Seite und legte die Zeitung aufgeklappt aufs Bett und begann zu lesen.

Jeden beschissenen Tag stand dort dasselbe. Meine Finger klammerten sich in das Papier. Ruhig atmete ich einmal tief ein und aus, dann öffnete ich die Augen wieder.

Immer waren es die großen, schwarzen Druckbuchstaben, die mich ansprangen wie tollwütige Hunde.

Fünf Tote bei Massenschlägerei während eines Drogen-
deals. Seattles größte Drogengang hat wieder zugeschlagen.

Ich ließ den Blick von den Buchstaben weiter fahren und hielt am großen Bild, das fast die halbe Seite des Titelblattes einnahm.

Darauf abgebildet war mein Ehemann. Obwohl er sich äußerlich nicht viel verändert hatte, wirkte er anders auf mich. Es war ein schleichender Prozess gewesen und mir viel zu spät aufgefallen. Aus seinen Augen strahlte purer Hass und da war diese mörderische Kaltblütigkeit, die ihn umgab wie eine stählerne Mauer.

Das war nicht der Mann, in den ich mich einst verliebt hatte.

Die Sanftheit und Geborgenheit, die er mich immer hatte spüren lassen, waren gänzlich verschwunden. Jetzt waren seine Gesichtszüge stumpf und wurden von schwarzen, kurz geschorenen Haaren umrahmt, anders als die dichten Locken durch die ich ihm so gern gefahren war. Auf seiner Kopfhaut prangte ein tätowierter Totenkopf.

Nein, ich kannte diesen Mann auf dem Bild nicht. Von dem Menschen, der er einmal gewesen war, existierte nichts mehr. Oder hatte es diesen nie gegeben? Wie blind war ich gewesen, dass ich die dunkle Seite in ihm verkannt hatte? Wie hatte ich nicht bemerken können, dass er wie ein Todesengel durch Seattles Straßen zog, nur um sein weißes Pulver an unschuldigen Seelen zu verkaufen und sie so von sich abhängig zu machen?

Am schlimmsten war jedoch, dass man ihm nichts nachweisen konnte. Samuel war clever, hatte Handlanger und Läufer, die seine Geschäfte erledigten. Ein Meister im Delegieren und ein Profi im Vertuschen. Wie tief seine Machenschaften wirklich reichten, wusste wohl niemand. Nicht einmal ich, obwohl ich ihm so nahegestanden hatte.

Unwillkürlich spürte ich die Tränen, die sich in meinen Augenwinkeln sammelten, doch ich zwang sie zurück. Niemals wieder eine Träne, das hatte ich mir geschworen und an dieses Lebensmotto hielt ich mich.

Denn sonst wäre all meine Kraft, die ich die letzten Wochen aufgebracht hatte, umsonst gewesen. Schnell wand ich den Blick von dem Bild ab und las die Unterschrift darunter.

Samuel Lopez, mutmaßlicher Anführer der Hollow Skulls.

Dann widmete ich mich dem Text des Artikels. Beinahe blieb mir die Spucke im Hals stecken.

Auch ich wurde darin erwähnt.

Nach dem Brand, bei dem das Poderoso bis auf die Grundmauern abgebrannt ist, gilt die Ehefrau von Samuel Lopez, Freya Ortiz, als verschollen. Spekulationen über ihren Verbleib machen die Runde. Sie soll als Kronzeugin aussagen. Quellen berichten, sie befände sich im polizeilichen Zeugenschutz, was die Redaktion nicht bestätigen kann. Lopez selbst erklärte ihr Verschwinden damit, dass sich diese in einer Klinik für psychische Erkrankungen befände. Er selbst habe sie dorthin gebracht, damit sie sich erholen und wieder vollständig genesen kann. Trotz der vielen Anschuldigungen, die durch seine Frau gegen ihn ausgesprochen wurden, hat der Millionär nur liebevolle Worte für seine Ehefrau übrig.

»Ich bin tief bestürzt über die Anschuldigungen meiner geliebten Frau. Trauer erfüllt mein gebrochenes Herz und ich vermisse sie sehr. Ich hoffe, wir sehen uns bald wieder und können dieses Missverständnis klären. Ich werde alles dafür geben, dass sie schnell wieder gesund wird«, sagt Lopez, der wegen Drogenbesitzes angezeigt, jedoch aufgrund mangelnder Beweise nicht weiter strafrechtlich verfolgt wurde.

Es dauerte eine halbe Sekunde, da hatte ich die Zeitung in meinen Händen zerknüllt und gegen die nächste Wand geschleudert. Mit klopfendem Herzen lehnte ich mich zurück auf die orangen Kissen des Hotelbettes und starrte an die Decke. Der Ventilator zog leise seine Kreise und ich fragte mich, wie lange ich diesem Karussell des Schreckens wohl noch ausgesetzt war. Seufzend hob ich meine linke Hand und musterte den silberschimmernden Ring, der meine Ehe mit Samuel bestätigte. In diesem Moment diente er mir als Mahnmal, diesen Mann nie zu unterschätzen. Trotzdem schob ich ihn mir vom Finger und legte ihn entschlossen auf den kleinen Nachtschrank. Es wurde Zeit, ein neues Kapitel zu beginnen.

KAPITEL 3
Freya

Ein Geräusch riss mich aus meinem leichten Schlaf, eine Angewohnheit aus meiner Zeit mit Samuel. Immer ein wachsames Auge zu haben, gehörte zu meinem Alltag. Mit nur einem Satz saß ich im Bett und war hellwach. Angespannt lauschte ich und da war wieder dieses Donnern, gefolgt von mehreren Stimmen, die durch die dünne Holzwand zu mir drangen. Mit pochendem Herzen stieg ich aus dem Bett und schlich zum Fenster. Vorsichtig zog ich den Vorhang zur Seite und erschrak. Vorne am See tummelten sich viele Menschen am Steg, der alle Häuser miteinander verband. Besonders um die Hütte gegenüber meiner hatte sich eine größere Menschentraube gebildet. *O mein Gott! Das ist die Hütte von Ben!* Unruhe kam in mir auf. Damit ich besser verstehen konnte, was gesprochen wurde, kippte ich das Fenster.

»Bitte beruhigen Sie sich. Die Polizei ist bereits unterwegs«, sagte ein Mann.

»Gehen Sie in Ihre Häuser zurück. Hier gibt es nichts zu sehen«, meinte ein anderer.

Es schien mir, als wären die Menschen nicht glücklich darüber, fügten sich aber ihrem Schicksal, denn nach und nach löste sich der Pulk auf.

Sie sind hier.

Sie haben mich gefunden und Ben etwas angetan! Vor Schreck gluckste ich leicht auf. Alles in meinem Körper schrie danach, mich zu bewegen, wegzurennen und mich in Sicherheit zu bringen, doch ich blieb, wo ich war. Ich musste wissen, was passiert war. Ob Ben etwas zugestoßen war. Kurzentschlossen stieg ich in meine Stiefel, öffnete die Haustür und schlüpfte hinaus. Die Gedanken daran, wie riskant meine Aktion war, schob ich beiseite. Samuels Leute könnten immer noch auf dem Areal sein und ich mich in größter Gefahr befinden. Der Drang, nach Ben zu sehen, war größer als meine Angst, geschnappt zu werden.

Mit vorsichtigen Schritten lief ich über den Holzboden. Vor der offenstehenden Tür tummelten sich immer noch einzelne Personen, daher blieb ich in der Dunkelheit und umrundete die Hütte auf der Suche nach einem anderen Eingang. Ich fand ein geöffnetes Fenster, in das ich hinein spähte. Als ich darin niemanden entdeckte, entschied ich mich dafür einzusteigen.

Das Erste, was ich bemerkte, war, dass es hier drin aussah wie bei mir drüben. Gleiche Küche, gleicher Wohnbereich. Aufgeregt spürte ich mein Herz tief in mir schlagen und mein Blick wanderte langsam durchs Zimmer.

Reflexartig riss ich mir die Hand vor den Mund, um einen Aufschrei zu unterdrücken. Ein Mann lag auf dem Bett. Die Gliedmaßen von sich gestreckt. Sein Körper war Blut überströmt, das langsam in die

Matratze sickerte.

Der Kopf war kaum mehr zu erkennen, er war komplett zerstört. Als hätte ihn eine Kugel aus unmittelbarer Nähe getroffen.

Vorsichtig ging ich näher heran und griff nach dem rechten Arm des Mannes. Übelkeit kroch in mir hervor. Es war Ben.

Rasch ließ ich seinen Arm wieder sinken, starrte jedoch auf das kleine Tattoo in Form eines Vogels auf der Innenseite seines Armes. Es bestand kein Zweifel. Dieser Mann war wirklich mein Bodyguard. Mit klopfendem Herzen stolperte ich wieder einen Schritt zurück und erstarrte, als mein Blick zu der Wand hinter dem Bett wanderte.

In Rot - die Wahrscheinlichkeit, dass dies keine Farbe war, war ziemlich hoch - prangte ein Totenkopf an der Wand.

Und ich kannte ihn. Jeder von Samuels Männern trug ihn auf dem rasierten Schädel, so wie er selbst es tat.

Einen Moment lang starrte ich auf diese Warnung und überlegte, ob es sein konnte, dass Samuel meinen Aufenthaltsort bereits kannte. Doch diese Botschaft war Antwort genug in meinem Kopf. Jedoch verstand ich die Logik hinter dem Ganzen nicht. Wieso brachten sie Ben um, obwohl ich doch schutzlos in der Hütte gegenüber schlief? Stocksteif stand ich da und wusste nicht, was ich tun sollte. Von weit entfernt, drang Sirenengeheul heran.

Warten. Ich könnte einfach warten, bis die schottischen Beamten am Tatort ankamen und mich fanden. Sie würden sich um alles kümmern, mich fortbringen. Aber wie lange würde es dieses Mal dauern, bis Samuel mich fand? Bis wieder jemand sterben musste, der mir nur helfen wollte? War Bens Mörder noch in der Nähe? Würde er mich holen, wenn ich nicht verschwand? Verdammt, fluchte ich, denn die Panik erfüllte mich mehr und mehr.

»Hauen wir ab.« Eine Stimme ließ mich erschrocken zusammenfahren und ich fuhr herum. Noch bevor ich sehen konnte, wer in der Tür aufgetaucht war, wusste ich es. Diese Stimme. Ich kannte sie. Ich hatte sie bereits gehört. Der gleiche Schauer wie im Flugzeug rieselte über meine Haut.

Unfähig zu einem klaren Gedanken zu kommen, starrte ich den Kerl an, den ich bereits hoch über den Wolken getroffen hatte. Einen Moment standen wir einfach da und sahen uns an. Seine hellen, blauen Augen hielten mich gefangen. Angst glitt meine Wirbelsäule hinauf.

Was hatte er vor? War er einer von Ihnen? Vielleicht sogar der Mörder von Ben?

»Ich habe das da nicht zu verantworten«, meinte er dann und beantwortete somit meine Frage.

Wenn das stimmte, was war er dann? Oder besser gesagt, zu wem gehörte er? War das hier ein Macht-kampf um das Kopfgeld, das Lopez wahrscheinlich auf mich angesetzt hatte?

»Wer sind Sie?«, fragte ich, die für mich erste wichtige Frage. Als Antwort bekam ich ein arrogantes Grinsen.

Der Mann kam einen Schritt auf mich zu und ich trat unwillkürlich zwei zurück.

»Wir sollten verschwinden. Die Polizei wird bald hier sein. Bis dahin sollten wir ein paar Meilen zwischen uns und diesen Ort bringen.«

»Wir? Hier gibt es kein Wir. Woher weiß ich, dass Sie das hier nicht waren?«

Natürlich wusste er, was ich meinte, trotzdem zeigte ich auf die Leiche meines Bodyguards.

»Sicher sein kannst du nicht. Aber du hast zwei Optionen. Entweder wartest du auf die Polizei, die dich vielleicht versteckt hält, soweit das möglich ist. Man sieht ja, wie sicher du bei diesem Kerl warst.« Er zeigte ebenfalls auf das Bett. »Oder du kommst mit mir und ich helfe dir.«

Ungläubig starrte ich den blonden Kerl vor mir an. »Niemals.«

Er lachte auf. »Darüber solltest du lieber noch mal nachdenken. Glaube mir, ich bin gerade die beste Chance, um hier abzuhauen.«

»Wer sind Sie?«, fragte ich wieder.

»Mein Name ist Reynir Solberg. Nett, dich kennenzulernen, Freya.«

Er kennt meinen Namen. Er weiß, dass ich einen Bodyguard habe. Wer zur Hölle ist er? Wieder kroch die Panik in mir hoch.

»Sie sehen nicht so aus wie einer von Lopez´ Männern«, erwiderte ich.

Er sah kurz an sich herunter und grinste dann.

»Zum Glück. Und verzichte auf die Höflichkeit, sie ist überflüssig in solch einer Situation wie dieser, oder?«

Meine Augenbrauen hoben sich misstrauisch und ich biss mir leicht auf die Unterlippe, was ihn dazu veranlasste, seinen Blick auf meinen Mund zu heften.

»Schön. Wenn du keiner von ihnen bist, woher kennst du mich dann?«, wollte ich wissen. Auch wenn Reynir Solberg wirklich nicht so aussah, als gehöre er zu Samuels Leuten, so traute ich ihm dennoch nicht.

In meiner Vergangenheit hatte ich gelernt, niemandem außer mir selbst zu vertrauen.

»Zeitung. Internet. Instagram. Soll ich weiter machen?«

Immer noch nicht überzeugt, verschränkte ich die Arme vor der Brust.

»Wenn ich mit denen unter einer Decke stecken würde, wärest du schon lange in meinem Kofferraum auf dem Weg zurück nach Seattle.«

Bei diesem Gedanken flatterte mein Herz vor Schreck in meiner Brust. Beim Versuch zu schlucken, kratzte es in meiner Kehle, denn mein Mund war staubtrocken. Es war gar nicht so abwegig. Vermutlich würde man mich genauso zurückschleifen.

»Bist du ein Bulle?«, bohrte ich weiter. Diese ganze Szene war grotesk. Während ich versuchte herauszufinden, wer mein Gegenüber war, lag neben mir die Leiche meines Beschützers.

»Das habe ich doch schon gesagt. Bist du jetzt fertig mit deinem Fragenkatalog? Können wir los?«

»Dein Name ist mir unbekannt. Damit kann ich nichts

anfangen.«

»Klar, weil du mich nicht kennst. Für gewöhnlich schreien die Ladys ihn sehr gern, wenn du verstehst, was ich meine.«

Dieses überhebliche Grinsen war nicht auszuhalten. »Verpiss dich!«, rutschte mir unwillkürlich raus, doch es brachte ihn nur zum Lachen.

»Ich bin gerade deine beste Option. Die Polizei wird dir nicht helfen und tief in dir weißt du das auch.«

Mit klopfendem Herzen stand ich da und sah kurz zurück aufs Bett. Dort, wo Ben lag. Er war unschuldig und wollte mich nur beschützen, war aber gescheitert. Ich versuchte mich daran zu erinnern, ob er eine Familie erwähnt hatte, bekam es aber nicht mehr zusammen. Tränen stiegen mir in die Augen.

»Möchtest du noch mehr Situationen wie diese?«

Mechanisch schüttelte ich den Kopf.

Er zeigte auf den Ausgang hinter sich. »Dann lass uns abhauen.«

»Woher kennst du mich?«, fragte ich wieder.

»Du stellst deine Fragen doppelt, das ist dir schon klar, oder?«

»Nur, weil ich dir nicht glaube«, schnaubte ich.

»Ich überlasse es dir, ich fahre jetzt. Mit oder ohne dich.«

Während ich zusah, wie er sich umdrehte und aus dem Zimmer verschwand, überschlugen sich meine Gedanken. Entweder war er ein Polizist oder etwas, wovon ich auf jeden Fall die Finger lassen sollte.

Doch es war, als gehorche mein Körper nicht mehr mir allein. Wie in Trance merkte ich, wie ich Reynir folgte.

Meine Füße bewegten sich wie von selbst aus der Tür und ich sah den blonden Mann an der Treppe, die Richtung Hinterausgang führte. Das Sirenengeheul wurde lauter und meine Schritte schneller. Wir erreichten einen kleinen Schotterplatz, wo nur ein großes Auto stand.

Als ich zu dem Wagen rüberging, die Beifahrertür öffnete und mich hineinsetzte, war mir so, als hörte ich ihn leise lachen.

»Zieh deine Kapuze über«, befahl er, als er sich mit einer fließenden Bewegung neben mich ins Auto setzte und den Motor startete.

Als ich nicht gehorchte, sahen mich diese hellen Augen durchdringend an.

»Verdammt mach schon. Mit dieser Haarfarbe kannst du dir gleich ein Namensschild über den Kopf halten.«

Das leuchtete ein. Zögerlich tat ich, was er sagte und versuchte, den Geruch zu ignorieren, der den Wagen füllte. Es roch nach purer Männlichkeit. Eine Mischung aus Schweiß, moschusartigem Parfum und Rauch.

»Deine Tasche liegt hinten.« Er machte eine kurze Handbewegung Richtung Rücksitz.

»Wie?«, stammelte ich und sah nach hinten. Ungläubig starrte ich auf die schwarze Reisetasche. Wie zur Hölle hatte er sie so schnell aus meiner Hütte geholt? Und wieso war er sich so sicher gewesen, dass ich mit ihm gehen würde?

»Dann los«, meinte er, ohne auf meine Frage einzugehen, und begann den Wagen Richtung Ausgang zu steuern. Ohne es zu wollen, beobachtete ich seine Arme. Was ich sah, war pure Muskelkraft, die unter dem dünnen Shirt, das er trug, tanzte. Mein Blick glitt höher, über seine Oberarme, hinauf zu seinen Schultern. Als ich sein Gesicht erreichte, sah ich, dass er mich beobachtete.

»Wenn du willst, kannst du gern später in den Genuss davon kommen, Rauð kona.«

Abrupt riss ich den Blick von ihm los und starrte stattdessen hinein in die Dunkelheit. Wer zur Hölle war dieser arrogante Mistkerl und was machte ich hier überhaupt?

Bevor ich einen Rückzieher machen konnte, trat er aufs Gas. Alles, was ich in dem Moment dachte, als der Regen gegen die Windschutzscheibe klatschte, war:

Das war ein Fehler, Freya.

KAPITEL 4
Freya

Wie lange wir fuhren, konnte ich nicht genau sagen. Es kam mir wie eine Ewigkeit vor. Nicht mal den Weg hätte ich mir merken können, denn der Regen wurde von Zeit zu Zeit heftiger und hinderte mich daran, irgendetwas zu erkennen. Wie er überhaupt die Spur halten konnte, war mir ein Rätsel. Der Kerl musste schon öfter durch so einen Sturm gefahren sein, denn er beherrschte das Auto ohne große Probleme. Wir unterhielten uns nicht. Daher hatte ich meinen Kopf ans Fenster gelehnt und starrte ins Nichts. Ich schloss die Lider und sofort schoben sich die Bilder des toten Ben vor mein inneres Auge und ließen mich erschaudern. Es war dumm von mir, einfach abzuhauen. Vielleicht war es die dümmste Entscheidung, die ich je getroffen hatte. Wahrscheinlich hatte ich damit mein Todesurteil unterschrieben. Wie naiv konnte ich sein, dass ich mit einem Wildfremden davonlief, anstatt der Polizei zu vertrauen, die mir Schutz gewähren sollte? Jedes Mal hatte mich die Polizei Misstrauen spüren lassen. Ich hatte so viel Leid erfahren, doch immer, wenn sich die Gelegenheit ergab, es der Polizei zu schildern, kam nie etwas dabei heraus. Samuel war oft verhaftet worden, doch andauernd kam er davon. Mir kam es so vor, als hätte er die

Behörden unter seiner Kontrolle.

Was wollte dieser Mann also von mir? Was war seine Intension? War er ein Killer? Ein Irrer, der junge Frauen entführt? Oder gehörte er doch zu den Männern von Samuel? Ich fragte mich, wieso mich der Mörder von Ben nicht angegriffen hatte. Wurde er unterbrochen? Warum hat er Ben getötet, obwohl ich nebenan allein geschlafen habe? Ich schluckte. Es war auszuschließen, dass dieser Riese neben mir, einfach ein netter Mann war, der einer Frau aus einer gefährlichen Lage helfen wollte. Außerdem hatte er Ben und mich verfolgt, ansonsten wäre es schon ein ziemlich großer Zufall, dass er im gleichen Apartment untergekommen war wie wir.

Vorsichtig setzte ich mich im Beifahrersitz auf und beobachtete den Mann am Steuer. Es war merkwürdig, mir wahr so, als ginge von ihm eine gewisse Wärme aus. Ohne es genau zu verstehen, ließ mich diese Tatsache etwas leichter atmen. Plötzlich riss Reynir das Steuer herum und lenkte den Wagen auf einen kleinen Pfad. Diese unerwartete Richtungsänderung riss mich aus meinen Gedanken. Vor einem Haus brachte Reynir den Wagen zum Stehen. Die Scheinwerfer leuchteten die Umgebung aus und ich schaute mich neugierig um. Hier draußen gab es nichts, außer dieses Haus und viel bewachsenes Land drumherum. In diesem Moment wurde mir schmerzlich bewusst, dass ich verloren war, sollte er böse Absichten mit mir haben.

Freya, wo hast du dich da nur wieder hineingeritten?

Mir lief es eiskalt den Rücken hinunter.

Hatte ich soeben mein Todesurteil unterschrieben?

»Alles in Ordnung?«, ertönte dann seine Stimme und ließ mich erneut zusammenfahren.

»Rauð kona?«

Langsam löste ich mich von dem Anblick, der sich mir bot, und sah den Mann neben mir an. So hatte er mich schon einmal genannt.

»Was bedeutet das?«, fragte ich, doch er lachte nur und streckte seine Hand nach mir aus. Unwillkürlich zuckte ich zurück und schlug sie mit meiner weg.

»Lass das«, zischte ich, woraufhin er nur schwieg und grinsend das Auto verließ.

Mit geschmeidigen Schritten lief er auf die Haustür zu. Als wäre ich am Sitz festgewachsen, starrte ich aus dem Fenster, ihm nach. Ich musste weg von hier. Niemals hätte ich mit ihm gehen sollen. Er öffnete die Tür und machte dann wieder kehrt, zurück zum Auto. Dort angekommen, öffnete er die Beifahrertür.

»Weißt du, ich friere mir hier bald die Eier ab, wenn du also so nett wärest und mit hereinkommen würdest.« Seine Stimme klang genervt, als wünschte er sich ganz woanders hin.

»Lass mir das Auto«, äußerte ich flehender als beabsichtigt.

Er lachte kalt auf, als wäre es wirklich lustig, was ich gesagt hatte. »Träum weiter, Rauð kona.« Mehr sagte er nicht, drehte mir wieder den Rücken zu und verschwand im Haus. Welche Möglichkeiten hatte ich? Weglaufen war hier im Nirgendwo unmöglich.

Die Nacht würde ich ohne Schutz in der Kälte nicht überleben. Reynir vertrauen konnte ich auch nicht.

Er hatte mich zwar vor Lopez´ Männern gerettet, doch woher sollte ich wissen, dass er es nicht gewesen war, der Ben getötet hatte. Ein eisiger Schauer glitt meine Wirbelsäule hinauf. Der Gedanke, dass ich dumm genug war, mit einem Wildfremden wegzulaufen, der eventuell meinen Beschützer auf dem Gewissen hatte, ließ Übelkeit in mir aufsteigen. Er war nicht vertrauenswürdig, aber bei meiner Vorgeschichte war Vertrauen sehr schwierig für mich. Doch tief in mir herrschte ein Gefühl von Sicherheit, das ich bei ihm empfand. Dieses Gefühl hatte mich höchstwahrscheinlich dazu bewogen, mit ihm zu gehen. Mein Verstand kämpfte gegen dieses innere Empfinden an. Eines war klar: Ich würde verdammt vorsichtig bei ihm sein. Seufzend schob ich die Gedanken fort. Es brachte alles nichts, der Einzige, der mir Antworten geben konnte, war er. Also gab ich mir einen Ruck und betrat ebenfalls das Haus.

Bis auf eine kleine Lampe, die er angeschaltet haben musste, brannte keines der Lichter im Raum. Diese stand neben einem roten Ecksofa, erhellte den Wohnbereich aber nur dürftig. Ich sah einen Fernseher und eine Küchenzeile, die vom Wohnzimmer abging. Eine geschwungene Treppe führte in den oberen Bereich.

Reynir stand vor dem Kühlschrank, hatte sich tief hinein gebeugt und schien nach etwas zu suchen.

»Da war doch noch…«, murmelte er. »Ah da.«

Sein blonder Schopf erschien wieder in meinem Blickfeld und er drehte sich zu mir um.

»Hier.«

Mit einem Grinsen hielt er mir eine Flasche Bier hin.

Zögerlich starrte ich auf seine Hand, schüttelte dann jedoch den Kopf.

»Bleibt mehr für mich.« Achselzuckend stellte er meine Flasche auf den kleinen Tresen, der den Küchenbereich von dem Wohnzimmer trennte.

Dann lehnte er sich dagegen und musterte mich, während er immer mal wieder einen Schluck aus der Flasche nahm.

»Bist du Polizist?«, fragte ich in die Stille hinein und er lachte leise.

»Sehe ich so aus, Kleine?« Langsam ging er um den Tresen herum und machte ein paar Schritte auf mich zu. Unwillkürlich trat ich zurück, um wieder Abstand zwischen uns zu bringen.

»Hast du Angst?« Seine dunkle Stimme hinterließ einen Schauer auf meinen Armen.

»Wo sind wir?«, wollte ich wissen, ohne seine Frage zu beantworten.

»Dieses Cottage gehört meinem Bruder. Er ist verreist.«

Ungläubig verengten sich meine Augen und ich warf noch ein Blick über die Einrichtung.

»Wie lange ist er schon verreist?«

Seine hellblauen Augen legten sich auf mein Gesicht und ich hatte das Gefühl, als hielt die Farbe mich gefangen.

»Lange.« Es war das Einzige, was er dazu sagte.

»Wieso hast du mich gerettet?«, bohrte ich weiter.

Reynir schnaubte. »Du gehst mir auf den Sack mit deinen ganzen Fragen.«

Aus den Tiefen meines Körpers stieg Wut in mir auf und ich streckte den Rücken durch.

»Und du sollst mir endlich die Wahrheit sagen. Ich habe ein Recht zu wissen, wer du bist und warum du mir geholfen hast.«

Mit zwei schnellen Schritten war er bei mir. Da ich so schnell nicht mit seiner Reaktion gerechnet hatte, taumelte ich zurück, doch seine Hand schloss sich um meinen Oberarm, sodass ich nicht das Gleichgewicht verlor.

»Wie wäre es mit einem Danke?« Seine Stimme war leise, aber ich hörte klar und deutlich, was er sagte. Sein Gesicht war nur wenige Zentimeter von meinem entfernt. Sein Atem traf auf meine Wange und diese Augen brannten sich in meine Haut wie Feuer. Eine Hitze flutete meinen Körper, ohne dass ich es aufhalten konnte. Die Berührung an meinem Oberarm schoss durch meine Adern wie elektrische Blitze. Mein Herz schlug schneller in meiner Brust und ich hoffte, er würde es als Wut abtun und nicht als mein pubertierendes Verhalten auf einen Mann. Das Lächeln, was seine Lippen dann verformte, sagte mir, dass dem nicht so war. »Vielleicht solltest du schlafen gehen.«

Mein Herz klopfte so stark in meiner Brust und ich spürte ein verräterisches Pochen zwischen meinen

Beinen.

»Ich will Antworten«, presste ich hervor. Meine Stimme war nicht mal ansatzweise hart und standhaft.

»Du wirst sie bekommen. Morgen.«

Plötzlich ließ er mich los und brachte Abstand zwischen uns. Es fühlte sich an, als hätte ich die ganze Zeit die Luft angehalten.

Stockend atmete ich schließlich aus und zwang mir ein einzelnes Wort heraus.

»Schön.«

Entschlossen trat ich auf die Treppe zu, denn ich vermutete die Schlafzimmer oben.

»Die Treppe hoch und dann gleich das Zimmer links. Von diesem geht ein Badezimmer ab. Handtücher liegen auf dem Bett.«

Ich nickte, obwohl er mich nicht sehen konnte, denn wir hatten uns immer noch den Rücken zu gedreht. Ohne ein weiteres Wort ließ ich ihn schließlich zurück.

KAPITEL 5
Reynir

»Verdammte Scheiße«, murmelte ich und exte das Bier, das ich in meiner Faust erwürgte. Dann flog die Flasche an die mir gegenüberliegende Wand. Es machte ein klirrendes Geräusch und ich beobachtete die grünlichen Scherben, die in alle Richtungen flogen.

Das war alles nicht nach Plan gelaufen. Aufgestaute Wut stieg in mir auf, die ich die ganze Zeit versuchte zu ignorieren, während ich mit Freya in diesem verdammten Auto gesessen hatte. Während sie zu dicht neben mir war, die Arme um ihre Mitte geschlungen. Halt suchend. Ausgerechnet bei mir, soll sie nun in Sicherheit sein? War das wirklich mein Ernst?

»Fuck«, fluchte ich und öffnete das zweite Bier, das eigentlich für Freya gewesen war. Ich hatte improvisieren müssen, als ich dem Idioten dabei zugesehen hatte, wie er in das falsche Zimmer geschlichen war. Was für ein Amateur. Durch sein hässliches Totenkopf-Tattoo auf der geschorenen Glatze war mir sofort klar, was da laufen würde. Doch wieso? Es war mein Auftrag. Ich wurde persönlich von Samuel Lopez engagiert, diese verdammte Frau einzufangen und ihm zu übergeben. Wieso schickte er also seine Hunde nach? Vertraute er meinem Wort nicht?

Während ich einen großen Schluck des Bieres nahm, zog ich das Smartphone aus meiner Hose.

Nicht alles, was ich Freya erzählt hatte, war gelogen. Dies war das Haus meines Bruders und ich hatte mich hier niedergelassen, während ich mich in Schottland befand. Doch mein Bruder war nicht auf Reisen, wie ich es ihr weismachen wollte. Nach dem College war er aus unserer Heimat Island nach Schottland gezogen. Nach dem Tod unserer Eltern schien er auch von hier geflohen zu sein. Wo er sich jetzt befand, wusste ich nicht. Was im Moment auch nicht so wichtig war. Ich entsperrte mein Telefon und wählte die Nummer, die ich nur mit S.L. abgespeichert hatte.

»Hast du sie?«, kam es ohne Begrüßung von der anderen Seite der Leitung.

»Wieso hast du noch einen deiner verdammten Streuner nachgeschickt?«

Eine Frage sollte man in meinen Kreisen immer mit einer Gegenfrage kontern. Samuel Lopez lachte. »Doppelt hält besser.«

»Er ist tot.«

Nachdem ich gesehen hatte, was der Kerl mit dem Bullen gemacht hatte, wusste ich, was ich tun musste. Ich erledigte den Kerl und wartete dann darauf, dass Freya aus ihrer Hütte kam.

Aus dem Telefon drang ein Lachen. »Das habe ich von dir erwartet, Rey.«

»Ich brauche keine Aufpasser. Ich habe mich als würdig erwiesen, diese Aufgabe zu erfüllen.«

»Hast du sie denn?«

Es war diese Besessenheit in seiner Stimme, die mich innehalten ließ. Ich wusste nicht, was Lopez mit Freya machen würde, doch ich konnte es mir denken. Jahrelang hatte ich gesehen, wie er mit ihr umgegangen war. Nach meiner Zeit bei der *Icelandic Crisis Response Unit*, einer Spezialeinheit der isländischen Polizei, die ich nicht freiwillig beendet hatte, verschlug es mich nach Amerika. Ich hielt mich in Seattle mit mehreren krummen Jobs über Wasser. Daher hatte ich schon viele Aufträge für Samuel Lopez erledigt. Jedes Mal hatte ich sie gesehen. An seiner Seite. Kalt und gefühllos. Klein, zerbrechlich und doch stark. Allerdings ging es mich nichts an. Mein Leben bestand nicht aus Mitgefühl oder Nächstenliebe. Ich versuchte einfach, am Leben zu bleiben, auch wenn ich nicht viel hatte, wofür es sich lohnte. An dem Tag, als ich bei einem Anti-Terror-Einsatz auf dem Wasser gefangen genommen, gefoltert und schließlich von Amerika heldenhaft befreit wurde, war ich gestorben. Meine Verletzungen hatten mich nicht umgebracht, doch sie hielten mich fest in einem Leben, was keinen Sinn mehr für mich ergab. Mit meinen Einschränkungen war ich für einen Einsatz bei meiner Einheit nicht mehr geeignet. Daher suchte ich mir einen neuen Job. Schon als Kind hegte ich den Traum, in die Fußstapfen meines Vaters zu treten. Ich wollte meinem Land dienen, so wie er es getan hatte. Als ich älter wurde und es tatsächlich so weit war, wurde mir bewusst, wie viel man dafür aufgab.

Die Zeit bei der ICRU hatte mich mehr gekostet als ein zertrümmertes Knie und ein paar Narben.

Es hatte mir meine Zukunft genommen. Meine Menschlichkeit.

»Antworte.« Die Stimme von dem Mann, der nun mein Boss war, riss mich aus meiner Vergangenheit.

»Noch nicht. Der Auftritt deines Clowns hat meinen Plan gehörig durcheinandergebracht.«

Ein Schnauben drang aus meinem Telefon.

»Ich gebe dir noch zwei Tage. Sonst schicke ich einen Auftragskiller nach dir los.«

»Verstehe.«

Dann machte es Klick und die Leitung war tot. Kurz stand ich da und überlegte, wieso ich nicht die Wahrheit gesagt hatte. Seitdem ich immer wieder für die *Hollow Skulls* arbeitete, hatte ich mehr gelogen, als in meinem ganzen Leben zusammen. Jedoch nur, um mir einen Vorteil daraus zu ziehen. Wieso tat ich es jetzt, um einer anderen Person zu helfen?

Ohne es zu wollen, drifteten meine Gedanken zurück zu Freya. Zu dem Moment, als sie direkt vor mir gestanden hatte. Ihr Atem heiß auf meinem Gesicht, ihr Puls rasend unter ihrer Haut. Ich war kurz davor gewesen, meine Hände in ihren roten Haaren zu vergraben, um sie so dicht an mich heranzuziehen, dass ich jede Kurve ihres Körpers spüren würde können.

»Reiß dich zusammen.«

Meine Lüge tat ich als Nichtigkeit ab. Es gab einen Auftrag zu erledigen und diesen würde ich ausführen, wie ich es immer tat. Nach meiner Zeit als Soldat war der Job bei Lopez alles, was ich hatte.

Und ich war verdammt gut darin.

Meine Ausbildung, meine Stärke und am wichtigsten: Nichts, wofür es sich zu leben lohnte, machten mich zu einem eiskalten Killer.

Kopfschüttelnd nahm ich ebenfalls die Treppen nach oben, um mich ein bisschen aufs Ohr zu hauen, bevor ich Freya Ortiz morgen ausliefern würde.

KAPITEL 6
Freya

Die Dusche tat gut. Ich öffnete die kleine Glastür und suchte nach dem weichen Handtuch, welches ich mir vom Bett mit ins Bad genommen hatte. Fest wickelte ich mich in den Frotteestoff und griff nach einem zweiten, um mir die Haare damit zu einem Turban zu binden. Dann erst stellte ich mich vor den Badezimmerspiegel und wischte mir ein kleines Stück auf dem beschlagenen Glas frei.

Äußerlich sah ich wie immer aus. Ein schmales Gesicht, aus dem mich braune Augen ansahen. Zum ersten Mal jedoch spürte ich keinen Druck auf meiner Brust. Das erste Mal seit zwei Jahren war ich frei. Allein.

Unwillkürlich dachte ich an Reynir, den ich unten immer noch hörte. Er war da. Doch ich fühlte mich trotzdem nicht mehr gefangen.

Was ziemlich naiv war, das wusste ich. Ich kannte diesen Kerl nicht und wusste nicht, was seine Absichten waren. Ob er für jemanden arbeitete oder warum er mir half. War ich hier wirklich sicher? Von Reynir fühlte ich mich nicht bedroht, verstand nur nicht, was seine Beweggründe waren und was er mir verheimlichte. In mir blieb alles ruhig.

Keine Alarmglocken gingen an. Sollte ich auf mein

Bauchgefühl hören, das mir lediglich sagte, vorsichtig zu sein, nicht jedoch riet, wegzurennen?

Ich wusste es nicht.

Die Angst, eine falsche Entscheidung zu treffen, begleitet mich und kämpfte mit den verwirrenden Gefühlen Reynir gegenüber. Außerdem wollte ich nicht so naiv sein und ihm, ohne dass er mir Antworten auf meine Fragen gab, blind vertrauen. Im Moment jedoch hatte ich keine bessere Wahl, als bei ihm zu bleiben.

Ich seufzte und begann mir die Haare mit den Fingern zu kämmen. Müdigkeit glitt in meinem Körper und ich gähnte. Konnte ich einfach so schlafen gehen? Mein Körper entschied für mich. Nachdem ich meine Haare mit dem Föhn getrocknet hatte, den ich in einem der Schränke gefunden hatte, setzte ich mich auf das große einladende Doppelbett. Es stand in der Mitte des kleinen Gästezimmers. Dieses war altmodisch eingerichtet, mit viel dunklem Holz und alten Bildern an den Wänden. War dies Reynirs Elternhaus? Stimmte es, was er mir über seinen Bruder erzählt hatte? Seufzend entledigte ich mich dem Handtuch, welches meine Nacktheit bedeckt hatte, und kuschelte mich unter die Daunendecke. Meine Sachen hatte ich im Auto zurückgelassen, doch ich würde heute nicht nochmal hinuntergehen und in meinen getragenen Klamotten wollte ich nicht schlafen. Sofort als mein Kopf das Kissen berührte und ich die Augen schloss, zog mich die bleierne Müdigkeit in einen tiefen Schlaf. Der letzte Gedanke galt dem Mann, der mich heute gerettet hatte.

»Rojita?«

Erschrocken riss ich meinen Kopf nach oben und mein Blick glitt zur Zimmertür. Panisch wand ich mich Samuel zu, der das Schlafzimmer betrat und die Tür lautlos hinter sich schloss. Während er auf mich zu ging, öffnete er die Knöpfe an seinem Hemdsärmel und schob den weißen Stoff bis kurz unter den Ellbogen herauf.

Meine zittrigen Finger versuchten, das Telefon in meinen Händen unbemerkt zwischen den Falten meines ausschweifenden Kleides zu verbergen.

Dumpfe Geräusche drangen vom Erdgeschoss zu uns herauf. Die ganzen Menschen, die er zu unserem Silvesterempfang eingeladen hat, waren mir unbekannt. Würden sie mir helfen?

»Was tust du hier so allein?« Samuels Stimme war ruhig. Nur seine Augen verrieten ihn. In der Dunkelheit darin lauerte ein mörderisches Funkeln.

»Ich brauchte ein Moment Ruhe.« Meine Stimme war alles andere als ruhig. Das Straucheln in meinen Worten verriet mich.

Mittlerweile war er näher gekommen. So dicht, dass sein Rasierwasser mir in der Nase brannte.

»Du weißt, es ist unhöflich, einfach so zu verschwinden. Wir haben eine Etikette, die wir erfüllen müssen.«

Mechanisch nickte ich. »Dann lass uns wieder hinuntergehen, Liebling.«

Seine Lippen formten sich zu einem Grinsen, was seine geraden Zähne zeigte.

Mit der Hand fuhr er sich durch die kurz geschnittenen Haare. Über die Tätowierung in Form eines Totenschädels.

»Jetzt ist es eh zu spät. Lass uns das nutzen.«

Seine Hand umfasste mein Handgelenk und führte es zu sich heran, um meine Hand auf seiner Hüfte zu platzieren. Als sein Gesicht näher kam, hielt ich unwillkürlich die Luft an. »Übrigens Rojita. Der Polizist, dem du die kleine Geschichte mit der Hure erzählt hast, ist heute auch hier.«

»Wi..wieso?«, stotterte ich, denn seine andere Hand griff nach der, in der ich das Telefon hielt.

Er antwortete nicht. Stattdessen legten sich seine kalten Finger um mein Handgelenk und drehten es so, dass ich ihm das Handy darin, wie auf einem Silbertablett präsentierte. Kopfschüttelnd nahm er dieses entgegen und warf einen Blick darauf. Die 911 hatte ich bereits eingetippt. »Ach Rojita. Ich verstehe nicht, wieso du mir das antust.« Plötzlich holte er aus und das Telefon flog gegen die Wand hinter mir. Erschrocken zuckte ich zusammen und hörte ein knirschendes Geräusch, als die Einzelteile hinter mir zu Boden fielen.

»Du hast ihr weh getan. Irgendwer muss doch etwas tun.« Mein Blick heftete sich fest auf sein Gesicht. Tief in mir gluckerte der Hass empor. Die Wut darauf, was aus ihm geworden war.

Das Lächeln erstarb in seinem Gesicht und seine freie Hand schnellte hervor und grub sich in meine aufwändig hochgesteckten Haare.

Schmerz erfüllte meine Kopfhaut, als er mein Gesicht ruckartig nach vorne zog.

»Weißt du, wem ich jetzt weh tun werde?«

Diese grausame Stimme hinterließ einen Schauer auf meiner Haut.

Er erwartete keine Antwort von mir. Stattdessen wurde der Griff in meinen Haaren fester und meine Kehle verließ ein erstickter Schrei, als er mich von sich stieß und mein Körper hart gegen die Wand knallte. Schwindel schlängelte sich aus der Tiefe hervor und erfüllte meinen Kopf. Meine Augen schlossen sich, während ich mich mit einem tiefen Schluchzen die Wand hinab gleiten ließ. Panisch zog ich die Beine an und schlang meine Arme darum. Dann wartete ich darauf, dass er seine Worte in die Tat umsetzte.

Ein dumpfes Geräusch riss mich aus dem Schlaf. Plötzlich hellwach, öffnete ich die Augen und blickte mich im dunklen Zimmer um. Als das Geräusch erneut ertönte, setzte ich mich im Bett auf. Gefangen in meinem letzten Traum starrte ich auf die Zimmertür, wohl wissentlich, wer da diesen Lärm machte. Mit angehaltenem Atem sah ich dabei zu, wie sich die Tür langsam öffnete und eine dunkle Gestalt im Rahmen erschien. Panik überfiel mich und schnürte mir die Kehle zu. Sofort begann ich nach Luft zu ringen, mein Herz schlug viel zu schnell in meiner Brust und mein Puls raste. Ich zog die Beine unter der Decke an und schlang die Arme um meine Knie. Meine Abwehrposition, die ich immer einnahm, wenn er zu mir gekommen war.

»Nicht heute, bitte«, flehte ich leise und fixierte die Gestalt im Türrahmen. Er hielt inne und ich spürte seinen Blick schwer auf mir, obwohl ich sein Gesicht nicht sah. Alles in mir zog sich zusammen.

»Bitte nicht heute.«

Die Silhouette in meinem Zimmer setzte sich wieder in Bewegung und kam einen Schritt auf mich zu.

»Nein, bitte!«, rief ich panisch und suchte nach einer Fluchtmöglichkeit. Doch mein Körper schien wie erstarrt. Voller Angst kauerte ich auf dem Bett, die Decke bis unter das Kinn gezogen und die Augen fest auf meinem Gegenüber gerichtet. Dieser kam näher, bis er direkt vor mir stand. Seine Hand legte sich sanft auf meine nackte Schulter und da sah ich ihm direkt ins Gesicht.

Der Mann hatte keine kurz geschorenen Haare. Im Gegenteil. Es waren dichte blonde Strähnen. Er war mindestens zwei Köpfe größer als ich und muskulöser als Samuel Lopez. Endlich begriff ich, wo ich mich befand und dass dieser Mann, der da vor meinem Bett stand, nicht mein Ehemann war, sondern Reynir Solberg.

»Ganz ruhig, Rauð kona.« Seine dunkle Stimme hinterließ eine Gänsehaut auf meinem ganzen Körper, als er diese Worte aussprach.

»Aber ...«, stammelte ich panisch. Mein Körper zitterte. Die Erinnerung an die Misshandlungen, die ich durch meinen Ehemann erfahren hatte, sickerten unaufhaltsam auf mich ein.

»Shht«, murmelte er und strich leicht über meine

Haut. Sein Blick war fest auf mein Gesicht gerichtet.

Wie an einem Anker hielt ich mich an diesem eisblau seiner Augen fest. Schaffte es so, in der Realität zu bleiben, ohne wieder in die Vergangenheit abzurutschen. Fast in Zeitlupe ließ er sich auf der Bettkante nieder und zog mich vorsichtig in eine Umarmung. Er hielt mich fest und half mir damit, nicht zu ertrinken. Seine Hände fuhren sanft meinen Rücken hinab und ich konzentrierte mich auf die Berührungen seiner Finger. Die Panik wurde von einem Gefühl abgelöst, welches mir eigentlich Angst machen sollte. Ich empfand Sicherheit bei diesem fremden Mann. Seine Nähe beruhigte mich und ich fühlte eine gewisse Geborgenheit.

»Du bist jetzt in Sicherheit, Rauð kona.« Er sprach leise, doch ich hörte seine Worte klar und deutlich.

Ich wusste nicht, wie lange wir so zusammen saßen, doch nach einer gewissen Zeit rührte ich mich in seinen Armen und der Griff um mich lockerte sich.

Sein Blick wanderte von meinem Gesicht hinab und ich folgte seinen Augen. Erschrocken verließ ein leiser Schrei meinen Mund, als mir jetzt erst klar wurde, dass ich keine Kleidung trug. In meiner Panik hatte ich dies komplett vergessen. Sofort schob ich die Decke höher, um meine nackte Haut zu bedecken. Automatisch presste ich die Hand auf meine Leiste, auch wenn die Decke sie verbarg. Doch auf keinen Fall wollte ich, dass er meine Narbe dort zu sehen bekam. Oder sonst was von mir.

»Was machst du hier in meinem Zimmer?«, fragte ich

mit aufgeladener Stimme, denn ich war eindeutig mit dieser Situation überfordert.

»Du hast geschrien. Es klang, als würdest du abgestochen werden.« Sein Ton war klar und ehrlich. Trotzdem hatte ich Angst. Der Albtraum, den ich jede Nacht von Neuem erlebte, war auch hier präsent. Wieso sollte es auch nicht so sein. Es waren immer die gleichen Bilder.

Eigentlich war es kein Traum, ich erinnerte mich im Schlaf nur viel zu real an die Zeit mit meinem Ehemann.

»Du hast gedacht, ich wäre er, oder?«, fragte er mich dann. Seine eisblauen Augen musterten mich angestrengt.

»Ich ...« Krampfhaft suchte ich nach einer Ausrede, doch er hob abwehrend die Hand.

»Ich weiß, dass es so ist. Ich sehe die Angst in deinen Augen. Die Panik, dass er wieder das tut, was er dir angetan hat. Stimmt's?«

Tränen brannten mir in den Augen, doch ich erinnerte mich an meinem Schwur, nie wieder wegen Samuel Lopez zu weinen.

»Du solltest etwas anziehen«, meinte er dann, als ich nichts dazu sagte. Gedankenverloren nickte ich und wollte grade zusammen mit der Decke um den Körper nach meinen Klamotten greifen, als er mich aufhielt.

Verwundert sah ich ihn an, als er plötzlich begann, sich seinen schwarzen Pullover über den Kopf zu ziehen, um ihn mir hinzuhalten.

Anstatt etwas zu erwidern, starrte ich ihn einfach an. Seine bleiche nackte Haut sah in diesem schummrigen

Licht noch muskulöser aus. Ohne es richtig zu wollen, bewegte sich mein Blick über jeden Muskelstrang, der sich durch seine Brust zog. Ohne Pullover sah er noch gewaltiger aus. Eine wulstige Narbe an seiner Schulter, die sich runter bis zu seinem Bauch zog, brachte das perfekte Bild seines Körpers ins Ungleichgewicht. Was nicht hieß, dass er nicht genauso sexy und anziehend auf mich wirkte, wie zuvor schon.

Auf seinem linken Oberarm entdeckte ich ein Tattoo.

Es war der Kopf eines Wikingers, das erkannte ich an dem langen Bart und dem Helm mit den zwei Hörnern. Über seine Muskeln zog sich ein leichter blonder Flaum, der eine Spur hinab bildete und unter seiner Jeans verschwand.

»Genug angestarrt für heute, sonst behalte ich meinen Pullover, um mich auch an dir sattzusehen.«

Mit dem Blick immer noch auf seinem Hosenbund, sagte mir die unübersehbare Beule in seiner Hose, dass er seine Worte ernst meinte. Ich schluckte, doch ich wusste nicht, ob vor Enttäuschung oder Angst.

»Letzte Warnung.«

Mit einem schnellen Griff riss ich ihm seinen Pullover aus den Händen und streifte ihn mir über. Da er ein Riese war, verbarg der schwarze Stoff problemlos meine Blöße. Besonders die an meiner Leiste. Trotzdem zog ich die Decke wieder hoch.

»Danke«, flüsterte ich und seine Augen verengten sich ein wenig.

Als er Anstalten machte, das Zimmer zu verlassen,

beugte ich mich vor und berührte ihn am Arm. Er zuckte so heftig zusammen, dass ich erschrocken meine Hand sofort wieder sinken ließ.

»Ich würde sagen, es wäre klüger, wenn du mich nicht von hinten berührst«, sagte er mühsam. Er hatte mir den Rücken zugewandt, sodass ich einen riesigen tätowierten Löwenkopf darauf entdecken konnte.

»Wer bist du?«, fragte ich leise. Reynir drehte sich wieder um und sah mir tief in die Augen.

Man sah ihm an, wie sehr er mit sich rang, mir zu antworten.

»Das wirst du noch früh genug herausfinden.«

Er gab mir keine Zeit, etwas zu antworten, denn er drehte sich um und stampfte aus dem Zimmer. Nur die Tür, die schwer hinter ihm ins Schloss fiel, und der Geruch von seinem einzigartigen Duft, der mir in die Nase stieg, erinnerte mich daran, dass er da gewesen war.

KAPITEL 7
Reynir

Mit schweren Schritten brachte ich so viel Abstand wie möglich zwischen mich und dieser weiblichen Verführung im Körper von Freya Ortiz. Umso mehr Distanz zwischen ihr und meinem Schwanz herrschte, desto besser war es für uns beide.

Angestrengt stieß ich den Atem aus meinen Lungen, als hätte ich den ganzen Weg vom Gästezimmer in das Schlafzimmer meines Bruders die Luft angehalten.

Während ich die Tür hinter mir schloss, hatte ich noch immer die Bilder vor Augen. Freya, die angsterfüllt in dem Bett kauerte und panisch die Decke vor ihre Nacktheit hielt. Allein ihre zarten Schultern, dessen Haut sich so weich unter meinen Fingern angefühlt hatte, brachten mich bereits um den Verstand. Ohne es zu wollen, hatte ich mir ihre zarten Brüste vorgestellt, wie sie sich nach meiner Berührung sehnten. Ihren zierlichen Körper, mit perfekten Hüften und einem prallen Hintern, der perfekt in meine Hände passen würde.

Schnaubend stampfte ich zu dem kleinen Badezimmer, wo es nur eine winzige Dusche, eine Toilette und ein Waschbecken gab. Ich hatte Freya extra das Zimmer mit dem großen Bad gegeben. Sie sollte sich wohlfühlen, so gut es ging.

Warum mir das ein Bedürfnis war, konnte ich selbst nicht beantworten.

Es war Abscheu, was ich empfand, als ich schließlich vor dem Badezimmerspiegel stand und mein Gesicht darin betrachtete. Mein Auftrag war es, diese Frau ihrem Besitzer wiederzubringen. Und ja, ich wusste selbst, wie abgefuckt diese Aussage war. Doch sie gehörte nun mal Samuel Lopez. Wenn er auch nur im Ansatz wüsste, was ich mir ausgemalt hatte, als ich wusste, dass Freya nackt im Bett lag, was ich mit ihr machen wollte … er würde mich vierteilen. Natürlich hatte mich das nicht davon abgehalten, mir dennoch vorzustellen, wie ich sie an ihren Haaren gepackt und ihren Mund mit meiner Zunge gefüllt hätte. Meine Hände überall auf ihrem Körper und ich würde feststellen, wie bereit sie für mich wäre. Ohne Zweifel wollte ich sie aufs Bett werfen und sie mit der Hand zum Orgasmus bringen. Bevor ich meinen Schwanz auspacken würde, wäre sie schon ein paar Mal gekommen und außer sich vor Verlangen. Was für ein Genuss wäre es, tief in diese kleine Spalte einzutauchen. Mein Gesicht in ihren roten Haaren vergraben und dabei hart in sie pumpend. »Oh Fuck.«

Der Druck wurde unerträglich, also öffnete ich meine Hose und befreite meinen Schwanz aus seinem Gefängnis. Dann holte ich mir einen auf Freya Ortiz runter, wohl wissend wie abgefuckt das vielleicht sein mochte. Doch als sich der Saft über meiner Hand ergoss, war ich nicht mal ansatzweise befriedigt.

Mit dem Gefühl, dass jegliche Kraft aus meinem

Körper gewichen war, entledigte ich mich meiner restlichen Klamotten und wusch mich.

Erst dann legte ich mich ins Bett. Seufzend breitete ich die Decke über meinen Unterleib aus und starrte auf die wulstige Narbe auf meiner Brust – ein Andenken aus der Gefangenschaft. Ein Messer war in meine Schulter eingedrungen und wurde bis runter zum Bauch gezogen. Und als das noch nicht genug war, wurde mein Knie mit mehreren Kugeln einer 9 mm durchlöchert, sodass ich nun ein künstliches besaß. Wochenlang war ich mit Fieber vor mich hinvegetiert, bis man mich schließlich befreit hatte. Schon damals war mir die Frau von Lopez aufgefallen. Sie hingegen hatte von mir keine Notiz genommen. Ich war mir nicht sicher, ob sie überhaupt etwas um sich herum wahrgenommen hatte. Sie wirkte stets abwesend, hatte einen leeren Blick, so als wäre sie körperlich da, aber geistig woanders, wie ein Schatten ihrer selbst. Ich hatte nichts unternommen, weil ich weder meinen Job noch mein Leben gefährden wollte. Nachdem ich unbrauchbar für die Einheit geworden war, hatte ich eine Motivation zum Leben gesucht. Mein Bein war nur noch Abfall, auch wenn die Ärzte alles Mögliche versucht hatten. Ich spürte unsagbare Schmerzen, wenn ich es zu lange belastete. Zwar lernte ich, damit zu leben und vor allem zu kämpfen. Trotzdem stark und tödlich zu sein, auch wenn ich nach langem Stehen und starker Anstrengung immer leicht zu hinken anfing. Die Rückkehr zu meiner Einheit war aussichtslos. Meine Psyche litt ebenfalls.

Vermutlich der Grund, weshalb ich mich für den falschen Weg entschieden hatte, egal wie weit er mich in die dunkle Schlucht hinab trieb.

Dies war nun mein Schicksal.

Ich dachte daran zurück, dass auch Freya etwas zu verstecken versucht hatte. Was auch immer Lopez ihr angetan hatte, sie wollte, dass ich es nicht sah.

Ich machte mir nichts vor. Dieser Mann schreckte vor nichts zurück, auch nicht vor den heiligen Versprechen der Ehe. Obwohl ich dies wusste, hatte ich den Auftrag angenommen. Doch wieso hatte ich Freya dann versprochen, sie zu beschützen? Waren das wirklich nur leere Worte gewesen, die ich ausgesprochen hatte? Falls nicht, dann steckte ich so tief in der Scheiße, wie noch nie in meinem Leben.

KAPITEL 8
Freya

Am nächsten Morgen erwachte ich aus einem unruhigen Schlaf. So leise, wie es nur ging, benutzte ich das Bad und zog mich an, um vor Reynir nach unten zu verschwinden. Die Hoffnung, dass er noch schlief und der Sturm von gestern sich gelegt hatte, ließ mich schnell den oberen Teil des Hauses verlassen. Nachdem Reynir gestern aus meinem Zimmer verschwunden war, hatte ich den Entschluss gefasst, zu fliehen. Was auch immer das für eine Anziehung war, die mich an Reynir faszinierte und mich dazu gebracht hatte, mit ihm zu gehen. Doch nach der Begegnung gestern Nacht, als er plötzlich im Zimmer stand, wusste ich, dass ich sehr naiv und unklug gehandelt hatte. Ich befand mich auf der Flucht vor einem der mächtigsten Männer Seattles und was tat ich? Kehrte meinem eigentlichen Plan den Rücken, um mit einem mysteriösen Typen wegzulaufen. Also erinnerte ich mich daran, dass ich wegmusste. Ich musste aus diesem Land verschwinden, bevor mein Noch-Mann, weitere seiner Männer nach mir schickte. Stille empfing mich, als ich die Küche betrat und wieder überlegte ich, ob Reynir für Samuel arbeitete. Den Raum nach seinen Habseligkeiten absuchend, fand ich nur seine Lederjacke auf der Lehne der Couch.

Entschlossen lief ich darauf zu und durchsuchte sie nach dem Schlüssel des Autos, wurde jedoch enttäuscht. Nachdenklich blickte ich zu der kleinen Treppe hinauf und überlegte, ob er sich wundern würde, wenn ich weg wäre. Ich war ein Niemand für ihn. Eine Frau, die er aus einer misslichen Lage befreit hatte. Er würde es als komische Begegnung abstufen. Oder er wäre nicht erfreut, weil er Lopez` kleines Spielzeug eingefangen hatte und es ihm entwischt war. So wie das Kopfgeld, welches er bekommen würde, wenn er mich lebend bei meinem Ehemann ablieferte. Ich erschauderte. War Reynir wirklich so ein Typ Mensch? Ich beschloss, dass es besser war, dies nicht herauszufinden. Also wickelte ich mich in die übergroße Jacke und verließ die kleine Holzhütte. Kälte fuhr mir in die Knochen, als ich die Haustür hinter mir schloss. Der Sturm, der gestern über Schottland gefegt war, war verebbt. Ein glasklarer Morgen empfing mich. Die Sonne schien und ließ die grüne Landschaft in allen Farben glitzern. Wenn ich nicht auf der Flucht wäre, hätte ich Gefallen an diesem wunderschönen Ort gefunden.

Mein Blick fiel auf das Auto und ich ärgerte mich, dass ich meiner besten Freundin Raquel nicht öfter über die Schulter geguckt hatte. Sie war Kfz-Meisterin und hatte mir jahrelang damit in den Ohren gelegen, dass ich zumindest lernen sollte, eigenhändig einen Reifen zu wechseln. Ich hatte das immer abgetan und gefragt, wofür es Werkstätten gab? Nun hätte ich das Auto vielleicht kurzschließen können.

Angestrengt schob ich den Gedanken weg und entfernte mich langsam vom Haus.

Instinktiv entschied ich mich, in die Richtung zulaufen, aus der wir gestern gekommen waren. Bedauerlicherweise hatte ich zwar nicht viel von der Fahrt mitbekommen, aber ich hoffte, dass ich den Weg zu einer Hauptstraße fand und dann per Anhalter in den nächsten Ort fahren konnte. Wobei … Wieder zu einem Fremden ins Auto steigen? Das hat beim letzten Mal ja schon so wunderbar geklappt. Aber welche Wahl hatte ich schon, wenn ich schnellstmöglich von hier wegkommen wollte?

Während ich durch das hohe Gras stapfte und froh war, dass ich zumindest dicke Stiefel trug, dachte ich darüber nach, wieso ich mal wieder in so eine katastrophale Lage gekommen war? Und überhaupt, wieso hatte sich mein Leben dermaßen verändert? Ich war nach dem Studium zur Architektin erfolgreich in einer großen Firma angestellt worden und hatte mich schnell hochgearbeitet. Schon als Kind hatte ich gefallen an der Idee gefunden, Häuser für alle meine Lieben zu erbauen. Umso länger ich arbeitete, desto größer wurden meine Visionen. Doch es war auch genau der Job, der mich in dieses Leben geführt hatte, in dem ich nun gefangen war. Ich konnte es nicht aufhalten, doch ich rutschte plötzlich in die Vergangenheit zurück und dachte an den Tag, an dem ich Samuel Lopez zum ersten Mal begegnet war.

Seattle, 2020

»*Das ist viel zu teuer für uns*«*, flüsterte ich Richie leise zu, der ebenfalls mit großen Augen die kleinen schwarzen Ziffern las, die auf der Speisekarte zu lesen waren.*

»*Ich dachte, du wirst eingeladen?*«

Ich zuckte mit den Schultern. »*So genau weiß ich das gar nicht. Allerdings bin ich mir sicher, dass ich das nicht als Geschäftsessen durchgehen lassen kann. Auch wenn ich den Job bekomme.*«

»*Das wirst du*«*, bestätigte mein bester Freund und griff nach dem Weinglas.*

»*Dafür, dass er fünfzig Dollar kostet, hatte ich irgendetwas Großes erwartet.*«

»*Was denn, dass es dich fliegen lassen würde?*« *Ich lachte und nahm ebenfalls einen Schluck des Weißweines. Leider verstand ich so gut wie nichts von Wein, daher schmeckten sie alle gleich für mich.*

»*Zum Beispiel. Außerdem habe ich gehofft, bereits jetzt etwas beschwipst zu sein.*«

»*Man betrinkt sich nicht mit einer fünfzig Dollar Flasche Wein, Rich.*«

»*Zu schade. Was genau ist das für ein Auftrag?*«*, fragte er und nahm noch ein Schluck Wein.*

»*Ich soll ein weiteres Restaurant entwerfen. Die* Pode-roso*-Restaurants sollen international expandieren.*

Es sollen welche in Spanien, Frankreich und Belgien eröffnet werden.

Und ich will sie entwerfen.«

»Und wen musst du dafür ins Bett kriegen?«, fragte Richie und lachte. Ich kam nicht dazu, zu antworten. Ein Mann erschien an unserem Tisch, der weit mehr war, als nur ein Kellner, das war mir sofort klar.

»Köstlich, nicht wahr?«

Mein Blick fuhr zur Seite und musterte den groß gewachsenen Mann neben mir. Er trug einen grauen Anzug, höchstwahrscheinlich maßgeschneidert. Dazu schwarze Anzugschuhe und goldene Manschettenknöpfe. Trotz meiner dunkelblauen High Heels, die ich passend zu meinem blauen Etuikleid angezogen hatte, würde er mich um etliche Zentimeter überragen. Seine Wangen waren glatt und makellos, die Augen in ein fröhliches Braun getaucht. Die schwarzen Haare trug er zurückgekämmt. Alles in allem schien er ein eleganter Geschäftsmann zu sein.

»Was genau meinen Sie? Den Wein? Ja, er schmeckt sehr gut, aber leider verstehe ich nicht so viel von Wein. Aber er lässt sich sehr gut trinken.«

Die Worte sprudelten nur so aus meinem Mund. Ich beherrschte meinen Job sehr gut und hinterließ für gewöhnlich einen angenehmen und professionellen ersten Eindruck. Doch diesmal schien es nicht wirklich zu klappen.

»Sehr schade, aber eine Wohltat, das versichere ich ihnen.« Mein Lächeln wurde breiter. »Alles, was ich sehe.« Sein Blick lag direkt auf meinem Gesicht und ich spürte, wie Röte meine Wangen flutete.

»Sieh an, es wird immer schöner.

Diese erhitzten Wangen, machen dieses makellose Gesicht, noch unwiderstehlicher.«

Ich senkte den Blick und wollte gerade wieder zurück auf den Wein lenken, als er mir seine Hand hinstreckte.

»Mein Name ist Samuel Lopez.«

Sofort wechselte ich in den Arbeitsmodus, denn dies war die Chance, den größten Auftrag meines Lebens zu ergattern.

»Mir gehören die Poderoso-Restaurants.«

Meine beste Freundin Raquel und ich haben uns oft über den Namen der Restaurants lustig gemacht. Poderoso, wie mächtig. Wir hatten immer gesagt, wie hochkarätig der Besitzer der Restaurants sein möge, der sich so einen Namen hat einfallen lassen. Nun stand er vor mir und schien ziemlich beeindruckend. Vielleicht war es doch der passende Name.

»Freya Ortiz. Ich bin die Architektin, die sich für ihr nächstes großes Projekt beworben hat.«

Sein Händedruck war fest, aber nicht unangenehm. Ich spürte, wie eine Wärme von ihm ausging, die mich nervös machte.

»Gewiss sind Sie das.« Sein Blick glitt von mir fort, hinüber zu Richie, dessen Augen, vor Aufregung, weit aufgerissen waren.

»Was halten Sie von einem Champagner? Natürlich erst nach dem Essen.«

Er lächelte und als er seine Hand von meiner löste und sein Blick mich gefangen hielt, war da ein Gefühl in mir, was ich nicht zu ordnen konnte.

Doch ich wusste, dass ich überall mit ihm hingehen würde. Schließlich nickte ich und besiegelte damit mein Schicksal.

Tuuuuut.

Ein lautes Hupen schreckte mich aus meiner Erinnerung. Ich war an eine Hauptstraße gelangt und dort in Richtung der Ortsschilder gelaufen.

Hinter mir hatte ein roter Skoda angehalten. Erleichterung durchflutete meinen Körper. So schnell ich konnte, lief ich auf den Wagen zu und ließ somit die Erinnerungen an damals, als ich Samuel Lopez zum ersten Mal getroffen hatte, hinter mir. Trotzdem hinterließ es jedes Mal ein leichtes Brennen auf meiner Brust, wenn ich an die Zeit von damals zurückdachte. Das Beifahrerfenster öffnete sich, als ich den Wagen erreichte. Eine junge, blonde Frau saß am Steuer und lächelte mich freundlich an.

»Hallo, brauchen Sie Hilfe?«, fragte diese, woraufhin ich heftig nickte.

»Können Sie mich ein Stück mitnehmen? Es würde reichen, wenn Sie mich bis in den nächsten Ort mitnehmen könnten.«

Die Fremde nickte. »Klar spring rein.«

Eine große Last fiel mir von den Schultern und ich

ließ mich mit einer geschmeidigen Bewegung auf den gepolsterten Sitz nieder.

»Ich bin Maya.« Die Blondine hielt mir ihre Hand hin und sofort blitzte das Bild von Samuel Lopez wieder vor meinem inneren Auge auf.

Ich schüttelte den Kopf und ergriff ebenfalls ihre Hand. »Letizia«

KAPITEL 9
Freya

»Letizia? So wie die spanische Königin?«

Maya lächelte mich kurz an, bevor sie den Blick wieder auf die Straße lenkte. Was auch gut war, denn es hatte grade wieder angefangen zu regnen.

Ich hielt es für besser, meinen richtigen Namen für mich zu behalten. Auch wenn ich nicht glaubte, dass mir Maya gefährlich werden konnte, befand ich mich noch immer auf der Flucht und somit hatte ich gelernt, vorsichtig zu sein.

»Ja, genau.«

»Waren deine Eltern Fans vom spanischen Königshaus?«, fragte sie aufgeregt.

»Nein, nicht das ich wüsste«, gab ich zurück.

Maya nickte energisch. »Na klar, ich stamme ja auch nicht von den *Mayas* ab.«

Mir entfuhr ebenfalls ein Lächeln. Es tat gut, mit jemanden über Alltägliches zu sprechen. Mit einer Person, die mich für ein normales Mädchen hielt.

»Und was machst du hier alleine in Schottland? Ohne Auto? Das war nicht die beste Idee, das kann ich dir sagen.«

»Ja, das habe ich auch schon festgestellt.«

Mein Blick wanderte raus aus dem Fenster und sah

dabei zu, wie die grüne Landschaft an uns vorbeiraste. Kein anderes Auto war mit uns auf dem Highway.

»Ich bin zu Besuch«, antwortete ich ihr schließlich.

»Und der hat dich einfach so ausgesetzt?«

Vorsichtig sah ich wieder zurück auf das Mädchen am Steuer. Ihre Augen waren auf die Straße gerichtet. Sie trug eine blaue Wollmütze, unter der ein paar Locken herausquollen.

»Mein Auto ist nicht angesprungen und mein Handy-akku ist leer. Ich habe die Hoffnung, in der nächsten Stadt einen Pub oder so zu finden, wo ich telefonieren kann.«

»Ich hätte dir auch helfen können, ich habe einen Booster im Auto.«

Ich zuckte mit den Achseln. »Naja, zu spät. Aber vielen Dank.«

»Es sind nicht mal mehr vier Meilen bis zum nächsten großen Ort. Soll ich dich begleiten?«

»Das musst du nicht.«

»Ich mache das gerne, ich warte auch so lange, bis deine Freundin da ist.«

Misstrauen wuchs in mir empor und ich hasste es.

»Nein danke«, murmelte ich leise, aber bestimmt. Kurz spürte ich den Blick von Maya auf meinem Gesicht, doch ich starrte auf die Straße vor uns.

Die Fahrt dauerte wirklich nur eine gute Viertel-stunde. Maya parkt ihren Wagen vor einem kleinen Pub. Lächelnd löste ich den Sicherheitsgurt und zog die Lederjacke fester um meinen Körper.

»Danke fürs Mitnehmen«, verabschiedete ich mich und öffnete die Beifahrertür.

Eisiger Wind, gepaart mit einigen Regentropfen, peitschte mir die Haare aus dem Gesicht und ich hatte Mühe, die Tür so lange aufzuhalten, bis ich aus dem Auto gestiegen war. Während ich dann etwas wackelig auf den Beinen um das Auto herum ging, winkte ich Maya noch einmal zu, sah jedoch, dass sie ihr Telefon ans Ohr hielt.

Trotz des Anrufes, den sie tätigte, lächelte sie mir zu. Misstrauen wuchs in mir, woher das kam, konnte ich nicht sagen, deshalb beeilte ich mich, um schnell im Pub zu verschwinden.

Beim Betreten des Gebäudes ließ ich den Blick unauffällig durch den Raum schweifen. Ein weißhaariger älterer Mann saß rechts von mir am Fenster. In der Hand hielt er einen roten Kaffeebecher. Er sah auf, als sich die schwere Tür hinter mir schloss. Grüßend nickte ich in seine Richtung, steuerte dann jedoch zügig auf den Tresen zu, hinter dem eine rothaarige Frau stand, die telefonierte.

Als sie mich entdeckte, lächelte sie mich freundlich an und winkte mich zu sich.

Ich tat wie gewünscht und wartete, bis sie ihr Telefonat beendete. Lächelnd stützte sie sich mit ihren Armen, die voll mit kleinen Blumen tätowiert waren, auf dem Tresen ab und begrüßte mich.

»Hallo, junge Frau. Danke, dass du gewartet hast. Was treibt dich hier in unser kleines Örtchen?«

Ihre Stimme war etwas schrill, aber herzlich.

»Mein Auto ist liegen geblieben und ich wollte fragen, ob ich mal telefonieren kann? Ich habe aber leider kein Geld.«

»Das ist doch kein Problem. Wir hier in Haddington helfen jedem Menschen, der in der Not ist. Komm, ich gieße dir erstmal einen heißen Kaffee ein.«

Während die Bardame nach der durchsichtigen Kaffeekanne griff und das dunkle Gebräu in einen Becher füllte, sah ich noch einmal zu dem älteren Herrn an dem Tisch am Fenster. Dieser hatte den Blick wieder abgewandt und sah dem langsam stärker werdenden Regen zu.

»Ich bin Karen«, stellte sich die Frau vor und griff nach meiner Hand. Ihr Händedruck war fest und doch herzlich. Langsam begann ich mich zu entspannen. Ich war nur paranoid und verwechselte Gastfreundschaft mit Misstrauen.

»Ich bin Letizia.«

Der Geruch von frisch aufgesetztem Kaffee drang mir in die Nase und ich nahm einen vorsichtigen Schluck. Ich stöhnte vor Wonne, als der erste heiße Tropfen meine Kehle hinab rann.

»Von wo kommst du Kleines?«

Auch wenn es nur Höflichkeit war, wurde ich unruhig. »Ich würde gerne kurz telefonieren, damit ich mir Hilfe rufen kann.«

»Aber natürlich Schätzchen. Komm herum.«

Karen machte eine auffordernde Handbewegung,

daher rutschte ich vom Hocker herunter und begab mich hinter die Bar.

»Hier.« Dankend nahm ich den schwarzen Hörer in die Hände und tippte die Telefonnummer von Richie ein. Als er meine neue Identität geschaffen hatte, gab es drei Dinge, die ich als Aufgabe gestellt bekommen hatte.

Erstens: mein Handy und all meine anderen elektronischen Geräte auf Werkseinstellung zurückzustellen, damit diese nicht mehr geortet werden konnten.

Zweitens: All mein Hab und Gut zurücklassen und die Kleidung entgegennehmen, die er mir besorgt hatte.

Drittens: die Handynummer von Richie, sowie die der Polizei in Schottland auswendig lernen.

Das hatte ich alles für albern gehalten, verstand jetzt aber die Wichtigkeit darin.

Ich drehte mich mit dem Telefon so, dass ich mit dem Rücken zum Tresen stand, und hielt es mir ans Ohr. Nach zweimal Klingeln meldete sich die mir bekannte Stimme meines besten Freundes am anderen Ende der Leitung. »Jo?«

Richie, mein bester Freund, stammte so wie ich aus Spanien. Auch er kam als Kind in die USA, zusammen mit seinen Eltern. Daher wechselte ich ins Spanische, damit die Menschen hier in dem Pub nicht hörten, was ich Richie zu sagen hatte.

»Richie, ich bin es.«

Kurz war es still in der Leitung, doch Richie fing sich schnell wieder und stieß einen Fluch aus.

»Wo bist du?«

»In einem Pub in Haddington.«

»Und was zur Hölle tust du da? Du solltest dich gleich nach der Landung melden. Ben`s Leiche wurde gefunden. In dem Hotel. Was ist da passiert?«

»Ähm. Es war einer von seinen Männern.«

»Verdammte Scheiße. Und wo bist du jetzt? Brauchst du etwas?«

»Erstens, die Adresse kenne ich nicht. Reicht dir der Name?«

»Schieß los. Ich orte dich und rufe die Polizei an.«

Ich nannte Richie den Namen des Pubs und mein Blick wanderte zu dessen Eingang, da die Tür grade aufgestoßen wurde und zwei junge Männer eintraten.

Sofort schnellte mein Puls in die Höhe, besonders weil beide sofort den Blick auf mich legten.

»Richie?«

»Ja?«

»Beeile dich.«

Mehr konnte ich nicht sagen, denn Karen riss mir den Hörer aus der Hand und legte auf. Erschrocken starrte ich die Frau neben mir an, deren Blick leblos durch mich hindurch sah.

»Buenos Días Querida Freya.«

Es fühlte sich an, als wäre mein Kopf plötzlich wie

leergefegt. Panik sickerte durch jede meiner Poren und meine Sinne bereiteten sich auf einen bevorstehenden Kampf vor.

»Woher wisst ihr so schnell, wo ich bin?«

Der Mann, er trug ein schwarzes Baseballcap und eine dicke schwarze Daunenjacke, zeigte nach draußen auf den Wagen von Maya, der immer noch an der gleichen Stelle stand wie eben, als sie mich abgesetzt hatte.

Dann zählte ich eins und eins zusammen und verfluchte dieses Land. Maya, die sofort zum Telefon gegriffen hatte und auch die Pubbesitzerin, die telefonierte, als ich hereingekommen war.

»Kommst du so mit oder brauchst du Hilfe dabei?«

Ich sah, wie die Hand des Mannes nach hinten griff und ich wusste, er würde eine Waffe ziehen, wenn ich nicht freiwillig mit ihm kam. Meine Gedanken überschlugen sich. Wie lange würde Richie brauchen, um Hilfe zu schicken? Wie konnte ich, ohne eine Schießerei anzuzetteln, aus diesem Pub verschwinden?

»Wer seid ihr?«, fragte ich, um Zeit zu schinden. Mit vorsichtigen Schritten ging ich wieder um den Tresen herum.

»Spielt das eine Rolle? Du weißt, wer uns schickt.«

Mein Blick fiel auf die Tätowierung auf dem Schädel des anderen Kerls, die ihn zu Lopez` Eigentum machte.

»Was muss ich tun, damit ihr mich gehen lasst?«

Jetzt lachte er und der dunkle Bass seiner Stimme erfüllte den Laden.

»Wir können ein bisschen Spaß miteinander haben,

doch ich weiß nicht, ob dein Mann das gutheißen würde.«

»Vermutlich nicht«, murmelte ich. Mit kurzen Schritten ging ich auf die zwei Männer zu.

»Dann lasst uns gehen.«

Mir war, als sähe ich Verblüffung in den Augen der beiden. Gewiss, hatten sie nicht damit gerechnet, dass ich freiwillig mit ihnen gehen würde.

Doch mir war es wichtig, erstmal raus aus diesem Pub zu kommen. Ich wusste, dass diese Männer mich nicht umbringen würden, dafür hatte Samuel noch viel zu viel mit mir vor.

»Schlau von dir.«

Der andere Kerl, der noch nicht ein Ton gesagt hatte, öffnete die Tür und forderte mich mit einer Handbewegung auf, den Pub zu verlassen.

Obwohl alles sich in mir sträubte, tat ich wie befohlen und spürte die Hand des anderen Mannes auf meiner Schulter.

Wir steuerten einen schwarzen SUV an, durch dessen Scheiben man von draußen nicht hineinsehen konnte. Das bedeutete, ich wusste nicht, wie viele Männer sich noch in dem Wagen befanden.

Als der Mann vor mir die Beifahrertür öffnete und mich auffordernd ansah, starrte ich einen Moment auf die geöffnete Tür. Es fühlte sich an, als würde mein Körper sich selbstständig bewegen, als ich plötzlich herumfuhr und dem Mann hinter mir das Knie in die Weichteile rammte. Als dieser sich krümmend nach vorne beugte, sprintete ich los und hoffte, den Überraschungsmoment auf meiner Seite zu haben. Wohl wissentlich, dass gleich eine Salve Kugeln auf mich niedersausen würde, rannte ich so schnell, wie meine Füße mich trugen. Die Richtung war egal, Hauptsache weg. Mein Blick zuckte von einer Seite zur nächsten, suchend nach einem Ausweg, einem Schutz. Dann landete ein Gewicht von hinten auf mir und zog mich zu Boden. Schützend hielt ich die Hände vor mich, um den Sturz abzufedern.

Dann lag ich da, mit dem Gesicht voran im Matsch.

Das Gewicht eines Körpers nagelte mich am Boden fest.

»Hast du wirklich gedacht, du kannst entkommen?«

Mein Herz pumpte viel zu stark in meiner Brust. Schwer atmend lag ich unter dem Kerl und versuchte, einen klaren Gedanken zu fassen.

»Noch so eine Aktion und du kommst nicht in einem Stück nach Seattle zurück.«

Er packte mich an den Haaren und zog mich hoch. Tief blickte ich in seine Augen, die keinerlei Regung zeigten.

»Cabrón«, spie ich heraus und zauberte damit ein Lächeln auf sein Gesicht.

Grade als er zu sprechen anfing, erstarrte er plötzlich. Sein Gesicht wurde leichenblass und aus seinem Mund kamen keine Worte mehr, sondern nur ein Ächzen. Zwischen seinen Lippen sickerte ein Schwall Blut hervor. Mein Blick hielt seinen und als er dann zu Boden ging, riss er mich mit. Unsanft landete ich auf der Brust dieses Mannes. Erst als ich mich mühsam von ihm runter schob, entdeckte ich das Messer in seinem Hinterkopf. Erschrocken riss ich meinen Kopf hoch, zurück zu dem anderen Kerl, nur um ihn ebenfalls blutend im Matsch liegen zu sehen. Ich erstarrte, als ich die Person erkannte, die neben ihm stand und nun auf mich zukam. Dieser geschmeidige Gang, diese Arroganz und diese unmessbare Kraft, die bei jedem Schritt von ihm ausging, verursachte eine Gänsehaut bei mir. Als er schließlich bei mir angekommen war, konnte ich nicht anders und starrte ihn einfach an.

»Das nächste Mal, wenn du als Erste wach bist, schlage ich dir vor, einfach nur Kaffee zu kochen.

Das ist sicherer für uns beide.« Dann hielt mir Reynir seine Hand hin. »Lass uns abhauen.«

Ohne ein Wort und aus reinem Instinkt ergriff ich seine Hand.

KAPITEL 10
Freya

Mein Kopf fühlte sich an, als würde er gleich explodieren. Die Ereignisse, die sich eben abgespielt hatten, waren noch nicht in meiner Realität angekommen. Schon wieder war ich zwei von Samuels Männern entkommen. Sie waren tot. Umgebracht von dem Mann, der ruhig neben mir in einem schwarzen SUV saß und auf die nasse Straße sah. Hätte ich es nicht mit eigenen Augen gesehen, man würde Reynir diese kaltblütige Tat nicht anmerken, die er eben begangen hatte, um mich zu retten. Mühsam schluckte ich den Kloß herunter, der sich in meiner Kehle gebildet hatte. Stand ich unter Schock? Da war Kälte, die mein Inneres füllte, doch ich versuchte, es mir nicht anmerken zu lassen. Nur die zitternden Hände, die ich in meinem Schoß vergrub, würden verraten, dass ich komplett durch den Wind war.

Wieder sah ich den riesigen Mann neben mir an und musterte sein Profil. Die grade Nase, die Lippen, die leicht geöffnet waren. Die blonden Haare hatte er unter einer Mütze versteckt.

»Wer bist du?« Diese Frage ließ mich nicht los und er hatte sie mir bis jetzt nicht beantwortet.

Kurz sahen mich die hellen, blauen Augen an, doch er

wendete schnell den Blick wieder ab.

»Soll ich dir schon wieder die gleiche Antwort geben?«

Nun begann es in mir zu brodeln. Gerade als wir wieder auf das Haus zu rollten, aus dem ich heute Morgen geflohen war, überfiel mich eine solche Wut, dass sich meine Hände zu Fäusten ballten.

Reynir parkte das Fahrzeug auf einem Parkplatz hinter dem Haus. Sobald das Auto zum Stehen gekommen war, löste ich den Sicherheitsgurt und öffnete die Tür. Er hielt mich nicht auf. Aufgebracht lief ich ein paar Schritte, wobei einige spanische Schimpfwörter meine Lippen verließen.

In meiner Wut gefangen, hatte ich nicht gemerkt, wie Reynir ebenfalls ausgestiegen war. Plötzlich stand er hinter mir und packte mich am Arm. Unsanft riss er mich herum und schob mich in Richtung Hauswand. Als ich das feuchte Holz hinter mir spürte und dieser Mann vor mir emporragte, wurde ich noch wütender.

»Lass mich gehen! Ich habe keine Lust auf deine Spielchen.«

Sein Blick strahlte ebenfalls Wut aus, die gefährlich in seinen Augen aufblitzte.

»Du glaubst, das ist ein Spiel?«, fragte er. Seine Stimme war kalt, als wäre in seinem Innersten nur noch Dunkelheit.

»Du bist nicht anders, als diese Männer. Du tötest, ohne mit der Wimper zu zucken. Du bringst mich dazu, mit dir zu gehen, und doch bin ich nicht sicher. Ich weiß nicht, wer du bist, was du tust und am wichtigsten:

Für wen du das tust.«

»Habe ich dich gezwungen?«, presste er zwischen seinen Lippen hervor.

»Was?«, erwiderte ich verunsichert.

»Ich habe dich vor diesen Wichsern gerettet, oder? Zweimal. Du bist freiwillig mit mir gekommen. Was hast du für einen Grund, an mir zu zweifeln?«

Aufgebracht schnaubte ich und versuchte, mich aus seinem Griff zu befreien, doch er hielt mich gefangen. »Wo soll ich da anfangen?«, spie ich hervor. Als Reaktion darauf stieß er pfeifend den Atem zwischen seinen Zähnen hervor.

»Hör zu. Es spielt keine Rolle für dich, wer ich bin. Ich biete dir meinen Schutz an. Dafür will ich zwei Sachen.«

Er kam noch ein Stück näher, sodass ich seinen Körper dicht an meinem spürte. Unwillkürlich nahm ich die Härte wahr, die seine Muskeln ausstrahlten und die Stärke, die mich sehr wohl beschützen konnte. Das hatte er mir bewiesen.

»Was willst du?« Entschlossen sah ich in sein ausdrucksloses Gesicht. Nur seine Augen waren voller Emotionen.

»Ich will, dass du mir vertraust, und ich will, dass du nicht einfach so wegrennst. Du bist nicht in der besten Situation, Rauð kona. Wenn du willst, bringe ich dich zum Flughafen, doch ich sage dir –, und die Situation heute, sollte es dir auch zeigen –, dass du nicht sicher bist. Ich werde versuchen, dich aus dem Land schaffen.«

»Und warum tust du das?«

Sein Gesicht wurde dunkler. »Du kannst mir vertrauen. Ich bin ein Ex-Soldat. Lange habe ich für Gerechtigkeit gekämpft und ich hätte es weiter getan, wäre ich nicht unbrauchbar geworden.« Seine Stirn legte sich in Falten und ich glaubte zu sehen, dass da etwas in ihm war, was ihn gebrochen hatte.

»Was ich damit sagen will, ist, dass ich für das Gute kämpfe und das, wenn es sein muss, bis zum Tod. Auch wenn der Tod durch meine Hand kommt.«

Immer noch nicht überzeugt, starrte ich ihn an. Und er starrte zurück.

»Warum bist du unbrauchbar für den Dienst geworden?«

Sein Blick verdunkelte sich noch mehr. Der Griff um meinen Oberarm wurde fester. Mir war, als fluteten Erinnerungen seinen Geist. Es war ein kurzer Moment und so schnell, wie er gekommen war, verschwand er auch wieder. Der Griff um meinen Arm lockerte sich.

»Das spielt keine Rolle.« In seiner Stimme hörte man die Dunkelheit und wo auch immer er mit seinen Gedanken gerade gewesen war, es war kein schöner Ort. Da war ich mir sicher.

Misstrauisch sah ich ihn an. »Na schön. Aber vertrauen werde ich dir nicht. Du wirst nur meine Chance zur Flucht sein.«

Wieder stieß er scharf den Atem aus, als wäre er diese Diskussion leid. »Versprich mir, dass du nicht mehr wegläufst. Denn sollte das der Fall sein, werde ich dich nicht wieder einsammeln. Du entscheidest.

Entweder sind wir ein Team oder du bist auf dich allein gestellt.«

Ich überlegte lange. Wir standen da und sahen uns an und noch immer wusste ich nicht, ob ich ihm vertrauen konnte oder ob er das viel größere Übel war. Doch ich wusste keinen anderen Ausweg, als das zu tun, was er verlangte.

»Okay.« Leicht nickte ich, wusste jedoch trotzdem nicht, ob ich die richtige Entscheidung getroffen hatte.

Reynir nickte ebenfalls, machte allerdings keine Anstalten, sich von mir wegzubewegen. Unsere Blicke verflochten sich miteinander und ich merkte sofort, wie sich die Stimmung zwischen uns veränderte. Man konnte beobachten, wie Verlangen in die eisblauen Augen stieg. Sein Blick lag auf meinen Lippen und auch ich spürte plötzlich eine gewisse Anziehung. Als wartete ich nur darauf, dass Reynir seinen Mund auf meinen legte.

Ich hob meine Hand und krallte sie in seine Jacke, damit ich sein Gesicht näher zu mir heranziehen konnte. Reynir war so nah, dass unsere Nasen sich berührten. Sein Blick nagelte mich fest und ich öffnete leicht die Lippen. Was war das bloß? Niemals hatte ich so den Verstand verloren, wenn ein Mann mir nahe war. Nicht mal bei Samuel. Ich erschauderte, als ich seinen Atem auf meiner Haut spürte. Seine Hand wanderte hoch zu meiner Wange, strich mir eine Strähne aus dem Gesicht.

»Was mache ich hier?«, murmelte er dann und so

schnell wie er näher gekommen war, war er wieder weg. Unsanft fiel ich zurück an die Hauswand und vermisste augenblicklich seine Hand auf meiner Haut. Mein Atem ging schneller und ich sah, wie er versuchte, sich zur Ordnung zu rufen. Mein Blick glitt tiefer und ich spürte, wie Hitze mich erfüllte, als ich die unüberseh-bare Beule in seiner Hose entdeckte.

»Geh ins Haus. Ich besorge uns was zu essen.«

Es dauerte ein paar Atemzüge, bis ich es endlich schaffte, die paar Schritte zur Tür rüber zu gehen. Die ganze Zeit spürte ich seinen heißen Blick auf mir. »Und Freya?«

Ich stoppte meine Bewegung und sah noch einmal zu ihm zurück.

»Ich will für dich hoffen, dass du in diesem verdamm-ten Haus bist, wenn ich zurück bin.«

Nickend, da mir die Worte fehlten, wand ich mich ab und sah nicht noch einmal zurück.

KAPITEL 11
Reynir

Wie ein Spanner beobachtete ich Freya Ortiz durch ein seitliches Fenster. Sah stumm dabei zu, wie diese grade auf Zehenspitzen im Küchenschrank wühlte und mit Tellern und zwei Weingläsern wieder in den Wohnbereich wechselte. In dem Moment, als sie auf den großen Esstisch zusteuerte, wanderte ihr Blick in meine Richtung. Ihre Augen zuckten in der Dunkelheit umher, die mich umgab, sie schüttelte dann jedoch den Kopf und lief weiter zum Tisch, um das Geschirr dort abzulegen.

Diese rothaarige Frau, dessen Anwesenheit Chaos und Unheil in mein Leben bringen würde, schälte sich grade aus ihrer dunklen Strickjacke und entblößte ihre bleichen, nackten Schultern. Sie stand mit dem Rücken zu mir und mein Blick glitt langsam über ihre ebenmäßige Haut. Ihrem schmalen Hals entlang, hinab über ihren Rücken, der in einem roten, engen Top steckte. Die Begierde wuchs in mir, als ich an ihrem wohlgeformten Hintern in dieser verdammt engen Jeans hängen blieb. Eine so häufige Ansammlung von Blut in einem Körperteil konnte nicht gesund sein, so oft hatte ich jetzt schon einen Steifen in Freyas Gegenwart bekommen.

Dabei war ich der letzte Mann, der hier wie ein Irrer am Fenster stand, und sie beobachten durfte.

Ich hätte sie schon längst Lopez ausliefern müssen. Gelegenheit dazu hatte ich viele. Doch seit unserer ersten Begegnung war eine Stimme in mir, die mir sagte, ich sollte damit noch warten. Zweifel, ob es das Richtige war, Freya auszuliefern, war mittlerweile schon fest in meinem Kopf verankert. In der Nacht, als ich bei ihr im Zimmer war. Als ich sie habe schreien hören und wie sie krampfhaft versucht hatte, etwas vor mir zu verbergen, nur damit ich die Narben nicht sah, die sie mit sich trug. Die Wunden, die Lopez ihr zugefügt hatte. Wieder stieg undefinierbare Wut auf diesen Mistkerl in mir hoch. Das war mir noch nie passiert. Schon immer war ich auf meinen Auftrag fokussiert. Seit meiner Suspendierung und den Verletzungen, die ich von der Gefangenschaft an meinen Körper trug, hatte mich dieser Job bei Lopez über Wasser gehalten. Mir war es egal gewesen, dass sich mein eigentlicher Auftrag zu einem anderen gewandelt hatte. Mir war es gleich, wen ich entführen sollte. Wen ich umbringen sollte.

Ich schluckte. Der Gedanke, dass ich dieser wunderschönen Frau auch nur ein Haar krümmen sollte, schmerzte. Doch welche Wahl hatte ich? Sollte ich da reingehen und mit ihr zu Abend essen, oder sollte ich sie mir schnappen und in meinen Jeep verfrachten, um aus Schottland zu verschwinden, damit ich meinen Auftrag erfüllen konnte? Dann dachte ich an den Moment, als ich heute Morgen rausgefunden hatte, dass sie weg war.

Da war keine Aggression oder Wut in mir gewesen. Es war die pure Panik, die mich befallen hatte. Wie schnell hätte sie sich in Gefahr bringen können?

Was ja auch eingetroffen war. Weshalb war es mir so wichtig, diese Frau zu beschützen? Mir blieb nicht mehr viel Zeit. Ich hatte heute bereits drei Anrufe in Abwesenheit von Samuel Lopez auf meinem Telefon. Ich war mir sicher, Samuel wusste, dass Freya bei mir ist. Daher hatte ich beschlossen, nach diesem Abendessen mit Freya Ortiz zu flüchten. Ich würde mit ihr das Land verlassen. Ich hatte Bekannte hier in Schottland. Sie würden uns einen Platz in einem Flugzeug organisieren, mit dem wir fliehen konnten. Das würde ich noch heute abklären. Es war dumm von mir, einen Mann wie Samuel Lopez gegen mich aufzubringen. Das Gefühl, das Freya in mir auslöste, diese Anziehung und der Drang, sie beschützen zu wollen, war stärker, als die drohende Gefahr, die von dem Restaurantbesitzer ausging. Entschlossen ließ ich mein Handy fallen und vergrub es unter der Sohle meines Stiefels, so fest, dass es knackte. Ich hatte nichts mehr zu verlieren, doch diese Frau, die gerade eine Kerze auf dem Tisch anzündete, hatte noch ein ganzes Leben vor sich. Anders als ich, würde auf sie noch ein Mann warten, mit dem sie eine Familie gründen konnte. Sie könnte wieder arbeiten und ihrer Leidenschaft nachgehen, was auch immer das war. Sie hatte es verdient, weiter leben zu können, so wie sie es wollte. Es gab also viele Gründe, Freya Ortiz aus dieser Flucht zu befreien. Tief in mir wusste ich, dass der Grund, weshalb ich vom Fenster wegtrat und die Haustür ansteuerte, nicht der war, ihr ein normales Leben zu ermöglichen. Der Mann in mir, der jetzt das Holzhaus betrat, wollte diese Frau für sich. Ich wollte sie besitzen, mit jeder Faser meines Körpers. Auch wenn es nur für einen Moment war. Ich würde alles nehmen, was sie bereit war, mir zu geben.

Freya hob überrascht den Kopf, als ich zur Tür hereinkam und die hügelige Landschaft hinter mir ließ. Sie hatte das Feuer im Kamin angezündet, sodass sich eine wohlige Wärme im Haus ausgebreitet hatte. Mit den Augen immer noch bei der rothaarigen Frau, ging ich zum Sofa, streifte meine Jacke ab und legte sie über dessen Lehne. Dann wand ich mich wieder ganz der Frau zu, die vor mir stand und mich unsicher musterte.

»Ich habe das Essen besorgt.« Ich hielt die weiße Tüte hoch.

»Was ist es?« Ihre Stimme war leise und ich hörte die Unsicherheit heraus, obwohl sie versuchte, sie zu überspielen.

»Ich habe mich für asiatisch entschieden.«

Freya begann zu lächeln. »Sehr gut. Es ist so schwierig, in Seattle einen geeigneten Asiaten zu finden. Dafür gibt es einfach viel zu viele davon.« Kurz huschte ein Schatten durch ihren strahlenden Blick, doch er war so schnell wieder fort, wie er gekommen war.

»Hier.« Ich ging mit zwei geschmeidigen Schritten auf sie zu und stellte die bis zum Rand gefüllte Tüte auf dem Tisch ab.

»Ich habe nach etwas zu trinken gesucht, habe aber nur Bier und Wasser gefunden.«

»Ich nehme ein Bier«, antwortete ich schnell.

»Okay«, stimmte sie zu. »Das dachte ich mir.«

Als sie Anstalten machte, sich Richtung Küche zu bewegen, stoppte ich sie, indem ich ihren nackten Arm berührte. Ich hatte recht. Diese Haut war so weich, so wie ich es in Erinnerung hatte. Was würde ich dafür geben, um herauszufinden, wie sich diese Haut unter meinem nackten Körper anfühlen würde.

»Ich habe noch Wein im Schuppen gefunden.«

Ohne meine Berührung zu beenden, fasste ich mit der einen Hand in die Tüte und holte eine Flasche Weißwein heraus und zeigte sie ihr. Die andere Hand lag noch immer auf ihrer Schulter, was sie kritisch beäugte. Unwillkürlich erwartete ich, dass sie sich aus meiner Berührung wand. Vorhin, wollte sie noch so schnell wie möglich weg von mir. Doch sie blieb, wo sie war, und sah mich einfach nur an.

»Danke«, flüsterte sie und griff nach der Tüte, um die kleinen weißen Kartons voller Köstlichkeiten auf dem Tisch zu verteilen. Derweil öffnete ich die Flasche Wein und füllte das Glas bis zur Hälfte. Mein Bier machte ein zischendes Geräusch und zerschnitt damit die Stille, die sich um uns ausgebreitet hatte. Diese zog sich weiter hin, während wir schweigend da saßen und aßen. Unsere Konversation beschränkte sich auf: »Gibst du mir mal die Wan-Tans?« Oder: »Ist noch Reis da?«

Keiner von uns wusste, wie man sich gegenüber dem

anderen verhalten sollte. Was ja kein Wunder war. Ich war ein Fremder, der vor ihren Augen einem Typen ein Messer in den Schädel gerammt hatte. Ich war wirklich ein Wichser.

»Reynir?«

Erstaunt hob ich den Blick und sah zu ihr herüber. Mühsam versuchte ich, den Klang, mit dem sie meinen Namen ausgestoßen hatte, zu ignorieren.

Allein ihre Präsenz setzte mir schon zu. Verdammt, das machte mich fertig. Es ließ mich an Dinge denken, die ich mit ihr machen wollte, während sie meinen Namen nur noch stöhnte.

»Ja?« Freya hatte ihr Besteck zur Seite gelegt und nahm nun einen großen Schluck von ihrem Wein. Einen extrem großen. Unwillkürlich musste ich grinsen. Überspielte sie damit ihre Nervosität?

»Erzählst du mir eine Wahrheit über dich?«

Mein Grinsen erstarb augenblicklich, als ich diese Frage hörte. Ich ließ ebenfalls das Besteck sinken und legte dann den Blick wieder auf ihr leicht errötetes Gesicht. Verdammt, mein Schwanz musste heute wirklich was mitmachen. »Was möchtest du hören?«

Verwunderung erschien auf ihrem Gesicht.

»Eigentlich alles. Aber mir würde für heute auch einfach etwas Persönliches reichen. Irgendetwas, dass dich menschlich macht.«

Ich überlegte kurz.

»Ich liebe *Reese's Pieces* in allen Variationen.«

Ihr Blick verriet mir, dass sie mit etwas anderem

gerechnet hatte, und ich musste etwas schmunzeln.

»Schon gut, ich lasse mir etwas Besseres einfallen.«

Um Zeit zu schinden, griff ich nach meinem Bier und überlegte, was ich ihr erzählen konnte.

»Ich stamme ursprünglich aus Island, doch zusammen mit meinem besten Kumpel, habe ich jeden Sommer hier in Schottland verbracht. Deshalb kommt es mir so vor, als wäre dieses Land meine zweite Heimat.

Wir kamen damals bei Freunden der Familie auf einer kleinen Farm unter, die sich an einem Ort, nahe der *Isle of Skye* befand. Als ich sechzehn war, sind mein bester Freund Gustav und ich oft zu einer bestimmten Stelle gewandert. Sie befindet sich auf Skye.

Dort gibt es einen großen Hügel, auf dem ein Stein steht, der aussieht wie eine Nadel. Der Berg nennt sich *Old Man of Storr*. Drumherum gibt es nur die endlosen Weiten der Highlands. Abends, wenn das Land in tiefe Dunkelheit getaucht ist und am Himmel tausende Sterne glitzern, kommt es dir so vor, als lebst du allein auf dieser Welt.

Als wärest du frei und niemand könnte dir je etwas anhaben. Es ist wie das Paradies unter freiem Himmel. Die Stille dort gab mir Kraft und ich fühlte mich geborgen, als würden die hohen Berge, die um uns herum emporragten, auf uns aufpassen. Wenn wir Glück hatten, sahen wir sogar Polarlichter. Diese erinnerten mich dann an meine Heimat.« Ich stocke und schwieg einen Moment, denn ich erinnerte mich an das Gefühl zurück und erschauderte. Ich hatte nicht gewusst, wie sehr mir diese Zeit fehlte. Kurz räusperte ich mich, bevor ich weiter sprach.

»Jedenfalls, wenn man mich damals gefragt hätte, wie man mich glücklich machen kann, hätte ich jedes Mal gesagt: mit einem Besuch des *Old Man*.« Ich hatte nicht gemerkt, dass ich den Blick gesenkt hatte, während ich sprach. Doch nun, hob ich meinen Kopf und sah Begeisterung in Freyas Augen.

»Das hört sich wundervoll an.«

Immer noch in Gedanken nickte ich.

»Schottland zeigt dir die schönsten Dinge, wenn du es zulässt.«

Wieder zog ein Schleier durch ihre braunen Augen. »Ich habe noch nichts von diesem Land gesehen. Meine Leidenschaft ist das Reisen. Am liebsten würde ich die ganze Welt sehen. Schottland stand schon immer ganz oben auf meiner Liste. Doch dies wird wohl nicht mehr möglich sein, solange ich auf der Flucht bin. Samuel Lopez wird einen Weg finden, mich zu besitzen.«

Meine Augen lagen fest auf Freyas Gesicht und das, was ich darin sah, hinterließ Wut in mir. Wut auf diesen verdammten Lopez. Allein der Gedanke, dass er Freya als sein Eigentum sah, ließ in mir einen tiefen Wunsch der Vergeltung wachsen.

»Das wird er nicht.« Meine Stimme klang etwas zu entschlossen, denn auch Freya hob erstaunt den Kopf. Ihre Augen schienen etwas glasig, als kämpfte sie mit den Tränen.

»Wie willst du das anstellen?« Ihre Stimme war leise

und klang nicht überzeugt von meiner Aussage.

»Wir werden noch heute Nacht von hier verschwinden.« Große Augen sahen mich an und so begann ich ihr von meinem Vorhaben zu erzählen.

KAPITEL 12
Freya

Überrascht starrte ich auf Reynir, der mir am Tisch gegenüber saß. Immer noch fiel es mir schwer, den Blick von ihm abzuwenden. Sein schwarzer Pullover spannte sich über seine breite Brust und ich wünschte mir, ihn nochmals ohne Oberteil zu sehen. In Ruhe, ohne Panik und Hast. Reynir griff nach der Flasche Bier, die vor ihm auf dem Tisch stand und nahm einen großen Schluck, bevor er den Blick wieder auf mein Gesicht legte.

»Was sagst du?«, fragte er nach, als ich nichts erwiderte.

Ich schüttelte den Kopf und verfluchte mich, dass ich in all dem Chaos für einen wildfremden Mann schwärmte. War es nur, weil er mir helfen wollte? Weil er mit mir flüchten würde?

»Wohin gehen wir?« Endlich schaffte ich es, ihm zu antworten.

»Ich habe Kontakte. Ich werde versuchen, uns in ein Flugzeug zu bringen.«

»Wenn ich einfach so in einen Flieger steigen könnte, dann wäre ich längst schon nicht mehr hier. Du hast doch gesehen, was dann passiert.« Unwillkürlich dachte ich an den toten Bodyguard, den wir im Hotel zurückgelassen hatten.

Reynir grinste, was mich wieder verunsicherte. Dieser Mann war hart und kalt. Abweisend und arrogant. Dann begann er zu lächeln und veränderte sich in einen Kerl, der Gefühle hatte. Der Schmerz empfunden hat. Er hatte mir eine Geschichte aus seinem Leben erzählt und ich wusste nicht, ob es die Wahrheit war oder ob er mich damit nur in Sicherheit wiegen wollte. Doch der Gedanke, dass Reynir hier in Schottland eine geborgene Kindheit erfahren hatte, gefiel mir.

»Du wirst in keiner Passagierliste auftauchen. Und ich ebenfalls nicht.« Ungläubig zog ich die Augenbrauen kraus. »Und das kann dein Kontakt?«

»Ja.«

Ich war nicht überzeugt. Doch was blieb mir schon übrig? Das, was heute Morgen passiert war, zeigte mir nur noch mehr, dass ich in Schottland nicht sicher war. Selbst in dieser Hütte im Nirgendwo würden mich Samuels Männer finden. Das wusste ich.

»Okay«, sagte ich knapp. Vielleicht war das die drittdümmste Entscheidung, die ich in Kürze traf, aber mir blieb keine Wahl. Reynir zu vertrauen, war unvorsichtig. Er könnte mich Samuel ausliefern, aber etwas in mir sagte, dass er das nicht tun würde. Nicht mit ihm gehen, war ebenso gefährlich. Dann wäre ich gegen Samuels Männer schutzlos. Die Überraschung, die sich in Reynirs Gesicht aufgrund meiner Zustimmung zeigte, amüsierte mich.

O ja, er hatte mit mehr Widerstand gerechnet. Und ich ehrlich gesagt auch. »Was bleibt mir anderes übrig?«, erklärte ich meine Zusage.

Reynir leerte sein Bier, nickte und stand auf. Ungläubig schüttelte er den Kopf.

»So ist es. Ich hatte jedoch mehr Misstrauen erwartet.«

Er kam um den Tisch herum und sah auf mich herab. Dieser Mann war so groß, dass ich meinen Kopf in den Nacken legen musste, um ihm ins Gesicht sehen zu können.

»Wie groß bist du?«, wollte ich wissen und ärgerte mich in dem Moment über meine Frage.

Auf seinem Gesicht erschien wieder dieses Grinsen. »Das interessiert dich wohl.«

Verräterische Hitze stieg mir in die Wangen und ich senkte den Blick auf das Weinglas. Leider war es leer.

»Das muss dir nicht peinlich sein, Rauð kona.«

Ich fragte mich, was dieser Spitzname zu bedeuten hatte, hütete jedoch meine Zunge. Er hatte meine Gefühle sowieso schon durchschaut.

»Peinlich? Bild dir mal nichts ein.«

Jetzt lachte er und begann den Tisch abzuräumen. Dankbar für die Ablenkung stand auch ich auf und griff nach seiner Flasche und meinem leeren Weinglas. Auf dem Weg zur Küche sah ich, wie er die Teller in die Geschirrspülmaschine einräumte und die Essensreste wegschmiss.

»Hier.«

Als er sich erhob, um mir die restlichen Sachen abzunehmen, sah er mir direkt in die Augen. Dieses Blau, was mich so faszinierte, hielt mich für einen Moment gefangen.

»Gefällt dir, was du siehst?«

Seine Stimme riss mich aus meinem kleinen Dämmerzustand und ich wand mich abrupt ab. Hitze stieg mir
ins Gesicht, das fühlte ich.

»Wann fahren wir los?«, fragte ich, während ich auf
den Esstisch zuging, um meine Strickjacke anzuziehen,
die ich über die Lehne des Stuhles gehängt hatte.

»Du kannst dich noch ein paar Stunden aufs Ohr
hauen. Ich mache in der Zeit, den Jeep startklar und
regele den Rest. Vor Mitternacht fahren wir nicht los.
Ich wecke dich, wenn es losgeht.«

Ich nickte nur, obwohl ich ihm den Rücken zuwandte.
Während ich den gestrickten Stoff über die nackten
Arme schob, überlegte ich, ob er es zulassen würde, sich
mit mir hinzulegen. Sofort verwarf ich diesen absurden
Gedanken. Anstatt mich in irgendwelche Fantasien zu
verstricken, sollte ich daran denken, aus diesem Land
abzuhauen.

»Ich höre dich denken.«

Unwillkürlich zuckte ich zusammen, denn ich spürte
Reynir plötzlich direkt hinter mir. Augenblicklich nahm
ich den warmen Körper wahr, der sich dicht an meinem
befand und erschauderte.

»Was denke ich denn?«

Ich wusste nicht, was ich tun würde, wenn ich mich zu
ihm umdrehte.

»Du weißt nicht, was du willst.« Seine Stimme war
leise, doch ich verstand jedes Wort.

»Da ist diese Gefahr. Diese Unwissenheit, wann Lopez´ Männer wieder angreifen. Und doch ist da diese Anziehung zwischen uns. Du hast sie gespürt, an dem Tag, als wir uns das erste Mal gesehen haben. Woher ich das weiß? Mir geht es genauso.«

»Ist das so?«, flüsterte ich und hörte ihn leise lachen.

»Verdammte Scheiße, ja.«

Seine Stimme erreichte mein Inneres und ein Schauer glitt meine Arme hinab.

»Aber?«

»Einerseits hast du Angst. Du kennst mich nicht und Vertrauen baust du nur schwer zu jemandem auf. Trotzdem will ein Teil von dir mich einfach nur in deinem Bett haben.«

Das war ein Wort zu viel. Ruckartig fuhr ich zu ihm herum und starrte hoch in sein Gesicht, auf dessen Lippen ein leichtes Lächeln lag. »Das hättest du wohl gerne, was? Dass ich nach dir lechzte, wie ein billiges Luder. Du hast recht, ich vertraue dir nicht. Daher werden wir unsere Flucht zusammen durchziehen, weil ich dich wohl oder übel dazu brauche. In mein Bett wirst du nur in deinen Träumen kommen.«

Entschlossen wand ich mich ab und stapfte zu den Treppen, die zu meinem Zimmer führten. Doch als ich bereits den Fuß auf der ersten Stufe hatte, spürte ich eine Hand auf meinem Oberarm. Ich blieb stehen und wartete. Wieder spürte ich seinen Körper hinter mir und als sein Atem meinen Hals streifte, erschauderte ich. Ohne Widerstand ließ ich es zu, dass seine Lippen sich auf meine Haut legten. Meine Augen schlossen sich und ein Schauer legte sich über meine Haut. Sein Körper ragte hinter mir empor, das spürte ich, obwohl ich nicht hinsah. Er hatte eine immense Präsenz, die mich nicht loszulassen schien.

»1,97. Meine Größe.«

Langsam wand ich den Kopf zu ihm herum und unsere Blicke verflochten sich miteinander.

Das Blau seiner Augen hielt mich gefangen. Es war ein Gefühl, als verbrenne man sich an einer lodernden Flamme.

Mein Herz schlug einmal. Dann noch einmal. Nach einer gefühlten Ewigkeit ließ Reynir mich schließlich los. Ohne mich nochmal umzusehen und ein Wort zu sagen, sprintete ich die Treppen hinauf und verschwand in meinem Zimmer.

KAPITEL 13
Freya

Tiefste Nacht drang in mein Zimmer, als um kurz vor Mitternacht der kleine Wecker klingelte, der auf dem Nachttisch stand. Er war unnötig gewesen, denn ich hatte nicht ein Auge zugemacht. Mit Unsicherheit in meinem Körper lag ich auf dem großen Doppelbett und hatte in die Dunkelheit gestarrt. In meinem Kopf drehte sich ein Gedankenkarussell. Da waren die Ereignisse der letzten Tage, die mein Gehirn nochmal Revue passieren ließ. Die Flucht nach Schottland. Meine Zeit bei Samuel und der Brand, der alles verändert hatte. Die Entscheidung, Seattle und meine Familie zu verlassen. Die Angst, immer und überall erkannt zu werden. Suchte Richie nach mir? Sollte ich hierbleiben und warten, bis die Polizei mich fand? Mein Misstrauen der Polizei gegenüber nahm mehr und mehr zu. Und auch die Tatsache, dass ich Reynir nicht vertraute, machte es nicht besser. Immer noch spürte ich Angst und Unsicherheit, als ich schließlich aus dem Bett aufstand und zur Tür trat. Ich hatte weder genug Habseligkeiten, noch geeignete Kleidung, die mich vor der Kälte schützen würde. Trotzdem griff ich entschlossen nach meinem gefälschten Pass, den ich in der Innentasche meiner Jacke verstaute und meiner Reisetasche.

Mittlerweile wurde der Mord im Hotel bestimmt mit mir in Verbindung gebracht. Mit all diesen Gefühlen schloss ich die Tür hinter mir und ging damit auch in eine unsichere Zeit. Immer noch wusste ich nicht, wer Reynir war. Mich verunsicherte die Anziehung, die ohne Zweifel, zwischen uns spannte. Wenn er wenigstens etwas mehr über sich erzählen würde, wäre es leichter, ihm zu vertrauen. Andersherum gab es für mich keine Chance. Selbst wenn ich wieder zurück nach Seattle ging und somit vermutlich in den polizeilichen Zeugenschutz, würde ich in einem fremden Land leben und von diesem nichts sehen, außer vielleicht verschiedene Hotelzimmer. Wollte ich für immer unter einem anderen Namen leben? Ein fremdes Leben führen und meine Familie niemals wieder sehen? Seattle war meine Heimat und ich vermisste meine Freunde. Vielleicht würde Lopez nie ans Messer geliefert werden. Ich musste es auf meine Weise versuchen. Mein Plan war, erstmal wieder aus Schottland zu verschwinden. Samuels Leute wussten mittlerweile, dass ich hier war. Daher wäre es klug, irgendwo außerhalb wieder Fuß zu fassen, und meine Beschuldigungen, die ich gegen meinen Ehemann ausgesagt hatte, zu beweisen. Das war meine einzige Chance, mein altes Leben zurückzubekommen. Frei zu sein. Reynir würde mir dabei helfen, selbst wenn es nur die Ausreise aus Schottland war. Er hatte mir bewiesen, dass ich an seiner Seite sicherer war als bei der Polizei. Zumindest bisher.

Als ich im Erdgeschoss ankam, war der Wohnbereich

in ein leichtes Licht getaucht und ich sah, dass alles, was an die gestrige Nacht erinnerte, beseitigt war. Es schien, als hätte es unser Abendessen nicht gegeben.

Als wären wir niemals hier gewesen. Ob diese Hütte wirklich seinem Bruder gehörte bezweifelte ich, doch nochmal danach fragen würde ich nicht. Es war egal, wir verließen sie heute ja sowieso. Durch das Küchenfenster sah ich Reynir eine Tasche im Kofferraum verstauen. Als hätte er gemerkt, dass ich ihn anstarrte, hob er den Blick und seine Augen fanden meine sofort. Dieses helle Blau zog mich an wie ein Magnet und ich versuchte, so cool wie möglich zu bleiben, als er die Haustür öffnete und das Zimmer betrat. Von oben bis unten musterte ich ihn. Die schwarze Lederjacke, darunter ein dicker Wollpullover. Die muskulösen Beine in schwarzen Jeans verpackt und die Füße in dicken Boots versteckt. Seine blonden Haare hatte er unter einer dunklen Mütze verborgen, was schade war. Doch vermutlich würde diese helle Farbe eher Aufmerksamkeit erregen, als sie zu verbergen. Genauso wie es bei mir der Fall war. Unwillkürlich schob ich mir die roten Strähnen über die rechte Schulter.

Reynir wirkte bedrohlich, wie er so im Türrahmen stand, doch mittlerweile wusste ich, dass er mir nichts tun würde.

»Bist du fertig?« Diese tiefe Stimme, die plötzlich die Stille zwischen uns durchbrach, ließ mich zusammenzucken. Nickend ging ich auf ihn zu und sah hoch in sein scharfkantiges Gesicht. Warum musste er auch so attraktiv sein? Die Polizisten, die ich bis jetzt getroffen hatte, schienen wie kleine Jungs gegen ihn. Was er wohl als Soldat alles gemacht hatte, und warum war er nicht mehr fähig zu dienen?

Reynir musterte mich und legte nach einer kurzen Zeit die Stirn in Falten.

»Wir fahren bis zum Haus meines Bekannten ungefähr drei Stunden. Er weiß, dass wir kommen, und erwartet uns. Bevor wir losfahren, sollten wir dir noch ein paar anständige Klamotten besorgen und etwas zu essen.«

»Was ist das für ein Bekannter? Ist er auch ein Soldat?«

Sofort spürte ich, wie sich Reynir anspannte und den Blick von meinem Gesicht abwandte. Ohne zu antworten, nahm er mir die Tasche aus der Hand und verstaute sie im Wagen.

»Er war mal einer, ja.« Mit diesen Worten drehte er sich mir wieder zu, um mir auffordernd die Tür aufzuhalten. Ohne weiter nachzufragen, verließ ich das Haus und trat auf den SUV zu. Ich war schon froh, dass er auf meine Frage geantwortet hatte. Außerdem hatten wir nun drei Stunden Fahrt vor uns, die ich, wie ich hoffte, mit Reden füllen würde.

KAPITEL 14
Reynir

Es herrschte Stille im Auto, als ich mich durch die Dunkelheit kämpfte. Einzig der Scheibenwischer, der auf Hochtouren lief und versuchte, die Windschutzscheibe vom starken Regen zu befreien, durchbrach das Schweigen. Meine Gedanken kreisten um die Frau, die neben mir auf dem Beifahrersitz saß. Die Beine hatte sie angezogen und sich Richtung Fenster eingerollt. Ob sie schlief oder nur in die Dunkelheit starrte, konnte ich nicht erkennen. Was genau, war da zwischen ihr und mir? Hatte ich nicht schon genug Probleme in meinem Leben? War dieser Job nicht das einzig Konstante, worüber ich nicht nachdenken musste? Es war wichtig, seine Gefühle abzustellen. Kalt zu werden. Was nicht schwierig für mich war, denn seit der Gefangenschaft vor fast zwei Jahren war ich nicht mehr derselbe Mann. Eine Sekunde Unachtsamkeit und ich hatte mein Leben komplett zerstört. Auch wenn ich nach der Gefangenschaft und der Suspendierung nach Amerika gegangen war, hatte ich nie mein Vaterland vergessen. Dieses mystische Land, welches ich seit dem Tod meiner Eltern nie wieder betreten hatte.

Dort, wohin ich nun flüchten würde.

»Schläfst du?«, fragte ich schließlich in die Stille hinein, denn ich fürchtete, in die Erinnerung zu rutschen, die mich alles wieder von vorne durchleben lassen würde.

Freyas Kopf hob sich und sie rutschte im Sitz so herum, dass sich unsere Blicke kurz trafen. Dieses warme Braun ihrer Augen, das in der Dunkelheit fast ihre Pupillen verschluckte, faszinierte mich.

»Wie könnte ich das?«, antwortete sie fragend.

»Wenn du dich ausruhen willst, kannst du das ruhig tun. Ich sage dir Bescheid, wenn wir die Tankstelle erreichen.«

»Nein.« Bevor ich den Blick wieder auf die Straße lenkte, sah ich, dass sich ihre makellose Stirn in Falten legte.

»Warum nicht? Hast du Angst?«

Unwillkürlich spürte ich ihren Blick auf mir, auch wenn meine Augen fest auf der Straße vor mir lagen.

»Ich habe keine Erinnerung mehr daran, wann ich das letzte Mal keine Angst hatte. Diese Flucht, das Versteckspiel und diese verdammte Leere in meinem Herzen. Die Angst ist seither mein ständiger Begleiter. Ich habe mich an das Gefühl gewöhnt.«

Sofort war da wieder dieses Verlangen, welches tief in mir hervorkroch. Dieses Bedürfnis, für diese Frau Rache zu üben. Diesen Mistkerl Lopez endlich von diesem Planeten zu entfernen, damit sie wieder in Sicherheit war.

»Du brauchst keine Angst zu haben. Ich werde dich beschützen.« In dem Moment, als die Worte meinen Mund verließen, wusste ich, dass es die Wahrheit war. Auch wenn ich es mir nicht erklären konnte. Die Entscheidung, sich gegen meinen Auftraggeber zu stellen, und mich auf die andere Seite zu schlagen, bedeutete für mich mehr als eine simple Kündigung.

Mein Leben stand nun auch auf Lopez´ Liste und machte es mir nicht einfacher.

»Das sagst du so«, murmelte sie leise und schien nicht davon überzeugt.

»Es stimmt«, beteuerte ich.

»Aber warum? Was ist das? Nächstenliebe?«

Ein leises Lachen verließ meine Kehle. Schön wäre es. »Dafür bin ich nicht der Typ.«

»Warum dann?«, fragte sie energischer. Ihre Stimme erhob sich. »Warum machst du das alles?«

Die Wahrheit war, dass ich es selbst nicht wusste. Nachdem ich meine Einheit verlassen musste und immer mehr in die Dunkelheit gedriftet war, veränderte ich mich. Ohne es zu wollen, gab es nichts mehr, wofür ich kämpfen musste. Ich wurde einer von ihnen, einer von diesen Kerlen, die ohne Skrupel schreckliche Dinge taten. Jenseits von Gut und Böse und ich hasste mich aus tiefster Seele dafür. Egal, was es war, was ich für ihn tun musste, ich tat es. Ob es eine Entführung war, ein paar Schläge oder Schlimmeres – nichts davon hatte mein Herz erreicht. Es war mir schlichtweg egal. Doch jetzt? Was war nun anders?

»Die ehrliche Antwort ist, dass ich es nicht weiß«, antwortete ich schließlich.

Ein Schnauben ertönte aus der Richtung des Beifahrersitzes.

»Ich bin ehrlich, Rauð kona. Irgendetwas ist da, was anders ist. Etwas in mir hat mir gesagt, dass du Hilfe brauchst. Hätte ich dich einfach so dort stehen lassen sollen?«

»Die Polizei war bestimmt auf dem Weg.«

»Ja stimmt. Aber bist du bei der Polizei wirklich sicher?« Keine Erwiderung, was ich als Zustimmung verstand.

»Hat sie dir geholfen? Und wie lange soll es noch dauern, bis du zurück in dein Leben kannst? Und falls Lopez je in den Knast kommt, weißt du, ob du wieder das alte Leben zurückbekommst?«

Die Stille von der anderen Seite bestätigte mir nur, dass sie genau wusste, dass ihr Leben in Scherben lag.

»Glaubst du, dass eine realistische Chance besteht, Samuel ans Messer zu liefern?«, wollte sie von mir wissen. In ihrer Stimme lag eine Erwartungshaltung, eine Hoffnung, die ich mit meiner Antwort zerstörte. Ich hasste mich dafür, aber ich würde sie nicht belügen. Zumindest in diesem Zusammenhang nicht.

»Über den Weg, den du gegangen bist? Nein.«

Das leise Seufzen, was ihre Lippen verließ, erreichte mich kaum.

»Es war der einzige Weg, der mir richtig vorkam«, erklärte sie mir beinahe entschuldigend.

Ich nickte. »Ja, weil du eine anständige Frau bist.« Das meinte ich ganz ehrlich.

»Was soll das denn wieder heißen?«

Die Empörung in ihrer Stimme ließ mich auflachen. »Nichts Schlimmes. Nur, dass du keinen anderen Ausweg gesehen hast. Außerdem gehört viel Mut dazu, seinen Ehemann bei der Polizei anzuzeigen.«

»Es war die Hölle«, murmelte sie leise.

Kurz sah ich zu ihr rüber, doch ihr Gesicht lag im Dunkeln, sodass ich nicht sehen konnte, was sie fühlte.

»Was meinst du? Was genau, war die Hölle für dich bei dieser Sache?«

»Alles.« Dieses Wort kam ihr noch etwas leiser über die Lippen.

»Willst du es mir erzählen? Vielleicht kann ich dir helfen?«

»Du hilfst mir bereits bei der Flucht. Das, was in mir kaputtgegangen ist, kannst auch du nicht reparieren.«

Unwillkürlich spürte ich, dass eine Antwort meinerseits nichts bringen würde. Entweder begann sie zu erzählen oder nicht. Zwingen konnte man sie nicht. Es dauerte eine Weile, bis Freya anfing, zu sprechen. Ich hatte nicht mehr damit gerechnet, sodass ich kurz überrascht zu ihr herübersah, als ihre Stimme im Auto ertönte.

»Ich war sechsundzwanzig, als ich ihn kennenlernte. Jung und unerfahren. Gerade hatte ich einen Job als Architektin bei einer erfolgreichen Firma ergattert und hoffte, dort meine Karriere auf die nächste Stufe heben zu können. Als ich dann an diesem dummen vierundzwanzigsten Januar in eines seiner Restaurants ging, begann mein Schicksal.

Mittlerweile weiß ich, dass alles nur Schein war. Nur Lug und Trug. Dass er dies öfter schon gemacht hatte und ich nur gut an seine Seite passte, weshalb er mich so schnell heiratete. Blind vor Liebe nennt man das wohl.«

»Wie lange seid ihr jetzt verheiratet?«

»Zwei Jahre. Wir haben an unserem ersten Jahrestag geheiratet.«

»So früh? Macht man das so?«

»Wahrscheinlich nicht. Aber ich dachte damals nur, warum warten.«

»Verstehe.«

Eigentlich verstand ich nicht. Es gab eine Liebe in meinem Leben, doch die Verpflichtung für meinen Dienst hatte sie kaputt gemacht. Wahrscheinlich ist es nicht gerade gut, eine Beziehung zu führen, wenn die Liebe einer Frau immer an zweiter Stelle steht. Ich hatte meinem Leben den Rücken gekehrt und war zur *Icelandic Crisis Response Unit* gegangen. Dort kämpfte ich für mein Land und es erfüllte mich mit Leben. Mit Stolz. Kurz verlor ich mich in Gedanken an meine Vergangenheit, doch Freyas Stimme half mir wieder zurück in die Realität.

»Anfangs gefiel mir dieses Leben. All die Menschen, die ich kennenlernen durfte. Ich habe seine Familie geliebt. Seine Schwester war wie eine Freundin für mich. Wir gingen auf Reisen, sahen uns die Welt an und besuchten all die großen Kunstgalerien, die ich als Kind schon bewundert hatte. Samuel war stets an meiner Seite, las mir jeden Wunsch von den Augen ab und ich genoss jeden Moment davon, bis ...«

Sie stockte und ich sah zu ihr hinüber. Freya hatte ihre Hände in ihrem Schoß vergraben und ihre Haltung sagte mir, dass es sie Mühe kostete, so ehrlich zu sein.

»Es begann gleich nach unseren Flitterwochen. Alles wurde anders. Unsere Reisen wurden zu Geschäftstrips. Er war kaum mit mir zusammen, es sei denn, es war ein wichtiges Treffen mit Kunden, an der er seine Frau an seiner Seite präsentieren musste.

Die meiste Zeit war ich alleine. Wir zogen in eins der Penthäuser in einem seiner Hotels.

Dort war ich eingesperrt, jeden Tag. Es war mein persönliches Gefängnis.«

»Er ließ dich nicht mehr raus?«, fragte ich und sie nickte wohl, denn eine Zustimmung bekam ich nicht.

»Ich musste meinen Job kündigen, meine Freunde hinter mir lassen. Meine Familie sah ich lediglich an besonderen Anlässen und nur, wenn er ebenfalls mit dabei war. Ich bekam einen Leibwächter, angeblich zu meinem Schutz, doch nun weiß ich, dass es Kontrolle war. Nicht mal mein Handy konnte ich ohne Bedenken benutzen, da ich wusste, er ließ es regelmäßig überprüfen.«

Als Freya dann plötzlich innehielt und ich ein stockendes Geräusch vernahm, wusste ich, sie kämpfte gegen diese Erinnerungen an. Und gegen ihre Tränen.

Ohne groß darüber nachzudenken, griff ich nach ihrer Hand und nahm sie fest in meine. Kurz sah ich zu ihr hinüber und ein überraschter Blick traf meinen.

Meine Augen glitten wieder zurück auf die Straße, meine Hand ließ ich jedoch, wo sie war, und Freya machte keine Anstalten, ihre Hand wieder von meiner zu lösen.

»Es waren immer kleine Sachen, die ich mitbekam. Mal ein verräterisches Telefonat, dann wieder ein Austausch von Drogen. Irgendwann versuchte ich, mehr herauszufinden, was ich dann auch tat. Die Drogengeschäfte, die Prostitution und all die Waffen, die er schmuggelte. Ich bekam alles mit. Je länger ich seine schweigende Marionette war, die still neben ihm stand und an den richtigen Stellen lächelte, desto mehr vertraute er mir.

Bis zu dem Tag, als ich versucht hatte, eines der Mädchen, die er sich als Hure hielt, zu befreien.«

»Wie meinst du das?«, fragte ich nach und spürte, wie sie leichten Druck auf meine Hand ausübte, als suche sie Kraft darin.

»Er bestellte sich oft Mädchen ins Penthouse. Meistens an meinen unfruchtbaren Tagen. Dann nahm er lieber sie als mich. Aus irgendeinem Grund wollte er unbedingt ein Kind. Er veränderte sich langsam. Umso mehr Dinge ich mitbekam, desto mehr zog ich mich zurück. Ich versuchte mich oft zu wehren, wenn er zu mir kam, doch meist hatte es nicht viel Wirkung. Er hielt mich gefangen, achtete aber stets darauf, dass die Mahnmale, die seine Finger auf meinem Körper hinterließen, für ein fremdes Auge nicht zu sehen waren. Versteckt unter Kleidung. Ab einem Punkt kam er nur noch zu mir, wenn ich fruchtbar war.

Ansonsten ließ er von mir ab. Vielleicht lag es daran, dass ich nur noch wie eine Puppe dalag, die den Akt über sich ergehen ließ. Mich nicht wehrte und mich schon gar nicht nach ihm verzehrte. Das war ihm wohl zu langweilig. Außerdem gab es genug Mädchen um ihn herum, die nach ihm lechzten.«

Wut stieg so heftig in mir hoch, dass ich glaubte, anhalten zu müssen, um gegen irgendetwas einschlagen zu können. »Dieser verdammte Hurensohn.«

Auf meine Worte ging Freya nicht ein, sondern sprach weiter. »Ich versuchte, an jenem Tag zum ersten Mal etwas der Polizei zu stecken, doch er fand es heraus. E … er …«

Sie räusperte sich. »Er bestrafte mich dafür. Das tat er jedes Mal, wenn ich etwas nicht so machte, wie er es wollte.«

Auch wenn die Wut mich noch immer fest im Griff hatte, drückte ich ihre Hand und versuchte, ihr Trost zu spenden. »Du bist nicht mehr bei ihm.«

»Aber fort ist er auch nicht. Meine Versuche bei der Polizei haben nichts genützt. Ich habe eins seiner Restaurants abgefackelt, nur um fliehen zu können.«

»Er ist nun unter Beobachtung. Du bist fort aus Seattle. Fort von ihm. Und wir beide haben einen Plan. Ein unüberlegter Fehler, und das Blatt könnte sich für ihn wenden.«

»Es wird keine Fehler geben. Ich hatte das Gefühl, als würde die Polizei von Seattle ebenfalls für ihn arbeiten. Es war naiv von mir und ich dachte, eine Anzeige würde reichen. Aber ich hätte mehr Beweise sammeln müssen. Samuel Lopez ist ein Profi. Er wird keine Fehler machen. Und irgendwann, da wird er mich wieder finden.«

»Vertrau mir Freya. Bitte, ja?«

In dem Moment, als die Lichter, der Tankstelle vor uns auftauchten, hatte sie noch immer nicht geantwortet. Schweigend hielt ich an der Säule an, um den Wagen vollzutanken. Schließlich wand ich mich ihr zu. »Hast du gehört, was ich gesagt habe?«

Sie nickte und senkte den Blick. »Wenn ich es nicht tun würde, hätte ich mich auf das hier nicht eingelassen.«

Ob das die Wahrheit war, konnte ich nicht sagen. Würde ich mir vertrauen, wenn ich sie wäre und das hinter mir hätte, was sie alles durchgemacht hatte? Wahrscheinlich wäre ich ebenso skeptisch.

»Ich komme gleich wieder. Ich kaufe ein paar Sachen ein und bezahle den Sprit. Danach fahren wir durch, bis zu meinem Bekannten.«

»Okay, ich komme mit rein.«

Ihre Worte ließen mich innehalten. Bereits mit einem Bein draußen sah ich zurück zu der Frau auf dem Beifahrersitz. Ich musterte ihr schönes Gesicht, die eleganten Züge, ihre roten Haare, die ihr leicht über die Schulter fielen. Selbst hier in Schottland würde man sie wiedererkennen. »Nein.«

»Reynir.«

»Freya.«

Seufzend verdrehte sie die Augen. Empörung spiegelte sich in ihrem Blick wider.

»Es ist zu gefährlich«, erklärte ich.

»Ich passe auf. Außerdem wollten wir doch Kleidung für mich kaufen.«

»Das mache ich alleine.«

»Schaffst du das, Blauauge?« Mit hochgezogenen Augenbrauen lachte sie mich aus.

Ohne etwas zu erwidern, auch zu diesem Spitznamen nicht, stieg ich aus dem Wagen und machte mich daran, diesen zu tanken. Dabei starrte ich auf ihren Hinterkopf, wie so ein Stalker. Was war bloß mit dieser Frau?

Als ich fertig war, lief ich zum Kofferraum, um aus meiner Reisetasche einen Hoodie zu nehmen. Mit dem blauen Pullover ging ich zur Beifahrertür. Überrascht sah Freya mich an, als ich die Tür öffnete.

»Zieh den an und halt dich verdammt noch mal bedeckt. Such dir was zum Anziehen und etwas zu essen. Das Bezahlen überlässt du mir und gehst danach direkt zum Auto zurück. Verstanden?«

Sie nickte nur, doch als sie sich den Hoodie über den Kopf zog, sah ich das Lächeln auf ihrem Gesicht.

»Zieh die Kapuze über deine Haare.«

»Übertreibst du nicht etwas?« Wieder verdrehte sie ihre wunderschönen braunen Augen.

»Ich habe dich auch sofort erkannt, als wir uns zum ersten Mal begegneten. Das kann jeder andere ebenso. Auch hier in Schottland.«

Was nicht ganz stimmte, aber das sollte sie nicht interessieren.

Zu meiner Überraschung tat Freya wie befohlen. Während wir Seite an Seite zu dem kleinen Verkaufsraum liefen, dachte ich, dass sie mir vielleicht schon mehr vertraute, als sie zugab.

KAPITEL 15
Freya

Ein summendes Geräusch ertönte, als Reynir und ich den Verkaufsraum der Tankstelle betraten. Sofort scannten meine Augen den Raum nach Menschen ab. Ein älteres Paar bei den Blumensträußen. In der Schlange an der Kasse stand ein mürrisch dreinblickender Mann, der seine Cap falsch herum auf dem Kopf trug. In der Hand hielt er drei Energydrinks und eine Tüte Chips. Vermutlich gehörte ihm der LKW, der draußen stand. Dahinter stand ein junges Pärchen, das sich an den Händen hielt. Das Mädchen hatte den Kopf auf die Schulter ihres Freundes gelegt und kämpfte vermutlich gegen die Müdigkeit an.

»Da hängen Jacken. Ich hole uns etwas zu trinken und ein bisschen Proviant.«

Ich nickte nur, doch Reynirs blaue Augen hielten mich gefangen. »Sei vorsichtig.« Eindringlich musterte er mich und es war nicht so, dass mir die Berührung an meinem rechten Oberarm nicht aufgefallen wäre.

Sobald er mich losließ, wurde es an der Stelle sofort kalt. Mein Herz klopfte etwas zu schnell in meiner Brust, als ich mich schließlich von ihm entfernte und hinüber zu dem Ständer mit den Winterjacken lief, die allesamt auf den ersten Blick zu groß waren.

Viel übrig blieb mir aber nicht.

Während ich eine dunkelgrüne Jacke mit Kunstfell an der Kapuze vom einem der Bügel nahm und überzog, dachte ich über die Situation im Auto nach. Viel zu viel aus meiner Vergangenheit hatte ich ihm preisgegeben. War das ein Fehler gewesen? Dennoch fühlte sich mein Herz jetzt leichter an. Als müsse es nun weniger Last tragen, das konnte ich nicht leugnen. Die Art, wie er meine Hand genommen hatte, ließ nicht nur meinen Puls höher schlagen. Er gab mir, warum auch immer, Sicherheit. Und es fiel mir leicht, ihm meine Geschichte zu erzählen. Leider wusste ich über Reynir immer noch nicht mehr. Ein Umstand, der mich viel zu nervös machte, um es zu ignorieren. Wer war er? Was machte er hier in Schottland und warum ließ er alles hinter sich, um mir zu helfen?

Mit der neuen Jacke am Körper betrachtete ich mich in dem kleinen Spiegel und schob für einen Moment die Kapuze des Hoodies von meinem Kopf. Die grüne Winterjacke war mir etwas zu groß, ging mir jedoch bis zu den Knöcheln, was in diesem Land äußerst praktisch war. Ich behielt sie an und ging zu einem Regal mit Kapuzenpullovern. Es waren eindeutig Pullover für Touristen, denn der Name Schottland stand so groß auf jedem der Teile, dass man von Weitem schon sehen konnte, wo man sich befand. Ich suchte mir einen Dunkelblauen aus, wo kurz über dem Herzen eine kleine Highlandkuh abgebildet war. Alles in allem trug ich die Jacke, zwei T-Shirts, ein paar Socken und eine kleine Auswahl an Unterwäsche Richtung Kasse. Dass die Unterhosen mit kleinen Herzchen bedruckt waren, hoffte ich, vor Reynir verstecken zu können.

Auch wenn ich ein paar Klamotten in der Reisetasche besaß, war es besser, wenn ich mich etwas eindeckte. Wer wusste schon, wann ich wieder ein bisschen Normalität besaß, um an so was wie einkaufen zu denken.

»Hier.«

Ich entdeckte ihn bei einem Stand mit Zahnbürsten. Er fuhr etwas zu abrupt herum, doch auch wenn er schnell versuchte, das kleine rote Päckchen zu verstecken, entdeckte ich die Kondompackung sofort. Ähm? Was sollte das denn?

Ohne etwas zu sagen, ließ er sie, für sich unbemerkt, hinter die Chipspackung in seiner Hand verschwinden und sah mich mit ruhigen Augen an. Nichts in ihnen verriet mir, wieso er unbedingt eine Packung Kondome kaufen musste. »Hast du alles?«

Auch wenn mir hunderte von Fragen auf der Zunge lagen, die er mir höchstwahrscheinlich eh nicht beantworten würde, nickte ich.

»Gut, dann geh zurück zum Auto und setz verdammt nochmal die Kapuze wieder auf.« Schnell drückte er mir die Autoschlüssel in die Hand und stellte sich dann hinter einer Frau an der Kasse an, die eine gelbe Mütze trug und den Blick immer wieder nach hinten zu ihm warf. Wahrscheinlich hatte sie noch nie so einen Mann wie ihn gesehen. Was ich sehr gut nachvollziehen konnte. Ich beäugte die Schlüssel in meiner Hand, während ich Richtung Ausgang lief. Ich könnte jetzt einfach ins Auto steigen und losfahren. Er würde nicht so schnell hinterherkommen.

Reynir schien mir zu vertrauen, dass ich es nicht tun würde, sonst hätte er mir die Schlüssel nicht so bereitwillig gegeben. Er hatte recht, ich würde nicht abhauen.

Ich wollte diesmal alles richtig machen. Und für die Beweise, die ich sammeln wollte, musste ich nach Seattle zurück und dafür brauchte ich seine Hilfe.

Kurz bevor ich die Tür erreichte, blieb mein Blick an einer Titelüberschrift einer Zeitung hängen.

Lebloser Mann in Hotelanlage gefunden.

Ich blieb stehen und begann den kleinen Text zu lesen, der darunter stand. Mein Herz schlug so sehr, dass ich glaubte, es würde gleich stehenbleiben.

Gestern ereignete sich eine Gräueltat in einem Apartment Hotel nahe Kinross. Um wen es sich bei der Leiche handelt, ist noch nicht bekannt. Am Tatort wurde eine blutige Botschaft in Form eines Totenschädels an den Wänden gefunden. Das Symbol ähnelt dem Bandenzeichen einer amerikanischen Gruppe, die sich Hollow Skulls *nennt. Die Ehefrau des vermeintlichen Anführers, Samuel Lopez, ist vor wenigen Tagen, laut seiner Aussage, aus einer psychiatrischen Einrichtung entkommen und gilt als flüchtig. Die Ermittlungen zu dem Todesfall laufen, doch ob ...*

»Sind Sie das?«

Bevor ich weiter lesen konnte, spürte ich eine Berührung an meiner Schulter.

»Was?«

Verdutzt sah ich zur Seite.

Neben mir stand die Frau, die eben noch einen Strauß Blumen ausgesucht hatte.

Nun hielt sie ebendiesen in der Hand, genauso wie eine dieser Klatschzeitungen für Frauen.

»Mein Mann hat es schon zu mir gesagt, als sie reingekommen sind. Das sind doch Sie.« Die Frau zeigte auf das Bild in der Zeitung. Es zeigte mich zusammen mit Samuel. Das Bild war auf einer Eröffnungsparty eines seiner Restaurants in Barcelona entstanden. Er hatte den Arm um mich gelegt. Mein Gesicht zeigte nur Hilflosigkeit. Ich riss mich von dem Bild los.

»Nein, tut mir leid. Sie müssen sich irren.«

Die Frau legte die Stirn in Falten und begutachtete das Bild genauer. Unwillkürlich und weil die mir so bekannte Panik langsam in mir emporkroch, machte ich ein paar Schritte nach hinten.

»Doch, doch. Diese Haare und dieses Muttermal neben dem Auge.«

Mein Blick zuckte zu Reynir, der grade bezahlte und noch nichts von meiner Unterhaltung mit dieser Frau mitgekriegt hatte.

»Luan. Schau mal. Das ist sie wirklich Freya Ortiz!«, schrie die Frau dann durch die kleine Tankstelle. Alle Gesichter drehten sich augenblicklich zu mir um, als mein Name durch den Raum gerufen wurde. Der Trucker, der gerade seinen Kaffee umrührte, starrte in meine Richtung und ich hörte Reynir fluchen.

»Ich gehe jetzt«, stotterte ich und drückte die Türklinke herunter.

Draußen lief ich, so schnell ich konnte, zu unserem SUV, doch ich hatte das Gefühl, hunderte von Blicken in meinem Rücken zu spüren.

Als ich den Wagen erreichte und versuchte, die Tür zu öffnen, zitterten meine Hände so heftig, dass mir der Schlüssel aus den Fingern glitt. »Mist«, fluchte ich und fischte ihn aus einer kleinen Pfütze. Als ich mich wieder erhob, spürte ich plötzlich eine Bewegung hinter mir.

»Komm schnell.«

Erleichterung traf mich, als ich Reynirs Stimme erkannte und übergab ihm bereitwillig die Schlüssel. Das Zittern hörte nicht auf, auch nicht, als wir schon lange wieder auf der Straße waren und hinter uns kein Auto zu sehen war.

»Das war dumm. Ich hatte es geahnt«, fluchte er in die Stille hinein.

»Ich weiß«, flüsterte ich. Ich werde niemals wieder sicher sein. Das war jetzt mein Leben. Tränen brannten mir in den Augen. Gerade als ich eine davon wegwischen wollte, ergriff Reynir wieder meine Hand.

»Beruhige dich. Alles ist gut. Wir sind alleine.« Nickend musterte ich den Mann neben mir von der Seite.

»Du bist eiskalt. Was ist das?«, fragte er verunsichert.

»Panikattacke. Das habe ich seit Samuel mir ...«

Mein Blick fiel auf meinen Schoß und ich wusste, was man an meiner Leiste finden würde. Samuels kleines Andenken an sich. Meine Erinnerung, dass ich für immer sein Besitz war.

»Was kann man tun, damit es aufhört?« Überrascht sah ich ihn an.

Kurz trafen mich diese hellen Augen und mir war, als las ich Besorgnis in ihnen.

»Ablenkung hilft mir immer.«

»Okay.« Er nickte, schaute aber wieder auf die Straße.

»Was willst du machen?«, fragte ich und starrte sein Profil an. Angestrengt versuchte ich mich auf ihn zu konzentrieren, damit die Panik in mir nach ließ. Die hohen Wangenknochen. Leichter blonder Flaum überzog seine Wangen und ich fragte mich unwillkürlich, wie dieser sich auf meiner Haut anfühlen würde.

»Ich erzähle dir etwas.«

Meine Augenbrauen hoben sich überrascht. »Ach ja?«, fragte ich neugierig und er nickte wieder.

»Geboren bin ich in Island in Reykjavík, um genau zu sein. Ich hatte eine ruhige und behütete Kindheit. Mein Freund Gustav, ich erzählte dir schon von ihm ...«

»Mit dem du zu dem Stein gegangen bist?«, unterbrach ich ihn.

»Ja, genau der. Wir waren Nachbarn, daher verbrachten wir viel Zeit zusammen. Wir taten alles, was kleine Jungs so tun. Auf Bäume klettern, Schlittschuh laufen auf zugefrorenen Seen und als wir älter wurden, begannen wir Schneemobil zu fahren, um damit geheime Orte zu finden. Was wir auch taten. Wir erkundeten Wasserfälle, kleine heiße Quellen oder angelten Fische aus dem zugefrorenen See.«

»Aus einem zugefrorenen See?«, fragte ich ungläubig. Ich spürte, wie ich ruhiger wurde. Seinen Worten zu lauschen, ließ mich langsam wieder aus der Panik gleiten.

»Ja. Wären wir nicht auf der Flucht, würde ich es dir zeigen. Man sägt ein Loch ins Eis und angelt darin.«

»Und hat man da großen Erfolg?«

»Wenn man so gut ist wie ich, dann ja.«

»Bist du eigentlich immer so arrogant?«

Ich musste lachen und er nickte. Ich sah das kleine Grinsen auf seinen Lippen.

»Schon immer.«

»Du warst bestimmt ein Frauenheld als Teenager.«

»O ja.«

»Hast du eine Frau?«, fragte ich ihn und kurz sahen die blauen Augen zu mir rüber. Er schüttelte den Kopf.

»Nein.«

Auch wenn es mich nicht freuen durfte, strömte Erleichterung durch meinen Körper.

»Gab es denn mal eine?«

»Ja. Wir lernten uns an der Uni kennen.

Doch als ich mich nach meinem Abschluss verpflichtete, führten wir eine Fernbeziehung, die nach einiger Zeit dann in die Brüche ging.«

»Das tut mir leid.«

Reynir zuckte gleichgültig mit den Schultern.

»Das muss es nicht, Rauð kona. Das ist lange her.«

Wieder wollte ich fragen, wieso er mich so nannte, entschied mich aber für eine andere Frage.

»Wie lange hast du gedient?«

Kurz schwieg er, als rechnete er nach. »Fünf Jahre.«

Ich überlegte kurz, denn die Frage, die mir nun auf der Zunge lag, hatte ich bereits gestellt und darauf keine Antwort erhalten.

»Ich war auf einem Anti-Terror-Einsatz auf dem Wasser.«, begann er zu erzählen, als hätte er gewusst, welches meine nächste Frage war.

»Ich geriet in einen Hinterhalt, bei dem ich gefangen genommen wurde. Dort wurde ich lange festgehalten, bevor mich die amerikanischen Behörden fanden.«

»Und was passierte dort?«

»Folter. Mir wurde das Fleisch mit einem Messer aufgerissen, von der Schulter bis zum Bauch. Darüber hinaus bekam ich mehrere Kugeln in mein linkes Knie.«

»Oh, Reynir.« Unwillkürlich drückte ich seine Hand, um ihn zu zeigen, dass es mir leidtat.

»So ist das nun mal. Es gibt immer ein Risiko.«

»Das ist schrecklich.« Wieder zuckte er nur mit den Schultern.

»Und wegen der Verletzung konntest du nicht mehr zurück zu deiner Einheit?«, fragte ich weiter.

»Genau. Mein Knie ist komplett zertrümmert worden und die Ärzte mussten mir ein künstliches einsetzen. Selbst diese Autofahrt geht nicht ohne Schmerzen.«

Ich wollte etwas sagen, doch er unterbrach mich.

»Ich habe mich daran gewöhnt und es macht mir nichts mehr aus.«

Die Dunkelheit war in seiner Stimme zu hören. Auch wenn er mir weiß machen wollte, dass ihn all das, was ihm widerfahren war, nicht mehr kümmerte, wusste ich, dass es nicht die Wahrheit war.

Doch ich war die letzte Person, die sich darüber eine Meinung bilden sollte.

»Okay. Danke, dass du mir das erzählt hast.«, sagte ich daher schließlich und drückte nochmal seine Hand.

Er lächelte, doch es erreichte seine Augen nicht. »Reynir?«, fragte ich, als wieder Stille im Auto eingekehrt war.

»Hm?«, machte er und ich beobachtete, wie er in den Rückspiegel sah.

»Was hast du danach gemacht, als du nicht mehr zu deiner Einheit zurückkonntest?«

Ich bekam keine Antwort darauf. Doch nicht, weil Reynir nicht darauf antworten wollte. Ein Licht blendete uns plötzlich von hinten und auch ich sah in den Außenspiegel. Hinter uns fuhr ein Auto. »Was ist los?«

»Es folgt uns schon eine Weile. Ich bin extra etwas langsamer gefahren, damit er mich überholt, doch er hat es nicht getan.«

Unruhig rutschte ich auf dem Sitz hin und her.

»Meinst du, das sind Männer von Samuel?«

»Ich weiß es nicht. Aber ich will es auch nicht herausfinden.«

Als er diese Worte aussprach, riss er das Lenkrad herum und schoss in den Wald, direkt in die Dunkelheit hinein.

Ein Schrei entfuhr meiner Kehle und ich hielt mich, so fest ich konnte am Rahmen des Autos fest. Panisch starrte ich in den Spiegel, nur um festzustellen, dass der andere Wagen es uns gleichgetan hatte.

»Verdammt«, fluchte Reynir und trat aufs Gas.

Es war eines, auf einer nassen Straße zu fahren. Es aber auf matschigem Waldboden zu tun, war etwas ganz anderes.

Trotz der speziellen Reifen schlitterte das Fahrzeug über den rutschigen, teilweise schlammigen Boden. Reynir hatte Schwierigkeiten, das Lenkrad zu halten und wir wurden durch die Unebenheiten unsanft hin und her geschleudert. Es brachte alles nichts.

Das Auto hinter uns kam näher.

Reynir ließ den Motor aufheulen, als er noch etwas schneller fuhr und als ich Angst bekam, dass er den Wagen gleich um den nächsten Baum wickelte, ertönte der erste Schuss von hinten. Er war so laut, dass ich die Hände hochriss und sie mir auf die Ohren drückte.

»Shit«, stieß der Mann neben mir aus und packte mich am Kopf.

»Runter. Duck dich.« Sein letztes Wort wurde von einem weiteren Schuss verschluckt und ich tat wie befohlen. Im Augenwinkel sah ich, wie Reynir eine Waffe aus dem Innenteil seiner Jacke zog und sein Fenster runterfahren ließ.

»Was hast du vor?«

»Den Mistkerl in die ewigen Jagdgründe verfrachten.«
Während er sich halb aus dem Fenster lehnte und mit
der Waffe begann, auf das Auto hinter uns zu schießen,
hielt er mit der anderen Hand das Lenkrad. Ein Klir-
ren ertönte, als eine Kugel unser Rückfenster traf und es
Glassplitter auf die Rückbank regnete.

»Bleib unten!«, schrie Reynir immer wieder und schoss
eine Kugel nach der anderen auf den Wagen hinter uns.

Es geschah so schnell, dass ich es nicht sofort begriff.

Ein Knall erschütterte unseren SUV und ich spürte die
Vibration am ganzen Körper.

Der Wagen kam ins Schlittern, vermutlich war einer
unserer Reifen getroffen. Reynir beendete die Schießerei und legte seine linke Hand zurück ans Lenkrad,
doch auch er bekam den Wagen, der viel zu schnell war,
nicht mehr unter Kontrolle.

Dann ertönte wieder ein Schuss und als dieser den
nächsten Reifen traf, wurde ich hart gegen die Tür
gedrückt. Der Wagen knallte irgendwo gegen, schlitterte quer und überschlug sich dann. Schutz suchend
riss ich die Arme hoch über meinen Kopf. Reynir spürte
ich noch darüber, als würde er mir Schutz geben wollen.
Doch das Auto überschlug sich mehrere Male, bis es
schließlich laut krachend in etwas reinknallte und zum
Stehen kam. Das war der Moment, in dem ich das
Bewusstsein verlor.

KAPITEL 16
Freya

Manchmal, hat man Albträume, die einen den ganzen Tag begleiten. Auch wenn da Stress ist und Ablenkung. Er sitzt tief in deinen Knochen und kommt hervor, wenn du eine Minute Stille um dich hast. Vor ein paar Jahren hatte ich einen Traum, in dem ich eine Klippe runtergestürzt bin. Ich verlor den Halt unter meinen Füßen und fiel einfach nur ins Leere. Als ich von meinem eigenen Schrei erwacht war, hatte sich Schweiß auf meinem Körper gebildet und ich zitterte am ganzen Körper, denn Kälte kroch aus der Tiefe in mir hervor. So fühlte ich mich jetzt auch. Meine Ohren nahmen knisternde Geräusche wahr. Etwas drückte mich zu Boden und lag schwer auf meinem Körper. An meinem Gesicht spürte ich Nässe. Bevor all die Erinnerungen zurückkamen, sickerte ein dumpfer Schmerz an die Oberfläche. Es war ein scharfes Pochen an meiner Schläfe.

»Freya.« Dumpf hörte ich meinen Namen und versuchte, mich vorsichtig zu bewegen, doch es war, als wäre ich fixiert.

»Rauð kona?« Als Reynirs Stimme näher kam und ich eine Berührung an meiner Hand spürte, öffnete ich endlich die Augen.

Vorsichtig versuchte ich mich, unter dem großen

zerbeulten Stück Fahrzeug hervor zuschieben, doch mein rechtes Bein klemmte ungünstig darunter fest.

Obwohl mich sonst die Panik schneller ergriff, war ich jetzt, begraben unter dem Fahrzeug, in dem wir eben noch gefahren waren, ganz ruhig. Nur langsam glitten die letzten Minuten zurück in meinen Kopf. Mühsam wand ich den Kopf zur Seite, um nach Reynir zu sehen und viel wichtiger, nach dem Mann, der uns verfolgt hatte, Ausschau zu halten.

»Komm«, hörte ich dann dicht an meinem Gesicht und zuckte unwillkürlich zusammen, beruhigte mich jedoch schnell, als ich erkannte, dass es nur Reynir war. Sein Gesicht war dreckverschmiert und er blutete an der Schläfe.

»Geht es dir gut?« Meine Stimme war nichts mehr als ein Krächzen.

Jetzt schnaubte er und schüttelte den Kopf.

»Fragt mich die Frau, die unter einem Stück Auto festklemmt.«

»Du blutest«, stellte ich fest.

»Du ebenfalls.«

Verwundert hob ich die Augenbrauen. Da war dieser dumpfe Schmerz, der jedoch nicht präsent war. Als wäre er weiter fort und nicht greifbar. War das noch das Adrenalin in meinem Körper oder stand ich unter Schock?

»Was ist passiert?«, fragte ich den blonden Hünen vor mir, der versuchte, das Stück Tür von meinem Körper zu entfernen.

»Er hat unsere Reifen zerschossen. Wir sind von der Straße abgekommen und haben uns ein paar Mal überschlagen, als wir den Steilhang runter geschlittert sind.«

Kälte ließ die Härchen an meinen Armen sich aufstellen. »Wo ist er?«, fragte ich leise, vermutlich weil ich Angst vor der Antwort hatte.

»Er kann nicht weit sein. Deshalb müssen wir hier weg. Ich habe meine Waffe verloren.«

»Okay.«

Es machte ein knirschendes Geräusch, was mir in den Ohren weh tat, als Reynir die zerbeulte Tür von mir runter hob. Und das war der Moment, als der Schmerz aus dem Nebel herausbrach und in mein Bein schoss. Es fühlte sich an, als hätte sich ein Feuer entzündet, dessen Flammen sich meinen Körper hoch schlängelten.

»Hast du Schmerzen?«, fragte der Mann vor mir, als er mich in seine Arme hob und aus dem verbeulten Auto trug.

Ich verzog das Gesicht. »Etwas.«

Übelkeit stieg in mir hoch und die Dinge um mich herum verschwammen. Der Schmerz ließ alle Empfindungen in den Hintergrund treten und hinterließ nur Feuer. Reynir begann einen schnelleren Laufschritt und presste mich hart an seine Brust, um mich zu fixieren. Als der erste Schuss über uns ertönte, war es Reynir, der zusammenzuckte. Die Kugel traf die große Eiche neben uns und kleine Stücke des Baumes rieselten auf uns hinab.

»Er ist wirklich nicht weit weg«, flüsterte ich, obwohl

es total irrsinnig war, denn der Schütze wusste genau, wo wir uns befanden.

»Ich frage mich wirklich, wie er uns gefunden hat«, stieß Reynir hervor, während er schneller lief und sich direkt ins Dickicht schlug.

»In der Tankstelle war so ein Typ. Er hat mich angestarrt.«

»Ausgerechnet in dieser fucking Tankstelle halte ich an.«

Ich blickte zu dem Mann hinauf, der mich fest in seinen Armen hielt und sah Besorgnis in seinem angespannten Gesicht.

Ein weiterer Schuss zerschnitt den dunklen Himmel über uns. Diesmal traf er den Boden neben uns. Er war nah dran. Zu nah. Durch den Aufprall kam Reynir ins Straucheln und seine Füße schlitterten über den nassen Boden. Kurz dachte ich, dass er das Gleichgewicht verlor, und ich wappnete mich für den Moment, gleich zusammen mit ihm hinzufallen, doch zu meiner Überraschung fing sich Reynir wieder und rannte weiter. Immer noch hilflos in seinen Armen, kämpfte ich mich durch den Schmerz, der von Sekunde zu Sekunde schlimmer wurde und ich hoffte, bei Bewusstsein zu bleiben.

Wie lange wir rannten, wusste ich nicht. Es kam mir wie eine Ewigkeit vor. Doch als er schließlich stehen blieb und sein Atem abgehackt seinen Mund verließ, schlug mein Herz vor Aufregung schneller in meiner Brust. Sein Blick traf meinen und ich las Verärgerung in seiner Miene.

»Du gibst doch nicht allen Ernstes dir die Schuld?«, fragte ich ihn und er sah mich durchdringend an.

»Wem sonst?«, stieß er wild ausatmend heraus. Als ich widersprechen wollte, kam er mir zuvor.

»Es bringt nichts mehr, wegzurennen.«

Ungläubig starrte ich in sein dreckverschmiertes Gesicht. »Ach und was sonst? Sollen wir zu ihm gehen und guten Tag sagen?«

Kurz zuckte es um seine Mundwinkel, doch er blieb ernst. »Wir müssen uns verstecken.«

»Und dann?«

»Das wirst du dann sehen.«

Mit diesen Worten lief er weiter und presste mich dabei fest an sich, trotzdem streifte ich regelmäßig irgendwelche Äste, die meine Arme zerkratzten. Nach einer Weile erreichten wir einen Felsvorsprung. Dort ließ Reynir mich runter und schob mich unter den Felsen, der rundum mit Heidekraut bewachsen war.

»Was hast du vor?«, zischte ich und beobachte, wie der Mann vor mir sich in voller Größe streckte und ein Messer aus dem Bund an seiner Hose zog. Mit der linken Hand fuhr er sich einmal durch die blonden Haare. Dann sahen mich diese hellen Augen an. »Rühre dich nicht vom Fleck.«

»Das ist nicht dein Ernst!«, zischte ich leise und wollte aufstehen um zu ihm zu gehen, doch sofort flammte der Schmerz in meinem Bein auf und ich blieb, wo ich war. Blut sickerte durch die Jeans, die ich trug, und zum ersten Mal bekam ich Angst. »Reynir?«

Auch er stand da und sah auf mich hinab. Als wüsste er nicht, was er tun sollte, sah er auf mein Bein und dann wieder in mein Gesicht. Er kam näher und wand sich mir zu. In dem Moment, als seine Hand meine Wange streifte und sich diese hellblauen Augen tief mit meinen verbanden, war für einen kurzen Moment alles unwichtig. Mein Herz schlug schneller und da war eine Sehnsucht in mir, die den Wunsch auslöste, mich in seine Arme fallen zu lassen. Den Wunsch, dass er mich halten würde und damit alle Dämonen ausschließen könnte.

Sein Gesicht kam noch näher und ich schloss die Augen. Tief im Innersten wünschte ich mir nur, seine Lippen auf meinen zu spüren.

»Vertrau mir, Rauð kona.«

Als ich die Augen wieder öffnete, war von Reynir keine Spur mehr zu sehen. Ich starrte in die endlose Weite, die sich um mich erstreckte. Über dieses gigantische Gebirge, das so atemberaubend war, dass ich mir diesen Anblick genau einprägte. Denn ich wusste nicht, wie diese Nacht ausgehen würde.

KAPITEL 17
Reynir

Ich spürte den aufkommenden Sturm noch vor dem ersten Donnergrollen über den Bergen, die sich vor mir erstreckten. Als der erste Regentropfen mein Gesicht traf, fluchte ich innerlich. Dieses Land war dafür bekannt, dass sich sein Wetter von einer Sekunde auf die andere änderte. Eben noch, als ich Freya bei diesem Felsvorsprung zurückgelassen hatte, war es trocken gewesen. Nun spürte ich immer mehr nasse Tropfen, die meinen Körper trafen. Unwillkürlich dachte ich an die Frau zurück, die schutzlos und verletzt irgendwo da draußen war. Und ich hatte sie allein lassen müssen. Was würde passieren, wenn ich zurückkehrte und sie wäre ... Ich stoppte meine Gedanken, noch bevor sie meinen Instinkt lähmen konnten, doch ich spürte die Angst in meinen Knochen, als ich durch die grün gewachsenen Sträucher lief.

Die Angst, sie zu verlieren, und wie sehr mich das treffen würde. Wie sehr sie mich ihn ihren Bann gezogen hatte. Als ich schließlich den Mann sah, der uns verfolgte, schaltete mein Gehirn auf Autopilot. Ich duckte mich und zog das kleine Messer aus dem Bund meiner Hose, was ich für den Notfall dort deponiert hatte. Der Mann, dessen Glatze von dieser wundervollen Tätowierung verschönert wurde, lag ebenfalls auf der Lauer.

Er hatte unsere Spur verloren und ich hatte durch die jahrelangen Übungen als Soldat gelernt, wie man seine Fährten verwischte. Als ich schließlich hinter ihn trat und ihm das Messer an die Kehle hielt, überlegte ich, ob er gleich sterben würde oder ob ich es schaffte, dass er mir ein paar nützliche Dinge verriet. Der Mann machte ein glucksendes Geräusch und seine Finger krallten sich in meinen Unterarm.

»Was?«, stieß er hinaus, beließ es jedoch dabei, denn als er dieses Wort aussprach, schnitt mein Messer ein Stück in sein Fleisch.

»Die Frage, wer du bist und für wen du arbeitest, brauche ich nicht zu stellen. Wer dich schickt, ist mir klar.

Wie viele von euch sind hinter uns her?«

Wieder ein gurgelndes Geräusch ertönte, und ich ließ das Messer etwas lockerer. »Zwei? Vier? Mehr?«

»Du kannst mich mal«, spuckte der Mistkerl aus und grinste.

»So viele also?«

»Es ist nur eine Frage der Zeit, bis wir sie in die Finger bekommen und du wirst zurück nach Seattle verschifft, nur um von ihm selbst erledigt zu werden.«

»Süß, dass ihr euch das wirklich so vorstellt.«

»Du kannst mich töten, tu dir keinen Zwang an. Doch es wird immer wieder jemand kommen.«

»Das beantwortet meine Frage zwar nicht, aber es hat meine Vermutung bestätigt, dass du keine Ahnung hast.«

Ich spürte, wie der Mann zum Sprechen ansetzte, doch ich kam ihm zuvor.

Das »Ich«, womit sein Satz begann, endete in einem letzten Keuchen, bevor er in meinem Griff zu Boden sackte. Ich neigte mich zu ihm herab, um die Schneide meines Messers an seinem vergilbten Kapuzenpullover sauber zu wischen. Danach erhob ich mich und ließ ihn blutend an Ort und Stelle zurück. Die Tiere würden den Rest erledigen.

Jetzt, wo die Gefahr für den Moment gebannt war, glitten meine Gedanken zurück zu der Frau, die auf mich wartete. Der Regen war stärker geworden und durchnässte meine Kleidung um jede Sekunde mehr, während ich meine Schritte beschleunigte, um zurück zu dem Ort zu kommen, an dem ich Freya zurückgelassen hatte.

Als ich schließlich den Felsvorsprung erreichte, ließ die Nacht und der Sturm, die Welt in Dunkelheit tauchen. Meine Stiefel schlitterten über den nass gewordenen Waldboden und hinterließen Schlammspuren auf meiner Hose. Es kümmerte mich nicht. Mein Herz schlug schneller in meiner Brust, je näher ich dem Vorsprung kam. Meine Augen suchten hektisch den Platz unter dem Felsen ab, dort, wo Freya warten sollte, doch erst als ich sie zusammen gekauert in der hintersten Ecke fand, schoss Erleichterung durch meine Adern. Ich kam näher und umfasste ihre Schultern.

»Rauð kona?«

Augenblicklich kehrte die Angst zurück in meinen Körper, als sie sich nicht rührte. Mein Blick glitt an ihr herunter, zu ihrem Bein, aus dem immer noch Blut sickerte. Sie hatte ihre Jacke ausgezogen und um den Oberschenkel gebunden, um den Blutfluss zu stoppen, doch auch diese war bereits blutdurchtränkt.

»Freya, komm.« Sie wand sich, als ich die Arme um sie legte und hochhob. Für einen kurzen Moment öffnete sie die Augen und das dunkle Braun traf mich tief in meinem Herzen.

»Bist du es?« Ihre Stimme war leise, als kostete es sie Mühe, die Worte auszusprechen.

»Ja, Freya. Lass uns von hier verschwinden.«

»Ist er ...?«

Ich nickte und es war, als hätte sie diese Information gebraucht. Ihre Augen schlossen sich wieder und ihr Kopf ruhte an meiner Brust. Während ich mit ihr auf dem Arm den Felsvorsprung hinter mir ließ und der Sturm an uns riss wie die Flügel eines Adlers, spürte ich das erste Mal in meinem Leben Ruhe. Mit dieser Frau in meinen Armen erlaubte ich mir, einen kurzen Moment des Nach-Hause-Kommens. Denn so fühlte es sich an. Sie gab mir das Gefühl, am richtigen Platz zu sein, auch wenn es irgendwo in Schottland war. Sie gab mir Sicherheit, dort, wo immer nur Dunkelheit gelauert hatte. Und nun musste ich sie ebenfalls in Sicherheit bringen.

KAPITEL 18
Reynir

Es war bereits tiefste Nacht um uns herum, als ich eine Hütte vor uns entdeckte. Nässe sickerte meinen Körper hinab und meine Glieder fühlten sich an, als wären sie nicht mehr da. Meine Arme, in denen ich Freya trug, als wäre es der größte Schatz der Welt, schmerzten nach dem langen Weg, den wir hinter uns gelassen hatten. Seit gut einer Stunde hatte es aufgehört zu regnen, doch die Nässe steckte noch in meinen Knochen. Außerdem war da diese bohrende Angst, dass Freya nicht überleben würde. Sie war unheimlich still geworden. Ab und an versuchte ich, sie aus ihrem Dämmerzustand zu holen, doch umso länger wir liefen, desto schneller driftete sie wieder weg. Erleichterung strömte durch meine Adern, als ich die Tür einer kleinen Holzhütte erreichte. Aus den Fenstern drang kein Licht, weswegen ich davon ausging, dass sich niemand darin befinden würde. Mit einer Hand schloss ich meine Finger um den Türknauf und stellte zu unserem Glück fest, dass die Tür nicht verschlossen war.

Als ich mit Freya auf dem Arm über die Schwelle trat, hatte ich das Gefühl, seit Langem wieder atmen zu können.

Ich sah ein Bett, eine kleine Küchenzeile und es gab

einen abgetrennten Bereich für das Bad.

Nur langsam entschärften sich meine Sinne, die durch die Verfolgung und den langen Weg, den ich hinter mich gebracht hatte, in voller Alarmbereitschaft gewesen waren. Wir hatten es geschafft. Ich hatte Freya und mich aus dem Schlamassel gerettet und wir waren bei diesem beschissenen Sturm nicht draufgegangen. Ich versuchte, in ihr Gesicht zu blicken, doch sie verbarg es an meinen Hals.

»Hey, wir sind erstmal in Sicherheit«, sagte ich leise, denn diese Stille, die sich jetzt über uns legte, war kostbar.

Als sie nicht reagierte, nahm ich zwei große Schritte und setzte Freya auf dem Bett ab. Ich steckte das Messer, das ich die ganze Zeit griffbereit hatte, zurück in meine Hose und berührte sie an den Schultern. Ihr Kopf war gesenkt, sodass ihre roten nassen Haare wie ein Vorhang ihr Gesicht verdeckten.

Kurz entschlossen erhob ich mich und ging in das kleine Badezimmer hinüber, um nach Handtüchern zu suchen und eine Schale mit Wasser zu füllen.

Mit beiden Sachen kehrte ich zu Freya zurück. Bevor ich mir ihre Wunde ansah, schob ich mir meine Jacke von den Schultern und ließ sie als nassen Klumpen auf den Boden fallen. Dann löste ich langsam ihre von ihrem Oberschenkel. Ihre Jeans war zerrissen und Blut sickerte immer noch daraus hervor. Zwar weniger als zuvor, aber ob das ein gutes Zeichen war, konnte ich nicht sagen. In meiner Ausbildung lernte man, wie man

Erste Hilfe leistete. Man gab sich und seine Kameraden niemals auf. Doch es war etwas anderes, wenn es die Frau erwischt hatte, die man … Ich stockte, denn ich wusste nicht, was ich für sie empfand. Nur, dass da etwas zwischen uns war, was ich so bisher nicht kannte.

»Ich muss dir die Hose ausziehen, Freya.«

Ihre braunen Augen öffneten sich und ihr Blick hielt mich kurz gefangen. Leicht nickte sie und ich begann ihr die Hose zu öffnen und über ihre Beine zu ziehen.

Sie hatte einen großen Riss, der sich über ihren Oberschenkel zog und etliche Abschürfungen. Ich war mir nicht sicher, ob sie genäht werden musste, auf jeden Fall musste ich die Wunde säubern.

Als ich begann dies, so gut ich konnte, mit den Handtüchern und dem frischen Wasser, zu tun, spürte ich, wie sie immer wieder zusammenzuckte.

Erleichterung strömte durch meine Adern, als ich merkte, dass weniger Blut aus der Wunde sickerte. Schließlich begann ich das Badezimmer nach einem Erste-Hilfe-Set abzusuchen. Zwar fand ich lediglich einen Verband, doch ich entschied, dass dies besser war als nichts.

Fest wickelte ich ihn um ihren Schenkel und beschloss, die Nacht abzuwarten. Denn im Morgengrauen musste ich zurück auf den Highway, um dort eines der Nottelefone für Verkehrsunfälle zu nutzen und uns Hilfe besorgen. Ich musste meinem Bekannten Bescheid geben.

Vorsichtig bettete ich Freyas Kopf auf das kleine Kissen und deckte sie mit der kratzigen Wolldecke zu, die neben dem Bett auf einem Stuhl lag. Ich selbst bezog Quartier auf dem Boden davor. Mein Herz schlug etwas zu stark in meiner Brust, als ich versuchte, meinen Kopf zu beruhigen und meinen Körper runterzufahren. Für alle Fälle zog ich das Messer wieder hervor und lenkte den Blick an die Zimmerdecke. Mein oberstes Ziel war, sie zu beschützen. Und ich wusste selbst, wie schwierig das war. Denn ich war es doch, der sie eigentlich entführen sollte. Doch die Dinge hatten sich geändert.

Ein leises Geräusch riss mich aus meinem leichten Schlaf und ich schreckte auf. Kurz musste ich mir in Erinnerung rufen, wo wir waren, doch die Ereignisse der letzten Stunden sickerten nach und nach wieder zurück in mein Bewusstsein. Mein Blick glitt aus dem Fenster, wo mich tiefste Dunkelheit begrüßte.

Langsam beruhigte sich mein Atem wieder. Ich hatte nicht wirklich geschlafen, doch trotzdem versicherte ich mich, dass alles ruhig in der Hütte war. Als ich den Kopf zu Freya drehte, hörte ich dieses Geräusch noch einmal.

»Freya?«, fragte ich in die Dunkelheit. Erst als ich mich aufsetzte und ihre Gestalt auf dem Bett erblickte, verstand ich, dass sie es war, die diese Geräusche ausstieß. Sie weinte.

Sofort war ich auf den Beinen und nahm neben ihr im Bett Platz. Mein Puls raste. Sie lag auf dem Rücken, den Blick abgewandt in Richtung Wand.

»Was ist los?«, fragte ich vorsichtig. Beim Klang meiner Stimme zuckte sie zusammen.

»Hast du Schmerzen?«

»Ich …«, versuchte, sie zu sprechen, und drehte sich zu mir um. Ihre Wangen waren von den Tränen nass. Der Anblick setze etwas in mir in Bewegung.

»Ich …«, stammelte sie erneut.

Ihre Augen waren weit aufgerissen und ihre Hände zitterten.

»Freya. Was ist los?« Unsicherheit stieg in mir auf und ich hasste das Gefühl, hilflos zu sein. Nicht zu wissen, was zu tun war, gehörte nicht zu meiner Natur.

»Panik«, stieß sie hervor und atmete schwer. »Attacke.«

Sofort war ich unter Strom. Ich umfasste ihr Gesicht mit den Händen.

»Was soll ich tun?«, brachte ich hervor. Sie hatte bereits im Auto eine von diesen Attacken gehabt, doch es war bei weitem nicht so schlimm gewesen wie jetzt. Freya umfasste schließlich meine Hände.

»Halt mich«, bat sie. Mein Hirn sagte mir, dass es eine sehr dumme Idee war, sie in meine Arme zu schließen. Doch wann hörte ich schon einmal auf meinen Kopf? Ich löste meine Finger von ihrer Wange, streifte mir die Stiefel von den Füßen und legte das Messer auf den Stuhl neben dem Bett. Dann legte ich mich neben sie.

Etwas unsicher, was zu tun war, machte ich das, von dem ich glaubte, dass es richtig war. Behutsam zog ich sie an meine Brust. Ihr Kopf lag direkt an der Kurve meines Halses, sodass ich ihren abgehackten Atem daran spüren konnte. Vorsichtig zog ich sie noch etwas näher und vergrub mein Gesicht in ihrem mittlerweile fast trockenen Haar. Leicht streichelte ich ihren Rücken, in der Hoffnung, dass das irgendwie beruhigend auf sie wirkte. Ich konnte ihr nicht verdenken, dass sie in solch einer Situation in Panik verfiel. Besonders nach all dem, was Lopez ihr angetan hatte.

Wut brodelte wieder einmal tief in meinem Bauch, doch ich schob sie beiseite.

Alles, was wichtig war, lag in meinen Armen.

Im Nachhinein konnte ich nicht mehr sagen, wie lange wir so dalagen. Freya hatte ihr Gesicht an meiner Brust versteckt und ich lauschte ihren Atemzügen, bis diese ruhiger wurden.

»Danke«, flüsterte sie irgendwann an meinem Pullover. Als sie dann ihr Gesicht hob und mich ansah, brach mir der Anblick das Herz. Wenn man einem Menschen die Erinnerung an schlimme Dinge nehmen könnte, wäre es das Erste, was ich Freya schenken würde.

»Hab keine Angst mehr.«

Sie versuchte sich an einem kleinen Lächeln und ich strich ihr eine Strähne aus dem Gesicht, die an ihrer nassen Wange kleben geblieben war.

»Ich habe dich sehr oft gefragt, wer du bist.«

Mein Körper spannte sich an. So eine einfache Frage und doch konnte ich ihr nicht antworten. Ich wusste selbst nicht, wer ich war. Mit dem Auftrag, Freya zu entführen, kam ich nach Schottland und jetzt lag ich mit dieser Frau in meinen Armen da und spürte nichts mehr als Geborgenheit. Ich schluckte hart.

»Freya, ich ...«

»Psst.« Sie stoppte mich, indem sie einen Finger auf meine Lippen legte.

»Ich werde nicht mehr fragen.«

Ihr Lächeln wurde größer und ihr Gesicht kam näher. Ich hatte nicht damit gerechnet, dass sie ihre Lippen auf meine legen würde.

Doch als ihr Mund den meinen traf, war es, als wäre es das Selbstverständlichste auf dieser Welt, dass unsere Lippen zusammen gehörten. Das wir zusammen gehörten. Sehnsucht erklomm aus der Tiefe meines Körpers und ich erwiderte den Kuss.

Mehr noch, ich hob die Hand und vergrub sie in ihren Haaren, zog sie damit etwas weiter zu mir herauf. Vereinigte unsere Lippen zu einem Tanz, der verboten und doch süß schmeckte. Ein Stöhnen kam aus meiner Kehle, als ihre forsche Zunge an meinen Lippen um Einlass bettelte. Ich ließ sie hinein. In meinen Mund und in meine Seele. Würde sie mich in diesem Moment noch einmal fragen, wer ich war, ich würde es ihr offenbaren.

Weil ich wollte, dass sie mich kannte. Dass sie alles von mir wusste und wir uns einander hingaben. Doch das war falsch. Sie durfte nicht erfahren, wer ich war, was ich tat und warum sie so wichtig war. Mit der plötzlichen Erkenntnis stoppte ich den Kuss. Auch wenn es mich immense Kraft kostete und meine Begierde auf diese wundervolle Frau, aus der Tiefe meines Körpers hervorgebrochen war, löste ich mich von ihr. Stattdessen nahm ich sie wieder in meine Arme.

»Wenn die Sonne aufgeht, hole ich Hilfe. Bis dahin bleiben wir hier.«

Freya schwieg eine Weile und ich spürte ihren Blick auf mir. Doch dann nickte sie kaum merklich und legte das Gesicht zurück auf meine Brust.

Ich schloss die Augen, doch ich war zu aufgewühlt, um an Schlaf auch nur zu denken.

Freyas Geschmack haftete an meinen Lippen und mir kam der Gedanke, dass ich bereits einen Schritt zu viel gemacht hatte. Ich hatte eine Schwelle übertreten, die gefährlich war.

Für sie und auch für mich.

KAPITEL 19
Freya

Wärme auf meiner Haut ließ mich aus meinem Schlaf erwachen und als ich die Augen öffnete, sah ich direkt in das grelle Licht der Sonne, die vom gegenüberliegenden Fenster auf mich nieder strahlte. An den gestrigen Sturm erinnerte nichts mehr und doch waren meine Erinnerungen an den Tag noch sehr präsent.

Ich dachte an den Mann, der uns verfolgt hatte und dass er wohl mittlerweile irgendwo tot im Schlamm lag. Dann dachte ich an unseren Weg durch den Sturm und die Wärme, die Reynirs Haut mir gespendet hatte. Und dann war da Reynir selbst, der meine Gedanken beherrschte. Ohne zu zögern, hatte er mich etliche Stunden durch die Highlands getragen. Er hatte meine Wunde versorgt, die bereits nicht mehr so stark schmerzte wie noch ein paar Stunden zuvor. Das leichte Kribbeln auf meiner Haut ließ mich an den Kuss zurückerinnern, den wir geteilt hatten. Es war, als schmeckte ich ihn immer noch auf meinen Lippen. Dieser Kuss war so anders als die, die ich mit Samuel ausgetauscht hatte.

Tief in mir spürte ich diese Sehnsucht nach mehr. Als wäre dieser Kuss ein Versprechen an mich selbst. An ein neues Leben. Unwillkürlich blickte ich zur Seite, nur um zu sehen, dass Reynir nicht neben mir lag.

Letzte Nacht waren es seine Arme gewesen, die mich gehalten und mir Schutz gegeben hatten. Die mich aus der Panik geholt hatten. Die Stille hatte mich umfangen. Nur das leise Klopfen seines Herzens hatte mich in den Schlaf gezogen, als wäre um mich herum Frieden. Geborgenheit, nur so lange ich mich in seinen Armen befand. Unseren Kuss hatte er dennoch viel zu früh und abrupt enden lassen. Was fühlte er? Bereute er alles?

Als leise Motorengeräusche von weit entfernt erklangen, zuckte ich unwillkürlich zusammen. Wo war Reynir? Vorsichtig setzte ich mich in dem Bett auf und schob langsam die Beine über die Kante. Als dabei mein Pullover verrutschte und er etwas von diesem scheußlichen Mahnmal auf meinem Körper preisgab, fragte ich mich, ob Reynir es gestern gesehen hatte? Gesagt hatte er nichts, doch es wäre durchaus möglich. Scham kroch in mir empor, die sich wie Säure durch mich ätzte.

Und wieder wuchs die Wut auf meinen Ehemann noch ein Stück mehr in mir. Als das Motorengeräusch lauter wurde und schließlich verstummte, versuchte ich auf die Beine zu kommen. Der Schmerz war zurück, sobald ich das verletzte Bein belastete, doch ich biss die Zähne zusammen und humpelte zum Fenster. Ein grauer Jeep hielt direkt vor dem Eingang der Hütte. Die Panik, die ich bereits so gut kannte, stieg in mir auf und ließ mich etwas zu hektisch nach Reynir Ausschau halten.

Die Türen des Jeeps öffneten sich und ein großer Mann mittleren Alters trat in Erscheinung.

Schnell wand ich mich vom Fenster ab.

Panisch schlich ich umher, um eine Waffe – irgendetwas zu finden, mit dem ich mich in der Not verteidigen konnte. Mein Blick glitt zu einer kleinen Lampe neben dem Bett und ich machte kurzen Prozess mit ihr, als ich das Kabel etwas unsanft aus der Steckdose zog und die Finger fest um deren Griff legte.

Hinter mir hörte ich Schritte und schließlich öffnete sich die Haustür mit einem leisen Knarzen.

Ich wollte schon ausholen, doch dann erkannte ich den Eindringling. Es war Reynir.

»Was zur Hölle?«, stieß ich hervor und starrte den Mann vor mir an, wie er komplett den Türrahmen einnahm und mich ansah. Und er lachte. Da war eindeutig ein Lachen in seinem Gesicht zu sehen.

»Willst du mich verarschen?«, fragte ich außer mir. Immer noch schlug mein Herz zu schnell in meiner Brust.

»Wolltest du mich mit einer Lampe k.o. schlagen?«, fragte der blonde Hüne und lachte wieder laut und aus vollem Hals.

»Ich …«, stockte ich, denn ich konnte nichts darauf erwidern, da ich das sehr wohl vorgehabt hatte.

»Wo warst du?«

»Ich habe Hilfe geholt.«

»Dieser Typ da draußen?« Ich merkte, dass meine Stimme immer noch eine Tonlage zu hysterisch war.

»Ich habe ein Notfalltelefon gesucht und meinen Freund angerufen.

Er ist gekommen, um uns abzuholen.«

Ich stockte. »Wie lange habe ich geschlafen?«

Wieder lachte Reynir.

»Etwas über vierundzwanzig Stunden.«

»Bitte was?« Auch wenn dies nicht der richtige Zeitpunkt war, ertönte ein lautes Knurren zwischen uns, dass ohne Zweifel von meinem Magen kam.

»Du brauchtest den Schlaf, Freya. Wie geht es deinem Bein?«

Ich starrte an mir herunter und mir fiel ein, dass ich immer noch keine Hose trug. »Besser.«

Reynir nickte und mir wahr, als las ich eine gewisse Erleichterung in seinen Augen.

»Komm Rauð kona, ich bringe dich hier weg.«

Und dann kam der Moment, als ich wirklich begriff, dass er Hilfe geholt hatte. Das wir entkommen würden und dass wir lebten. Dies war der Moment, als ich auf Reynir zuging und die Arme um seine Mitte schlang.

»Danke«, flüsterte ich in seine Brust und nahm so viel von seinem Geruch in mich auf, wie ich konnte. Als ich dann seine Arme spürte, die sich vorsichtig um mich legten, spürte ich wieder diesen Frieden.

»Ich habe doch gesagt, ich passe auf dich auf, Freya.«

Er hatte mich nicht oft mit meinem richtigen Namen angesprochen, doch in diesem Moment, war es das Versprechen, was er gehalten hatte.

Trotz der Gefahr, die durch Samuel immer noch herrschte, war dieser Moment ein Stück Freiheit, das ich zurückerlangt hatte.

Zwar wusste ich nicht, wo mich meine Reise hinbringen würde, doch ich wusste, solange dieser Mann an meiner Seite war, konnte ich alles schaffen.

KAPITEL 20
Freya

Hypnotisch starrte ich auf die nasse Landschaft und auf die gigantischen Berge, die bis in den Himmel ragten. Sie wurden zu einem stetigen Strom aus Farben, je länger ich aus dem Fenster sah. Als ich schließlich den Blick von der vorbeirasenden Landschaft abwendete und stattdessen in das große Gesicht eines Huskys blickte, der neben mir auf der Rückbank des großen Jeeps saß, und mich anstarrte, musste ich lächeln. Seine Zunge hing seitlich aus seinem Maul heraus und ich hatte das Gefühl, dass er mich anlächelte. Was doch wohl absurd war, oder?

»Er mag dich.« Die Stimme des älteren Mannes, den ich vor ein paar Minuten noch als Bedrohung gesehen hatte, ertönte und ich legte den Blick auf ihn.

Er trug seine dunkelblonden, kinnlangen Haare unter einer roten Baseballcap versteckt. Um seinen Mund wuchs ein rötlicher Vollbart, den er zu einem Zopf geflochten und mit einer braunen Perle befestigt hatte.

Als er sich kurz zu mir umsah und lächelte, entdeckte ich, dass ein Stück von seinem Schneidezahn fehlte.

»Wie heißt er?«, fragte ich, weil ich fand, dass ein bisschen Small Talk in so einer Situation für beide Seiten gut war.

»Deadpool.«

Ich blickte von dem freundlichen Gesicht des Huskys auf und lachte.

»Wirklich?«

Der Mann, dessen Namen ich noch immer nicht kannte, lachte laut.

»Meine Frau ist ein großer Fan von Superhelden. Sie fand, dass er ...« Er zeigte auf den Rüden neben mir.

»... so heldenhaft wie tollpatschig ist, genau wie Deadpool. Daher der Name. Du wirst irgendwann sehen, dass er diesen Namen verdient.«

Ich grinste unwillkürlich und strich Deadpool durch das weiche Fell zwischen seinen Ohren. Die hellblauen Augen, die Reynirs fast ähnlich waren, sahen mich aufrichtig an.

»Ich bin Sam«, stellte sich der Mann am Steuer schließlich vor und sah kurz in den Rückspiegel, um mir nochmal sein Lächeln zu zeigen.

Ich setzte zum Sprechen an. Mein Deckname lag mir auf den Lippen. Unschlüssig, welchen Namen ich nennen sollte, zögerte ich mit der Antwort.

»Das ist Freya.« Reynir kam mir zuvor und als sich unsere Blicke trafen, spürte ich wieder diese Sicherheit. Als wäre all das, was hinter uns lag, nur ein böser Traum gewesen.

»Freut mich, dich kennenzulernen. Als unser Rey-Rey hier angerufen hat, wussten wir zwar nicht, wie ernst es ist, trotz allem freuen wir uns, dich als unseren Gast zu haben.«

Grinsend sah ich zu Reynir und formte mit den Lippen »Rey-Rey« nach.

Er verdrehte nur die Augen.

»Wie ernst genau ist es?«, frage Sam und blickte zu Reynir hinüber.

»Erinnerst du dich daran, als wir damals im Irak dieses Nest von Terroristen gestürmt hatten?«

»Wie kann ich mich nicht daran erinnern?«

»Na ja. Nun ist es schlimmer.«

»Aber was ist mit Sa-?«

Irgendetwas in Reynirs Blick ließ Sam verstummen und den Blick zurück auf die Straße lenken.

Ich sah zwischen den beiden Männern hin und her, bekam jedoch keinen Blick mehr geschenkt.

Wir fuhren etwas über zwei Stunden, in denen kaum einer von uns etwas sagte.

Wir erreichten ein weitläufiges Gelände. Während wir die lange Auffahrt befuhren, um uns dem Haupthaus zu nähern, bestaunte ich die Umgebung, die vielen Weiden und das weitreichende Land. So viel Freiheit und Platz. Ich spürte Reynirs Blick auf mir und als wir uns ansahen, lag ein Lächeln auf seinen Lippen.

Wir durchfuhren die Kiesauffahrt, bis sich ein großes Holzhaus vor uns erstreckte. Es hatte drei Stockwerke und eine große Terrasse, die ums Gebäude herum verlief. Auf einem großen Schild, das vor dem Haus aufragte, stand ein Satz in einer mir unbekannten Sprache.

»Da sind wir«, sagte Sam und stieg gleichzeitig aus dem Jeep, den er unter einem Carport abgestellt hatte.

Als Nächstes öffnete er die Tür neben mir, damit Deadpool aus dem Wagen springen konnte.

Auch ich löste den Sicherheitsgurt und öffnete die Tür. Reynirs Gestalt erschien augenblicklich vor mir.

Er streckte den Arm nach mir aus, um mir aus dem Wagen zu helfen.

Ohne zu Zögern legte ich meine Hand in seine und der leichte Druck ließ mich erschaudern. Vorsichtig schob ich mein verletztes Bein aus dem Wagen und zog das gesunde hinterher. Reynirs anderer Arm legte sich um mich und als ich vor ihm stand, wagte ich den Blick auf sein Gesicht zu legen. Das Hellblau seiner Augen schien wie geschliffenes Eis, doch in den Tiefen verbarg sich Dunkelheit und Wut. Anders als in seinen Augen lag auf seinem Mund ein Lächeln. »Jetzt sind wir erstmal sicher.«

Ungläubig hob ich die Augenbrauen und mein Blick schweifte noch einmal über diese unglaublich schöne Natur, mit ihren Feldern und Bergen. Doch konnten sie mich wirklich beschützen?

»Kommt«, hörte ich Sam rufen, der bereits am Hauseingang stand.

Wir folgten ihm und betraten das große Haus. Das Erste, was mich empfing, war der Geruch von Essen. Ich konnte es nicht zuordnen, es roch nach Fleisch und nach etwas Würzigem.

»Meine Frau hat ihren berühmten Haggis Eintopf gemacht«, beantwortete Sam meine Gedanken und ich versuchte, mich zu erinnern, was Haggis war.

Nichts Gutes glaubte ich zu wissen.

»Toll!«, rief ich und wand den Blick zu Reynir, der nur stumm neben mir stand.

»Sammy, bist du es?«, rief eine weibliche Stimme und im Flur erschien eine Frau in mittlerem Alter. Sie trug ein paar Reiterhosen und einen großen gestrickten Wollpullover. Sie hatte rötliches Haar, was sie zu einem unordentlichen Dutt nach oben gesteckt hatte. Ihre grünen Augen sahen mich freundlich an, als sie direkt auf mich zukam.

»Hi, ich bin Sophie.« Ich ergriff ihre Hand, die sie mir mit einem riesigen Lächeln hinhielt und irgendwo in mir begann ein alter Schmerz emporzusteigen.

Ich hatte meine Mutter einfach zurückgelassen. Sie wusste nicht, was mit mir passiert war. Für sie war ich verloren, als ich das Leben mit Samuel begonnen hatte. Ich vermisste sie jeden Tag.

Mühsam schluckte ich diese Leere in mir herunter und lächelte zurück.

»Freya«, stelle ich mich Sophie vor.

»Kommt, ihr müsst doch halb durchgefroren sein. Ich gebe dir ein paar warme Sachen und dann essen wir. Mit einem würzigen Eintopf geht es allen gleich besser.«

Sophie war mir direkt sympathisch. Sie war eine von diesen Personen, die man augenblicklich ins Herz schloss. Ich nickte. Sie tat es mir gleich, wand sich dann aber ab und sah in Richtung Reynir, der immer noch stumm neben mir stand. Er hatte kein Wort gesagt, seit wir dieses Haus betreten hatten.

»*Úlfur*, mein Lieber.«

Reynir hob seinen Blick und sah Sophie an. Sein Gesicht zeigte keinerlei Rührung, nur seine Augen verwandelten sich von dieser Kühle, die sie immer ausstrahlten, in ein fast schon warmes Blau. Kurz überlegte ich, was dieser Ausdruck in seinen Augen bedeutete, bis es mir wie Schuppen vor den Augen fiel. Liebe. Liebe und Anerkennung strahlten aus diesen eisigen Augen.

Liebe für diese Frau vor sich. Mein Herz schlug etwas schneller in meiner Brust. Diese zwei Menschen mussten mehr für ihn sein als alte Bekannte.

»Komm Reynir.« Sophie breitete ihre Arme aus und auch wenn Reynir erst zögerte, kam er dann jedoch mit kurzen Schritten auf sie zu. Als der riesige Mann diese zierliche Frau in eine Umarmung zog und sie zärtlich die Arme um seine Mitte schlang, bekam ich einen Kloß im Hals.

»Wir haben dich vermisst, *Úlfur*. Mein einsamer Wolf«

»Ich euch auch.«

Als sie sie sich voneinander lösten, wanderten Sophies Augen prüfend über Reynirs Körper.

»Geht es dir gut?«

Er nickte, doch in Sophies Gesicht breitete sich Besorgnis aus.

»Es bedeutete nichts Gutes, dass du hier bist, Reynir, das weiß ich wohl. Ich weiß, was für eine Gefahr nun auf uns alle lauert. Doch mein lieber Reynir, dass du hier bist, ist das größte Geschenk.«

Eine Träne rollte ihre Wange hinab, als sie sich schließlich von ihm löste. Auch in seinen Augen schimmerte es verdächtig.

»Komm«, meinte Sophie dann und hielt mir ihre Hand hin. Die Besorgnis und die Traurigkeit waren aus ihrem Gesicht verschwunden. Jetzt strahlte es wieder vor Wärme und Freundlichkeit. Mit einem letzten Blick zu Reynir, der sich abgewandt hatte, ließ ich mich von der freundlichen Frau mitziehen.

KAPITEL 21
Reynir

Gedankenverloren sah ich Freya hinterher, die mit Sophie in eines der etlichen Zimmer in diesem Haus verschwand. Das Gefühl, als läge ein Auto auf meiner Brust, breitete sich unaufhaltsam in meinen Körper aus. Es fühlte sich an, als würde ich keine Luft mehr bekommen. Kurzerhand machte ich auf dem Absatz kehrt und stieß die Haustür auf. Die schottische Kälte umfing mich und ließ mich sofort leichter atmen. Instinktiv ging ich links am Haus entlang zu den Stallungen. Ich kannte mich gut aus an diesem Ort. So oft hatte ich meine Sommerferien hier verbracht. Zusammen mit Gustav und meinem Bruder. Hier hatte ich Reiten gelernt. Fischen und Schießen. Sam und Sophie waren immer für mich da gewesen. Die beiden haben mir Kraft und Rückhalt gegeben, als meine Eltern starben. Sie waren zu einem wichtigen Teil in meinem Leben geworden. Und ich hatte Schande über diese beiden Menschen gebracht. Ich hatte das Privileg gespürt, dass Menschen stolz auf mich waren. Und ich hatte es mit Dreck beworfen. Als ich mich der Gang angeschlossen und somit die Seiten gewechselt hatte, da habe ich Schande über meine Familie gebracht. Seit dem Tag vor zwei Jahren hatte ich nicht einen Fuß mehr auf dieses

Grundstück gesetzt. Weder hatte ich mich gemeldet, noch es überhaupt versucht.

Natürlich war mir bewusst, wie falsch das war. Doch ich war besessen gewesen von dem Gedanken, den Verlust meiner Berufung mit etwas anderem zu ersetzen, bis ich schließlich selbst einer dieser Mistkerle wurde. Doch dies war nun vorbei. Ein für alle Mal. Ich hatte mein Ziel vor Augen verloren, doch jetzt - seit ich Freya an meiner Seite hatte – war es wieder glasklar in meinen Kopf. Nur eine Sache war anders als früher. Ich hatte mehr Kraft, mehr Durchhaltevermögen. Ich hatte Freya. Mit ihr hatte ich eine Aufgabe, die aufrichtig war. Sie war es wert. Sie war alles wert.

»Rey?« Ich zuckte zusammen und wand den Blick von den Ställen ab und sah, wie Sam hinter mir erschien. »Alles okay?«

Mir fiel auf, dass man mir diese Frage schon so lange nicht mehr gestellt hatte, und jetzt war es bereits das zweite Mal an diesem Abend.

»Ich bin ehrlich: Nein, aber ich mache alles wieder gut.«

»Erzähl mir, wer sie ist.«

Ich senkte die Lider und ging auf die Box eines weißen Schimmels zu. An ihrer Tür hing ein Schild mit ihrem Namen. *Cinderella.* Diese beiden Verrückten hatten jedem Tier auf ihrer Farm einen berühmten Namen gegeben.

Als ich Cinderella das letzte Mal gesehen hatte, war sie noch ein Fohlen gewesen.

Nun war sie zu einer majestätischen Stute herangewachsen. Neugierig sahen mich diese braunen, treuen Augen an und ein kleines Schnauben kam aus ihren Nüstern, als würde sie mich erkennen.

»Hallo meine Kleine. Ich bin es.«

Vorsichtig strich ich ihr über die Nüstern und ich hatte das Gefühl, als würde es ihr gefallen.

Wieder setzte sich etwas auf meine Brust. Scham, meine Familie einfach im Stich gelassen zu haben, ätzte durch jede Stelle meines Körpers.

»Es tut mir leid, Sam.« Ich konnte meinem Freund nicht in die Augen schauen, als ich sprach. Stattdessen lag mein Blick fest auf den braunen Augen des Schimmels.

»Nichts muss dir leidtun, Rey.« Wieder dieser Stich im Herzen. Hatte ich diese lieben Worte überhaupt noch verdient?

»Ich habe mich verloren. Solange Zeit.«

»Es zählt, dass du jetzt hier bist.«

Frustriert fuhr ich mir durch die Haare.

»Ich bringe euch in Gefahr. Immer wieder. Ich dürfte gar nicht hier sein. Lopez hat es nicht nur auf mich abgesehen, Sam.«

Sam wusste von Samuel Lopez und kannte ebenfalls die Bande, dessen Anführer er war. Auf der Fahrt hier her, wollte er wissen, wie ich zu dieser Sache stand, doch ich stoppte ihn, aus Angst, dass er mich vor Freya verraten würde. Das sie erfuhr, wer ich wirklich war.

»Freya?«, hakte Sam schließlich nach und ich nickte.

»Bist du noch Teil der *Hollow Skulls*?« Zorn wuchs in mir empor.

Allein die Tatsache, dass ich wirklich Teil dieser Gruppe von Wichsern gewesen bin, verursachte in meinem Inneren eine Glut aus Wut und Missachtung.

Vor mir selbst.

»Nein. Ich habe meinen Weg wieder gefunden. Durch Freya.«

»Dafür werde ich ihr für immer dankbar sein.«

Ich schloss die Augen und seufzte.

»Sie ist seine Ehefrau, Sam. Es war mein Auftrag, sie zu entführen und ihm zurückzubringen. Doch ich konnte es nicht. Es ist, als hätte sie mir die Augen geöffnet. All die Jahre war ich blind vor Zorn und Selbstmitleid. Doch jetzt, ist alles, was ich will ...«

Unwillkürlich stoppte ich meine Worte.

»Du willst sie.«

Mein Blick glitt zu Sam hinüber und in seinen Augen las ich nichts als Freundschaft und Liebe.

»Mehr als alles, was ich je wollte.« Diese Worte kamen leise über meine Lippen. Als hätte ich Angst vor der Konsequenz meiner Worte.

Schließlich drehte ich mich doch zu dem Mann um. Als ich in die vertrauten Augen blickte und das Lächeln sah, was Sams Mund umspielte, fühlte ich mich hilflos wie ein kleines Kind.

»Hab keine Angst, Rey und hör auf die Stimme in dir. Sie wird dir sagen, was zu tun ist.«

Vorsichtig machte ich ein paar Schritte auf Sam zu

und als dieser die Arme um mich legte, war es, als würde jegliche Kraft aus meinem Körper weichen.

Die starken Arme meines Gegenübers hielten mich fest und mein Kopf sank kraftlos auf Sams Schulter. Etwas brannte hinter meinen Augen, doch erst als ich Nässe auf meiner Wange spürte, bemerkte ich, dass ich weinte.

»Lass alles raus.«, flüsterte Sam in mein Ohr, während er mich einfach festhielt. Und das tat ich.

Alles.

KAPITEL 22
Freya

Von draußen drang die schwarze Nacht in das Zimmer, in das mich Sophie einquartiert hatte. Nachdem wir die Wunde an meinem Bein nochmal gesäubert und verbunden hatten, versorgte sie mich mit ein paar Bluejeans, einem großen grauen Wollpullover und ein paar Boots. Danach hatten wir gegessen. Der Haggis Eintopf war köstlich gewesen, wenn man nicht darüber nachdachte, woraus er gemacht wurde. Sophie hatte recht behalten: Mit einer warmen Mahlzeit im Magen ging es einem gleich viel besser. Ich fühlte mich zum ersten Mal sicher und geborgen. Fast wie in einem echten Zuhause.

Sam und Sophie erzählten mir, dass sie sich am College in Island kennen und lieben gelernt hatten. Nach ihrem Abschluss waren sie in Sophies Heimat zurückgekehrt, hatten diese Farm gekauft und sich all das aufgebaut. Es wärmte mir das Herz, dass diese zwei freundlichen Menschen einfach so zwei Fremde aufnahmen.

Unwillkürlich stockte ich. Reynir war ihnen ganz und gar nicht fremd. Nur hatte ich keinerlei Dinge über ihn aus den beiden herausbekommen. Passend dazu hatte sich unser einsamer Wolf nicht zum Essen dazu gesellt. Seit wir hier angekommen waren, war von Reynir keine Spur.

Müde gähnte ich und beschloss, mir morgen weitere Gedanken zu machen. Auch wenn ich fast einen ganzen Tag verschlafen hatte, spürte ich eine drängende Müdigkeit. Die letzten Stunden hatten mir mehr ausgemacht, das merkte ich jetzt. Daher entschied ich, mir eine heiße Dusche zu gönnen und dann in den gemütlichen Flanell-Pyjama zu schlüpfen, den mir Sophie ebenfalls hingelegt hatte. Doch als ich schließlich in dem großen Doppelbett lag und Dunkelheit mich umfing, war an Schlaf nicht zu denken. Meine Gedanken kreisten wie ein Karussell in meinem Kopf.

Da war die Flucht vor Samuel, die Unsicherheit, jemals wieder frei zu sein und der geheimnisvolle Reynir, der mir nach wie vor ein Rätsel war und dessen Kuss mir noch immer auf den Lippen brannte. Es machte mich wütend, dass ich, nach allem, was geschehen war, manchmal an nichts anderes denken konnte als an diesen Mann. Dass ich mir ausmalte, wie er ohne seine Klamotten aussah. Ich wollte ihn. Es hatte keinen Zweck mehr, es zu leugnen. Ich wollte ihn mit Haut und Haaren. Meine Finger wollten seine Tätowierungen nachzeichnen. Meine Zunge wollte seine Haut schmecken und mein Körper wollte seinen spüren. Wie er seine starken Arme um mich legte und dann tiefer wandern ließe ...

Okay Schluss damit! Ich streckte meine Glieder unter der Decke aus und spürte die Hitze, die meinen Körper umfing. Die Lust, die aus jeder Pore sickerte und mich einnahm.

Krampfhaft kniff ich die Augen zu und beschwor ein harmloses Bild vor mein inneres Auge. Ich sah die Lamas und die Schafe auf Sams Weide, wie sie dort fraßen.

Alles war besser als das Bild des nackten Reynir. Verdammt, es ging schon wieder los. Ich beschwor Deadpool - den Hund - hervor und musste wieder über den Namen lächeln. Irgendwo zwischen Lust und Müdigkeit musste ich eingeschlafen sein, denn ein leises Geräusch ließ mich aus einem traumlosen Schlaf aufschrecken. Ich strampelte mir die Decke etwas vom Körper, da es ungewöhnlich warm war. Ein Schweißfilm bedeckte meinen Körper und als kalte Luft meine Haut traf, ließ sie mich erzittern. Als wieder ein Geräusch ertönte, riss ich die Augen auf, doch im ersten Moment sah ich nur Dunkelheit um mich herum.

Dann hörte ich es wieder. Es war wie ein leises Schaben. Als ich mich im Bett aufsetzte und meine Augen sich langsam an die Dunkelheit gewöhnt hatten, sah ich den schmalen Streifen Licht, der das Zimmer beleuchtete. Die Tür stand offen.

»Hallo?« Meine Stimme hörte sich seltsam laut an, als ich so in die Stille sprach. »Ist da jemand?«

Ein Räuspern erklang und der Lichtkegel wurde verdeckt, als eine dunkle Gestalt das Zimmer betrat. Zuerst war da für einen kleinen Moment die Panik zurück in meinem Körper, doch als ich sah, wer da mein Zimmer betreten hatte, war es ein anderes Gefühl, was wieder Besitz von mir ergriff.

Hitze sickerte in jeden Winkel meines Körpers. Durch die Schwärmerei vor dem Schlafen gehen, war mein Körper bereits gereizt auf den Mann, der nun einfach regungslos im Raum stand.

Mit einem leisen Klicken schloss er die Tür wieder hinter sich.

Auch wenn es mir erst dunkel vorgekommen war, schienen meine Augen sich langsam an die Dunkelheit zu gewöhnen. Außerdem schien der Mond durch das nicht verhangene Fenster, sodass ich einen guten Blick auf Reynir hatte. Er trug immer noch die Sachen, die er bei unserer Ankunft getragen hatte. Als wäre er erst jetzt zurückgekehrt.

»Wo warst du?«, fragte ich ihn, doch er antwortete mir nicht, was ja nichts Neues für mich war. Stattdessen kam er ein Stück näher. Starr spürte ich seinen Blick auf mir.

»Freya.« Die Art, wie er meinen Namen aussprach, rau und dunkel, hinterließ kleine Schauer auf meinen Armen.

»Alles okay?« Aus irgendeinem Grund wurde ich aus seinem Gesichtsausdruck nicht schlau. Er war sonst schon schwer zu lesen, doch nun wusste ich noch weniger, was in dem Mann vorging.

»Du schwitzt«, stellte er fest.

Noch mehr Hitze stieg in mir empor. Auch wenn ich wusste, dass er meine Gedanken nicht kannte, fühlte ich mich wie auf frischer Tat ertappt. »Es ist warm.«

»Ist es das?« Wieder trat er einen Schritt näher ans Bett, sodass er schließlich direkt am Ende stand und seine Finger die Kante umschlossen.

»Ich möchte zu dir ins Bett kommen, Freya.«

Kurz dachte ich, dass ich mich verhört hatte, doch als ein paar Sekunden Stille um uns herum war, wusste ich, dass ich genau diese Worte aus seinem Mund vernommen hatte.

»Möchtest du das auch?«, fügte er hinzu.

Mein Herz schlug schneller in meiner Brust und ich presste meine Schenkel unter der Bettdecke zusammen. Solange schon hatte ich dieses süße Gefühl nicht mehr gespürt. Dieses Verlangen und dieses Pochen zwischen meinen Beinen. Und es galt nur einem Mann. Dem, der mich gerade gefragt hatte, ob er zu mir ins Bett kommen dürfe.

»Bist du dir sicher? Du hast nach dem Kuss...«

»Denk nicht darüber nach«, unterbrach er mich. »Dieser Kuss war ...« Jetzt stockte er, als suche er den richtigen Begriff für seine Worte.

»Ich kann seitdem an nichts anderes denken, als dich unter mir zu spüren. Deinen Körper zu küssen, jeden Winkel.«

Ein Kribbeln legte sich über meine Haut, so als würde sie es kaum abwarten können, dass er seine Worte in die Tat umsetzte. Trotz der Begierde für diesen Mann wurde ich unsicher. Es würde das erste Mal sein, dass ich mit jemanden zusammen war, der nicht mein Ehemann war. Außerdem waren mir solche intensiven Reaktionen auf einen Mann neu. Es war so lange her, seit ich das letzte Mal Lust empfunden habe. Die letzten Jahre mit

Samuel waren geprägt von Aggression und Gier, nicht von Befriedigung und Intimität. Wut stieg in mir auf, weil es der schlimmste Zeitpunkt war, jetzt an ihn zu denken. Doch ich spürte die Narbe an meiner Leiste pochen, als würde sie mir sagen, dass er immer da sein würde.

»Rauð kona, hab keine Angst. Sag mir, was du willst?«, sagte Reynir dann und holte mich so zurück ins Hier und Jetzt. Langsam kam er um das Bett herum und stand nun neben mir. Durch seine Größe ragte er über mir, wie ein gefallener Engel.

Behutsam strich er sich die blonden Haare aus dem Gesicht und ich wünschte mir, es ihm gleichzutun.

»Was möchtest du?«, fragte er wieder und schließlich gab ich mir selbst einen Ruck. Dies hier war mein sicherer Hafen. In dieser Nacht war ich sicher.

»Es ist das erste Mal, seit ...«

Kurzerhand legte er einen Finger auf meine Lippen und ich verstummte.

»Sag mir, ob du mich auch willst«, forderte er.

Mit klopfenden Herzen starrte ich zu Reynir hinauf und nickte dann. »Mit jeder Faser meines Körpers.«

Ein Lächeln breitete sich auf seinem Gesicht aus und wärmte mir mein Herz. Dann beobachtete ich, wie er langsam die Finger an den Bund seines Pullovers legte, um sich diesen über den Kopf zu ziehen.

Weiße Haut schimmerte im dunklen Schein der Nacht. Bleiche Haut, die mit dunkler Tinte bemalt war. Reynir ließ den Pullover auf den Boden gleiten und legte dann die Finger auf den Bund seiner Jeans. Mit dem Blick fest auf meinem Gesicht zog er diese mit einer geschmeidigen Bewegung ebenfalls aus, sodass er nur in Unterwäsche vor meinem Bett stand. Unwillkürlich erhob ich mich und kniete vor ihm auf dem Bett.

»Darf ich dich anfassen?«, fragte ich und die blauen Augen brannten auf mich nieder, als er nickte. Meine Hand streifte sein Bein, worauf sich eine große Narbe erstreckte. Vorsichtig fuhren meine Finger die wulstige Haut nach und ich spürte, wie ein leichter Schauer seine Haut befiel. Leicht hob ich den Blick und fand noch eine große Narbe. Sie erstreckte sich von seiner Schulter abwärts über seine komplette Brust.

»Ich habe auch eine Narbe«, flüsterte ich. »Hier.« Langsam fuhr ich hinunter zu meiner Leiste, dort wo sich Samuels Andenken an sich befand.

»Er wird dafür sterben, Rauð kona.« Dunkelheit erfüllte seine Stimme. Ich glaubte ihm.

Schließlich riss er mich aus meinen Gedanken, als ich seine Hand an meiner Wange spürte. Voller Sehnsucht sah ich zu Reynir auf und er beugte sich zu mir herunter, um seine Lippen auf die meinen zu legen. Er schmeckte salzig und gleichzeitig süß. Mein Verlangen wuchs in mir, als sich seine Zunge einen Weg zwischen meine Lippen bahnte und mit meiner tanzte.

»Zier dich nicht Rojita«

Erschrocken hämmert mein Herz in meiner Brust, als die vertraute Stimme in meinem Kopf ertönte.

Nein! Nicht jetzt.

Mein Blick legte sich auf Reynirs Gesicht. Als hätte er gemerkt, dass etwas nicht stimmte, sah er ruhig auf mich herab. Doch ich wollte Samuel nicht die Macht geben, mir dies kaputtzumachen. Also vereinigte ich die Lippen wieder mit seinen und gab so viel Leidenschaft in diesen Kuss, wie ich zu geben hatte.

»Mach die Beine für mich breit, Ehefrau. Ich will mein Kunstwerk betrachten.«

»Freya?« Reynirs Stimme drang wie durch einen Schleier zu mir durch.

Auch wenn ich mit voller Kraft versuchte, im Hier und Jetzt zu bleiben, hörte ich die Stimme meines Ehemanns wie ein Echo immer und immer wieder die gleichen Worte sagen. Hände umfassten mein Gesicht.

»Freya, sieh mich an.«

Meine Augen waren geöffnet und doch war ich nicht hier.

»Rauð kona. Bleib bei mir.«

Nun legten sich wieder Lippen auf die meinen und kurz zuckte ich zurück. Doch als dann eine Zunge über meine Unterlippe strich, sie liebkoste und starke Finger die Konturen meines Gesichtes nachzeichneten, spürte ich, wie das Bild vor meinen Augen schwächer wurde.

»Bleib hier. Du bist nicht mehr bei ihm. Du gehörst ihm nicht mehr.«

Worte, die ich so gerne glauben würde. Doch war das wirklich so?

»Freya. Ich werde dich beschützen. Du bist nicht mehr bei ihm. Du bist hier bei mir.«

Mein Herz schlug heftig in meiner Brust, als Reynir diese Worte zu mir sagte. Endlich schaffte ich es, das Bild vor meinen inneren Augen wegzuschieben. Entschlossen blendete ich Samuel Lopez aus.

»Da bist du ja wieder«, flüsterte Reynir dann. Er stand immer noch da und hielt einfach nur mein Gesicht in seinen Händen. Eine Träne rollte aus meinem Auge, bevor ich sie aufhalten konnte. Doch bevor ich sie wegwischen konnte, kam sein Gesicht näher und tat dies stattdessen, indem er die Lippen auf meine Wange legte.

»Die letzte Träne«, sagte er und ich nickte. Es war besiegelt.

»Danke«, flüsterte ich, da hob er einen seiner Mundwinkel zu einem schiefen Lächeln.

»Sollen wir aufhören?«, fragte er dann jedoch wieder ernst und ich sah ihn nur erschrocken an.

»Nein. Niemals.«

Mein kleiner Ausbruch schien ihn zu amüsieren, denn seine Lippen formten sich wieder zu einem Lächeln.

»Wo waren wir?«, fragte er, erwartete jedoch keine Antwort, denn im selben Moment legten sich seine Lippen wieder auf meine.

Erst war es ein langsamer Kuss, als wartete er ab, wie ich reagierte. Doch ich stand bereits wieder in Flammen. Bereitwillig vertiefte ich den Kuss, legte all meine Gefühle hinein.

»Ich will dich«, hauchte ich und legte die Hände auf seine Hüften.

Immer noch mit seinen Lippen verbunden, schob ich ihm seine Boxershorts über den Hintern. Als ich diese hinab fallen ließ und das preisgab, was darunter versteckt gewesen war, schluckte ich. Das Pochen zwischen meinen Beinen wurde fast schon unerträglich, als ich seinen steifen Schwanz sah, der begierig nur auf meine Berührung wartete. Nun war noch der letzte Gedanke an mein früheres Leben fort. Behutsam strich ich über seine Haut, umfasste ihn und hauchte einen Kuss darauf. Erst dann sah ich Reynir wieder in die Augen. »Berühre mich, Reynir.«

Voller Begierde sah er mich an und knöpfte gleichzeitig mein Flanell-Pyjama auf. Darunter verbarg sich nichts, außer meiner Nacktheit.

»Leg dich zurück.«

Ruhig streifte ich das Hemd von meinen Schultern und legte mich zurück aufs Bett, sodass mein Kopf wieder auf dem Kissen zum Liegen kam.

Ich spürte, wie die Matratze unter Reynir nachgab, als er ebenfalls ins Bett kam. Auch wenn ich nichts mehr wollte, als sein Gewicht auf mir zu spüren, legte er sich neben mich. Sein Gesicht schwebte über mir und ich prägte mir jeden Winkel davon ein. Ich würde noch lange von dieser Nacht Kraft schöpfen, das wusste ich. »Du bist wunderschön, Freya.«

KAPITEL 23
Reynir

Ich hatte erst begriffen, wo ich mich befand, als ich vor Freyas Zimmertür gestanden hatte. Die Stunden, die ich seit unserer Ankunft auf Sam und Sophies Farm draußen in den Ställen verbracht hatte, ließen mich zu einer Erkenntnis kommen. Ich wollte diese rothaarige Schönheit mit jeder Faser meines seins. Mit allem, was dazu gehörte. Obwohl diese Gefühle neu für mich waren, schienen sie so klar wie noch nie in meinem Leben. Ich wollte sie nicht nur in meinem Bett. Ich wollte sie an meiner Seite. Für den Rest meines Lebens. So lange, wie es noch dauerte.

Mit diesem Gedanken hatte ich das Haus betreten und es hatte mich geradewegs in ihr Zimmer gezogen. Jetzt spürte ich ihren warmen Körper neben mir. Meine Finger berührten ihre weiche, blasse Haut, die im Schein der Nacht fast leuchtete. Auch wenn es dunkel war, erkannte ich die Begierde in ihren braunen Augen.

Doch da war noch etwas anderes. Furcht schlich sich immer wieder durch die dunkle Farbe. Auch wenn ich kurz davor war, mit ihrer karierten Schlafhose kurzen Prozess zu machen, stoppte ich meine eigene Lust und sah Freya tief in die Augen. Sekundenlang prägte ich mir ihr Gesicht ein. Ihre zarten Züge, die gerade Nase und das kleine Muttermal unter ihrem rechten Auge.

»Freya. Hab keine Angst mehr.« Meine Stimme schien unendlich laut in der Stille um uns herum und ich spürte, wie ihr Körper neben mir erschauderte.

»Habe ich nicht«, flüsterte sie, doch ich hob skeptisch die Augenbrauen. »Ich weiß nicht, was ich tun soll. Es ist so lange her.«

Nun lächelte ich. Ihre Worte wärmten mir das Herz. Ihre Unsicherheit ließ sie klein und doch stark wirken. »Lass es geschehen, Freya. Schließ die Augen«, befahl ich ihr, obwohl ich es liebte, in diese braune Farbe zu blicken.

Kurz zögerte sie, doch dann schlossen sich ihre Lider.

Meine Lippen begannen leicht über ihre Wange zu streichen. Behutsam verteilte ich kleine Küsse auf ihren geschlossenen Augen, hinunter zu ihrem Kinn. Liebevoll streifte ich ihre vollen Lippen, die leicht geöffnet waren und aus denen immer wieder ein leises Stöhnen kam.

Dann glitt ich runter, verteilte kleine Küsse über ihren schlanken Hals, über ihre Halsschlagader, die vor Spannung heftig pochte. Meine Zunge schoss hervor und glitt über ihre Haut.

»Mhh. Du bist köstlich Freya«, stöhnte ich an ihrem Schlüsselbein und glitt gleichzeitig tiefer. Ein lauteres Seufzen entfuhr ihrer Kehle, als ich einen perfekten rosa Nippel zwischen meine Lippen sog und ihn so lange reizte, dass Freya begann sich neben mir zu winden.

»Gott, Reynir. Das ist Folter.«

Mit einem Lächeln wechselte ich hinüber zu ihrer anderen Brust und bedeckte die von eben mit meiner Hand. Schloss diese perfekte Wölbung um meine Finger und begann zu kneten, während ich die andere mit meinen Lippen liebkoste.

Ich spürte Freyas Beine neben mir, wie sie sich wanden. Als bettelte sie mich an, mein süßes Spiel dort unten weiterzuführen. Was ich tun würde, keine Frage. Mein Blick glitt hoch zu Freyas Gesicht. Ihre Lippen waren geöffnet und sie schnappte immer wieder nach Luft. Schließlich öffneten sich ihre Augen und dieses dunkle Braun legte sich auf mein Gesicht. Wieder lächelte ich, als ich keinerlei Furcht mehr in ihren Augen las. Pure Begierde floss durch ihren Blick, heftete sich auf mich und flehte: »Bitte Reynir.«

»Sag, dass du mich willst!«, flüsterte ich in ihr Ohr und spürte, wie sie erschauderte.

»Ich will dich, Reynir.«

Diese Worte zu hören, waren wie eine Sucht. Also verband ich unsere Lippen mit einem weiteren Kuss, bevor ich mich schließlich von ihr löste und mich im Bett aufsetzte. Verunsichert verfolgte mich ihr Blick, als ich aufstand und zu meiner Hose hinüberging.

»Holst du grade das, was ich denke?«, fragte sie und als ich mich ihr wieder zu wandte, hielt ich das Kondom in die Höhe.

»Die Tatsache, dass du schon in der Tankstelle gewusst hast, dass dies hier passieren wird, bringt mich zum Nachdenken.«

Während ich mir das Kondom überstreifte, kam ich nickend zurück zum Bett.

»Dabei habe ich es versucht, vor dir zu verstecken.«

Die Matratze gab unter mir nach, als ich mich wieder zurück aufs Bett gleiten ließ.

»Wie ein pubertierender Teenager.«

Noch immer lachte sie und der Klang war wie Musik in meinen Ohren. Der Wunsch, sie immer wieder zum Lächeln zu bringen, war fest in mir verankert. Niemals sollte sie wieder Leid erfahren.

»Glaubst du mir, dass ich es trotzdem nicht für möglich gehalten habe, dass es passiert?«, flüsterte ich und sah ihr tief in die braunen Augen. »Aber ich habe es gehofft.«

Ihre Hand hob sich und legte sich auf meine Wange. Ihre Berührung schoss direkt in mein Herz.

Ohne zu zögern glitt mein Bein über ihre. Genüsslich drängte ich meinen Oberschenkel zwischen ihre Beine, schob mich auf sie. Als hoffte sie auf Erlösung, öffnete sie ihre Beine weiter für mich.

Ich verschloss ihre Lippen mit den meinen und presste meine Erektion fest und hart gegen ihre Mitte, dessen Eingang nur noch durch ein lästiges Stück Stoff versperrt wurde. Meine Zunge tanzte mit ihrer und meine Finger glitten hinab.

Ein lautes Ratsch erfüllte den Raum und Freya löste sich von meinen Lippen und sah mich an. Ohne Reue hob ich das zerrissene Flanell hoch und zeigte es ihr. Meine Belohnung war die Röte, die sich über ihr Gesicht zog.

»Fuck Freya. Wie kannst du noch schöner werden?«

»Du hast meine Schlafhose kaputtgerissen!«, stellte sie fest und sah mich mit großen Augen an. Ich begutachtete den Stoff zwischen meinen Fingern und nickte. Dann warf ich es irgendwo in die Dunkelheit um uns herum.

»Bist du sehr traurig darüber?«, fragte ich mit dunkler Stimme und sie lachte.

Jedoch erstarb es in ihrem Gesicht, als ich nun meinen erigierten Penis fest an ihre heiße Öffnung presste. Ohne ein weiteres Stück Stoff als Hindernis dazwischen. Lust erfüllte ihr Gesicht.

»Ganz und gar nicht«, flüsterte sie dann.

Ich schenkte ihr ein Grinsen, während meine Hand tiefer wanderte. Als meine Finger ihr Zentrum streiften, stöhnte Freya an meinen Lippen und wand sich unter mir. Meine Finger trafen auf flüssiges Gold. Sie war mehr als bereit für mich.

»Reynir«, flüsterte sie meinen Namen, die stumme Bitte erfüllte seinen Zweck und ich spürte, wie ich noch härter wurde, als ich mich gegen den Eingang ihres Zentrums drückte.

»*Ég elska þig*«, flüsterte ich in ihr Ohr und schob mich gleichzeitig in sie hinein. Nun stöhnte auch ich und die Lust überrollte mich wie ein Erdbeben. Genüsslich begann ich mich zu bewegen, mich tief in sie zu graben. Mein Blick fand ihren und ich suchte nach Hinweisen, dass ich aufhören sollte, doch da war nur Lust in ihren Augen. Begierde nach mir, sodass ich begann loszulassen. Meine Gedanken erstarben in meinem Kopf und die Lust gewann die Oberhand. Und dann pumpte ich in sie hinein, ohne stoppen zu können. Im Gleichklang mit ihrem abgehackten Stöhnen, füllte ich sie immer und immer wieder aus und als Freya dann unter mir erzitterte und ihr Höhepunkt über sie hinweg rollte, schloss sie sich fest um mich, was mich ebenfalls zum Zerspringen brachte. Mit einem tiefen Grollen kam ich und küsste sie stürmisch, während wir beide genüsslich auf unserer Welle der Ekstase schwammen.

KAPITEL 24
Freya

Etwas kitzelte an meinem Bein und riss mich aus einem tiefen Schlaf. Voller Wärme, die meinen Körper erfüllte, öffnete ich die Augen und sofort glitten meine Gedanken zurück zu Reynir und an das, was wir beide vor ein paar Stunden zusammen getan hatten. Hitze strömte durch mein Gesicht, obwohl ich mir sicher war, dass es kein Platz für Unsicherheiten zwischen mir und Reynir geben würde. Er hatte mir gezeigt, was es hieß, sich fallen zu lassen. Die Gedanken über Bord zu werfen und im Genuss des Momentes zu schwelgen.

»Alles in Ordnung?«, fragte er leise, aber ich war nicht fähig, einen Satz zu bilden. Auch wenn unser Zusammensein noch nicht lange her war, strömte wieder diese Hitze durch meinen Körper, sodass ich nur nicken konnte. »Freya?«

Ich sah ihn fragend an und er lächelte.

»Ich will dich dort ansehen.«

Kurz wusste ich nicht, was er meinte, doch als ich seine Finger spürte, die tiefer wanderten und ihm wohl wissentlich zeigen würden, wie bereit ich schon wieder für ihn war, zögerte ich.

Es war eines, sich ohne Hemmungen und Gedanken zu lieben.

Doch es war etwas anderes, sich vor ihm zu präsentieren. Ihm alles von mir zu zeigen, ohne dass Begierde durch unsere Köpfe streifte.

»Hab keine Angst, Rauð kona. Wenn es zu viel wird, sag es mir. Ich höre sofort auf.«

Ich schloss die Augen und nickte dann. »Ich vertraue dir.« Und das tat ich wirklich. In der kurzen Zeit, in der wir zwei uns nun kannten, war Reynir die erste Person, bei der ich mich vollkommen sicher fühlte. Geborgen, fast wie zu Hause.

»Sieh mich an, Freya.« Als sich unsere Blicke trafen, sah ich ebenfalls diese Geborgenheit darin. Das Blau schien warm, fast als würde es mich von innen heraus wärmen. »Sieh zu.«

Auch wenn es mich große Anstrengung kostete, beobachtete ich, wie sein blonder Schopf über meinen nackten Bauch wanderte, tiefer glitt und immer wieder Küsse auf meiner Haut verteilte. Sein Blick fand meinen, als er meine Beine auseinanderschob, und Küsse auf meinem Oberschenkel verteilte. Lust umfing mich wie ein Umhang. Ich wollte die Augen schließen, doch gleichzeitig verband sich mein Blick mit seinem. Ich sah zu, wie er seine Augen von meinem Gesicht löste und auf meine Mitte legte.

»*Mjög falleg.*« Er sah zu mir auf. »Du bist wunderschön, Freya.«

Gebannt sah ich zu, wie er den Blick wieder senkte. Als sein Mund mein Zentrum berührte, stöhnte ich auf. Lust zuckte durch meinen Körper und meine Lider klappten zu. Ich gab mich den Empfindungen hin, die seine Zunge an meiner Mitte in mir weckten.

Es war wie ein Sog. Es packte mich und kletterte an die Oberfläche, umso stärker er saugte. Dann, als es sich nach oben gekämpft hatte und in einem heftigen Höhepunkt sein Ende fand, war es, als tanzten Sterne vor meinem inneren Auge.

Noch immer gefangen in meiner Lust spürte ich, wie Reynir einen Kuss auf mein Geschlecht drückte, und ich spürte einen kalten Luftzug als sein Gesicht sich davon entfernte. Mit klopfendem Herzen spürte ich eine Berührung an meiner Leiste.

Wo eben noch ein unglaublicher Orgasmus in mir emporgestiegen war, ließ die Kälte nun mein Blut in den Adern gefrieren. Unwissend, was ich sehen würde, wenn ich meine Augen öffnete, beschloss ich, es trotzdem zu tun. Reynir lag immer noch halb auf mir. Die eine Hand umschlang meine Hüfte, die andere lag auf meiner Narbe an der Leiste. Genau wie sein Blick. Leicht berührte er die wulstige Haut, die mich für immer entstellte.

»Er ...«, ich stockte kurz, denn meine Stimme war brüchig. »Er wollte mich kennzeichnen, damit ich immer sehen würde, wessen Besitz ich war.«

Erst war da Stille, doch langsam spürte ich, wie Reynirs Körper bebte. Ein letztes Mal strichen seine Finger über die eingeritzten Buchstaben in meiner Haut.

Seine Initialen. Ein S und ein L. Für immer unter meiner Haut. In dem Moment als er schließlich den

Blick nach oben zu meinem lenkte, las ich Wut darin.

Pure Aggression und roher Hass erfüllte das Blau seiner Augen.

Er kam schließlich zu mir hoch und als sein Gesicht über meinem schwebte, verbanden sich unsere Blicke.

»Du weißt bereits, was ich mit diesem widerwärtigen Stück Dreck machen werde. Jetzt umso mehr, doch glaube nicht eine Sekunde, meine süße Freya, dass dieses Mal dich entstellt. Du bist auf so viele Arten wunderschön. Dein Herz, dein Kopf und dein Körper, all das macht dich zu einem unglaublichen Menschen.« Ein Kloß in meinem Hals hinderte mich daran, etwas zu sagen. Drei Worte hallten in meinem Kopf wider und wurden immer deutlicher, umso länger ich in seine Augen sah, die nun keine Wut mehr ausstrahlten. Und dann hielt ich es nicht mehr zurück.

»Ich liebe dich, Reynir.« Seine Augen weiteten sich und ich spürte seinen Herzschlag dicht an meinem. Ein Lächeln, das so schön war, dass es Wärme in jeden Winkel meines Körpers schießen ließ, erschien auf seinem Gesicht.

»*Ég elska þig,* süße Freya.« Es waren die gleichen Worte, die er bereits vor ein paar Stunden zu mir gesagt hatte.

»Bedeutet es das, was ich denke?«

Er nickte. »Ich liebe dich auch, Freya. Wie noch niemanden in meinem Leben.«

Glück erfüllte mich und ich vereinigte meine Lippen mit seinen, während er sich zwischen meine Beine schob.

Wieder rollte er ein Kondom über seine Erektion, bevor ich ihn bereitwillig in mich aufnahm und wir auf einer Welle der Glückseligkeit ritten. Für diesen Moment war unsere Welt vollkommen in Ordnung.

KAPITEL 25
Freya

Im Leben gab es einen schmalen Grat, in dem man sich für den richtigen oder den falschen Weg entscheiden kann. Die Entscheidung war dabei noch das leichteste, denn erst, was danach passiert, wird dein weiteres Leben bestimmen.

Gedankenverloren stand ich am Fenster des kleinen Zimmers und sah auf die Welt hinaus. Sicherheit durchströmte mich, doch ein ungutes Gefühl, hatte mich nicht mehr schlafen lassen. Auch wenn es falsche Entscheidungen in meinem Leben gegeben hatte, gab es wiederum andere, die ...

Plötzlich spürte ich jemanden hinter mir. Hände umfassten von hinten meine Taille und zogen mich dichter an einen Körper. Die Wärme, die dieser hinter mir ausstrahlte, ließ mich gleich ruhiger atmen. Als hätte Reynir gewusst, dass mein Kopf wieder in den Angstzustand geglitten war, bewahrte er mich vor einer neuen Panikattacke, indem er mich spüren ließ, dass er nichts und niemanden an mich heranlassen würde. Bis auf ihn. Mein Körper reagierte sofort auf seine Berührungen. Seine Finger, die unter mein dünnes T-Shirt glitten, das ich in einem der Schränke gefunden hatte, strichen leicht über meine erhitzte Haut.

Mein Blick lag auf dem großen Feld, hinter dem langsam die Sonne aufging.

»Wieso bist du nicht mehr im Bett?« Seine tiefe Stimme durchdrang die Stille, die uns immer noch umgab. Mein Herz schlug schneller in meiner Brust, als ich seinen Atem an meinem Nacken spürte. Seine Lippen verteilten kleine Küsse auf meine Haut.

»Ich fühlte mich etwas verloren«, gab ich zu und spürte ihn schnauben.

»Nach all dem, was wir in dieser Nacht getan haben?« Meine Wangen füllten sich mit Hitze, ich spürte es so genau, weil auch mein Schoß wieder zu kribbeln begann. Es war, als sehne sich mein Körper nach seinem und könnte nur dann Ruhe finden, wenn er und ich zusammen waren. Auch wenn es Zweifel und Ungewissheit zwischen uns gab, war da trotzdem immer eine gewisse Vertrautheit, die tief in unserem Inneren gewachsen war.

»Nach all dem«, flüsterte ich, »fühle ich mich besser.«

Ich hörte ihn leise lachen, während seine Finger tiefer wanderten, meinen Bauch hinab.

»Du hast gesagt, du fühlst dich verloren?«

Wortlos nickte ich und hielt den Atem an, als seine Finger sich meinem Zentrum näherten. Ein Stöhnen entwich meiner Kehle, als ich sofort wieder wie elektrisiert war. Als wäre es das erste Mal, dass er mich dort berührte. Als hätten wir uns nicht die halbe Nacht geliebt, bis uns der Atem ausgegangen war.

»Immer bereit für mich.« Reynir brummte zufrieden und streichelte meine empfindsame Haut.

Als er meine Knospe fand, waren meine Sorgen bereits meilenweit entfernt, vergessen im Rausch meiner Gefühle für diesen unglaublichen Mann. Ich lehnte meinen Kopf zurück an seine harte Brust und reckte mein Gesicht zu seinem hinauf. Als seine Lippen meine fanden, fing der Kuss mein Stöhnen auf.

»Fühlst du dich immer noch verloren?«, fragte er, den Mund an meinen Lippen. Ich nickte, unfähig, die richtigen Worte zu finden, da er in dem Moment mit einem Finger in mich eintauchte.

»Ich werde das so lange tun, bis du es nicht mehr bist, Freya.«

»Ist das ein Versprechen?«, flüsterte ich.

»Ich habe dir mein Wort gegeben«, antwortete er und drehte mich zu sich um. Wieder fanden seine Lippen meine und er streichelte mich weiter, bis der erste berauschende Orgasmus mich überkam. Lustvoll biss ich ihm in die Unterlippe, was ein kehliges Geräusch aus ihm hervorbrachte.

»Auch wenn ich kaum etwas von dir weiß, fühle ich mich, als würde ich dich schon mein ganzes Leben lang kennen.«, murmelte ich und seine hellen Augen durchbohrten mich.

»Ich werde dir alles erzählen, wenn die Zeit reif ist.«
Ich nickte. »Ich vertraue dir.«

Kurzerhand legte ich den Kopf in den Nacken, um ihn besser ansehen zu können. Sein Gesicht strahlte die mir bekannte Kälte und Arroganz aus, seine scharfen Gesichtszüge waren noch markanter ausgeprägt im dumpfen Licht, welches das Zimmer beleuchtete. Seine Augen jedoch sprühten voller Feuer, auch wenn sie die Farbe von Eis hatten.

Vieles schien immer noch ungewiss zwischen uns, doch ich wusste genau, dass ich Liebe empfand. Wahrhaftige Liebe, stärker als jemals zuvor. Und ihm ging es genauso. Immer noch vom Orgasmus berauscht, starrte ich hoch in sein Gesicht und fragte mich, was wohl in seinem Kopf vorging. Und wieso ich bei ihm all meine Sicherheitsvorkehrungen über Bord warf, um mit ihm zusammen zu sein, wohl wissend, dass die schlimmsten Leute Seattles nach mir suchten und vielleicht schon in diesem Moment wussten, wo ich mich befand? Und mit wem. War ich deshalb noch hier? War Reynir meine Fahrkarte in die Freiheit, weil er mich beschützte, solange er bei mir war? Wieder kam ich an denselben Punkt. Ich brachte uns beide in Gefahr.

»Ich kann deine Gedanken in deinem Gesicht quasi lesen.« Augenblicklich blinzelte ich und befand mich wieder im Hier und Jetzt. Immer noch die Hand an meinem Zentrum stand Reynir vor mir und lächelte.

»Was denke ich denn?«, fragte ich leise.

»Du hast Angst.«

Verdutzt hob ich die Augenbrauen und schüttelte den Kopf. »Es ist keine Angst.«

»Gut, denn die brauchst du nicht mehr zu haben. Ich werde für deine Sicherheit sorgen.«

Meine Finger legten sich auf seine Brust, fuhren die Konturen seiner Muskeln nach, die eindeutig nicht aus dem Fitnessstudio stammten. Aus jeder Faser seines Körpers drang Kraft und Stärke. Ich strich über seine Brust, hinab zu seinen Rippen, dort, wo die wulstige Narbe endete.

Ich strich die bemalte Haut nach und wünschte mir, diesen Moment festzuhalten, damit ich mir alles genau einprägen konnte. Unwillkürlich spürte ich, wie er die Luft einsog, kaum merklich, doch ich spürte es. »Ich hatte so viele Jahre Angst.«

»Das ist vorbei.« Seine Stimme wurde dunkler, denn ich fand seine Männlichkeit und begann ihn zu verwöhnen.

»Es liegt noch ein langer Weg vor uns und das Ziel, was auch immer es für eins sein mag, ist noch in Dunkelheit getaucht.«

»Doch wir sind zusammen, solange das so ist, wirst du keine Angst mehr haben müssen.«

Seine Worte wurden unterbrochen durch ein Stöhnen, was tief aus seiner Kehle kam, als ich wohl eine besonders empfindliche Stelle traf. Seine große Hand legte sich an meine Wange und fuhr leicht die Konturen meines Kinns nach.

»Ich wusste, als ich dich das erste Mal gesehen habe, dass sich mehr unter deiner makellosen Haut und den dunklen Augen befindet. Dass du tiefe Sehnsüchte hast, die nur ich dir erfüllen kann.«

»So selbstverliebt«, kicherte ich und er schnaubte.

»Ich bin nicht selbstverliebt, du bestätigst meine Worte in jeder Handlung, die du tust.«

Wieder spürte ich seine Hand an meiner Mitte. Mit flinken Fingern schob er sich in mich, dort hinein, wo ich immer noch bereit für ihn war. Mehr als nur bereit. Doch er verließ den Ort, der sehnsüchtig auf ihn wartete, und seine Finger wanderten höher. Sofort spannte ich mich an und presste meine Schenkel zusammen.

Meine Hand, die ihn immer noch umschloss, hielt inne und die Erinnerung, die tief in mir verborgen lag, begann sich langsam an die Oberfläche zu winden.

»Nicht«, flüsterte er. »Versteck dich nicht vor mir, Freya.«

Tränen der Wut brannten in meinen Augen, weil Samuels kleine Hinterlassenschaft die leidenschaftliche Situation kaputt machte. Ich schloss die Augen und rief mir Reynirs Worte von gestern Nacht in Erinnerung. Er hatte es gesehen und es war okay für ihn. Mehr als das. Er nahm mich so, wie ich war. Langsam entspannte ich mich und gab mich ihm voll und ganz hin.

»Schäme dich niemals vor mir, Freya. Niemals. Du bist wunderschön.«

Seine Augen wurden klar und ich spürte, wie die Hand leicht über meine Narben strich und dann wieder tiefer wanderte.

»Komm.« Reynir nahm mich auf seine Arme und trug mich zurück ins Bett, dort, wo wir unser lustvolles Spiel, beenden würden.

KAPITEL 26
Reynir

Die Sonne stand hoch über der Farm, als ich das Feld erreichte und den Blick über die Tiere wandern ließ. Diese endlose Weite hatte mich schon als Kind fasziniert. Meine Augen fingen die großen Berge ein, die diesen Platz einrahmten, und ich dachte daran zurück, wie oft ich damals mit Sam auf einem dieser großen Hügel gewandert war, um dort den Sonnenuntergang anzusehen. Meine Finger umschlossen das Holz, das als Weidezaun diente. Als hätten sie meine Anwesenheit gespürt, kamen die drei Lamas auf mich zu, um mich zu begrüßen.

In dem Moment als der große Kopf sich zu mir nieder beugte und eines der Tiere seine Nase gegen meine Wange stupste, lächelte ich. Der leise Atem des Tieres beruhigte mich und ich streichelte es hinter dem Ohr. Kurz schloss ich die Augen und legte die Wange an den langen Hals des Lamas. Bilder der letzten Nacht schoben sich vor mein inneres Auge. Diese wunderschöne Frau. Wieder sah ich ihren Körper vor mir, wie sie sich unter mir gewunden hatte. Diese Geräusche, die aus ihrem Mund gekommen waren, weil sie sich von mir angezogen fühlte. Ich hatte so viel von mir preisgegeben und es war mir leichtgefallen. Weil sie es war.

Sie ließ mich alle Bedenken über Bord werfen.

Ich konnte ihr vertrauen, ich wusste, sie verstand mich. Ich wollte nicht einen Satz zurücknehmen. Weder das Versprechen, mich an Samuel für das Mal an Freyas Leiste zu rächen, noch ihr meine Liebe gestanden zu haben. Es stimmte, wir kannten uns nicht. Oder besser gesagt, sie kannte mich nicht. Wie lange hatte ich sie bereits insgeheim beobachtet, all die Jahre, in denen ich für diesen Wichser gearbeitet hatte. Im Dunklen hatte ich sie studiert, mir jeden Winkel ihrer Haut eingeprägt. Ich hatte in ihr zerbrochenes Gesicht geblickt und hatte geschwiegen. Bereits nach dem ersten Blick in ihre gequälten Augen hätte ich sie aus den Klauen dieses Monsters befreien müssen.

Doch es war so, wie es war. Zu dem Zeitpunkt war ich schwach gewesen, so einfach war es. Frustriert holte ich tief Luft und ließ sie kurz darauf geräuschvoll wieder aus meiner Lunge schießen. In mir war Angst. Lähmende Angst, ihr diese eine Sache von mir preiszugeben. Die Tatsache, dass ich all die Jahre für diese Mistkerle gearbeitet hatte und sie hätte retten können, schon so viel früher. Das ich eigentlich einer von ihnen war und doch anders. Was würde passieren, wenn ich es ihr sagte? Würde sie mich verlassen?

Diese Angst hielt mich gefangen, denn gestern Abend wurde mir erst bewusst, wie lange ich diese Frau schon liebte. Noch bevor sie mich überhaupt das erste Mal wahrgenommen hatte.

»Was soll ich tun?«, fragte ich das gutmütige Tier und

sah in die klaren braunen Augen.

»Pass auf! Ich hörte, sie sollen spucken.«

Diese Stimme. Ich würde sie immer und überall wiedererkennen.

Kurz holte ich nochmal genug Sauerstoff in meine Lungen, damit ich die Kraft hatte, die Unsicherheit und die Angst aus meinem Gesicht verschwinden zu lassen. Dann drehte ich mich zu Freya um und lächelte. »Nur, wenn du sie ärgerst.«

Freya kam näher und blieb vor mir stehen. Als hätten wir es schon immer so gemacht, beugte ich mich zu ihr herunter und drückte ihr einen Kuss auf die Lippen. Sofort hatte ich das Gefühl, mehr zu wollen. Sie war immer da gewesen, doch jetzt, nachdem ich sie gekostet hatte, nachdem ich diese kostbare Frau in den Armen gehalten hatte, wollte ich mehr. Ihr Geruch traf mich und sofort bekam ich einen Ständer, der sich schmerz-voll gegen die steife Jeans drückte. Sie hatte ihre Haare gewaschen. Die Spitzen waren noch feucht und der Geruch von Pfirsichen erfüllte mein Innerstes. Auch sie lächelte und diese braunen Augen sahen mich an, als wäre ich das Schönste, was sie je gesehen hatte. Ich konnte sie nicht verlieren. Ich durfte nicht.

»Hast du Hunger? Ich glaube, das Frühstück haben wir verpasst, aber Sophie hat sicher schon das Mittag-essen auf dem Herd.«

Freya sah mich an und mir war sehr wohl bewusst, dass ihre Hand immer noch auf meiner Hüfte lag.

»Glaub mir, du brauchst etwas Kraft, damit wir dort

weiter machen können, wo wir heute Morgen aufgehört haben.« Ihre geröteten Wangen ließen mich grinsen und nach ihrer Hand greifen – wie bei einem normalen Paar. Ich musste schlucken. Konnten wir das wirklich sein? Normal?

»Ich habe zwar Hunger, aber ich würde gern noch etwas von diesem Ort sehen und ...«

Sie lächelte, »ich wäre gern mit dir allein.«

Mein Herz, das so lange Zeit nur in meiner Brust schlug, um mich am Leben zu erhalten, schwoll an. Wie sollte ich ihr je etwas abschlagen können?

»Dann habe ich eine Idee.«

KAPITEL 27
Freya

Wir fuhren bereits knapp eine Stunde und die Straße wurde von Minute zu Minute immer enger. Jedes Mal, wenn uns ein Wagen entgegenkam, rückte die große Felswand, die links von der Straße in den Himmel ragte, ein Stück näher. Anders als in Amerika war ich es, die auf der linken Seite im Auto saß. Somit bekam ich fast jedes Mal einen Herzinfarkt, wenn Reynir einem Wagen ausweichen musste.

Die Straßen in Schottland waren nichts, zu denen in der Großstadt Seattles. Dort war ich nur in großen Limousinen oder Geländewagen mit Chauffeur gefahren. Hier war alles anders. Roher. Mein Blick glitt zu meinem Fahrer und ich betrachtete Reynirs Profil. Seine scharfen Wangenknochen und der leichte, blonde Bartschatten verliehen ihm etwas Dunkles. Unwillkürlich spürte ich der Empfindung nach, die sein Bart auf meiner empfindlichen Haut zwischen den Beinen ausgelöst hatte. In dem Moment als Reynir plötzlich das Gesicht zu meinem wandte und lächelte, fühlte ich mich ertappt. Ebenfalls lächelnd senkte ich den Blick und sah auf meine Jeans und die Wanderstiefel, die Sophie mir für unseren kleinen Ausflug geliehen hatte.

Schließlich verließen wir die Straße und lenkten den

Wagen auf einen Schotterweg, um kurz darauf unser Ziel zu erreichen. Reynir stellte das Auto auf einem kleinen Platz ab und sah mich an.

»Bereit?«, fragte er und ich nickte, unwissend, wohin er mich gebracht hatte.

Wir ließen das Auto hinter uns und ich bestaunte all die Natur um uns herum. Nichts als Berge und Sträucher. Hügel, die mit grünem Moos überzogen waren und die endlose Weite der Highlands, die mich gleich leichter fühlen ließ. Als hätte ich die Schwere und die Probleme hinter mir gelassen. Es fühlte sich an, als hüllten mich die Berge in eine Art Schutzmantel, der all die negativen Dinge und die Gefahren ausschloss.

»Komm.« Reynir hielt mir die Hand hin und ich ergriff sie bereitwillig. Er zog mich hinein in das Grün und wir wanderten los.

Der Boden, über den wir liefen, war uneben, mit ein paar großen Steinbrocken, die wir ab und an überwinden mussten. Obwohl ich einigermaßen fit war, trotz der Verletzung, hatte ich den Aufstieg unterschätzt und geriet ins Schwitzen. Kurz blieb ich stehen, zog meinen Pulli aus und band ihn mir kurzerhand um die Hüfte, bevor ich wieder zu Reynir aufschloss.

Er hatte das Gesicht zum Horizont geneigt, doch in dem Moment als ich wieder neben ihm stand, richtete er seinen Blick auf mich. Seine hellblauen Augen begutachteten meinen Oberkörper eine Minute länger, als es normal nötig gewesen wäre, und richtete dann grinsend den Blick wieder auf den Weg vor uns.

»Schau da.«

Neugierig sah ich an seinem Arm entlang und entdeckte etwas weiter entfernt ein Tier, das wachsam zu uns rüber sah. Es musste ein Hirsch sein. Ich hatte noch nie ein freilebendes Tier gesehen und war jetzt schon dankbar für diesen Ausflug.

Wir redeten wenig, doch nicht, weil wir uns nichts zu sagen hatten, sondern weil die Stille sich zwischen uns gut anfühlte. Es gefiel mir, dass wir gemeinsam schweigen konnten.

Nach einer Weile blieb Reynir abrupt stehen, drehte sich zu mir um und strahlte über das ganze Gesicht. Dieser Kontrast zu dem sonst so harten, kalten Ausdruck in seinem Gesicht, hinterließ ein angenehmes Kribbeln auf meiner Haut. Seine neue unbeschwerte Art gefiel mir. »Wir sind da, Freya. Schau.«

Wir gingen die letzten Meter und kletterten einen weiteren kleinen Hügel hinauf und da sah ich ihn.

Majestätisch ragte er spitz zulaufend in den Himmel hinauf. Ein Stein, der umrahmt war von einigen Kleineren, die ebenfalls spitz in die Höhe gingen. Doch der große stand ganz vorne allein auf einem weiteren kleinen Hügel. Um ihn herum die Weite der Highlands. Als wäre er aufgestellt worden, um seine Macht zu präsentieren. Um die Macht dieses Landes zu zeigen.

»Man nennt ihn auch Nadel«, erklärte mir Reynir, während wir den Hügel hinaufstiegen.

»Das ist dein Berg«, sagte ich, als wir ihn schließlich erreichten und über die endlose Weite blickten.

»Ja, der *Old Man*.«

Mein Blick glitt über die grünen Wälder und die gigantischen Berge, die ihre Präsenz zeigten. In der Tiefe floss ein großer Bach, dessen Blau bis zu uns hinauf strahlte. Wir waren so weit oben, dass etwas Nebel die Spitzen der Berge und des Felsens umschmeichelte. Ich fühlte mich wie in einem mystischen Land. In einem, in dem es keine *Hollow Skulls* oder Samuel Lopez gab. Nur Reynir und mich.

Lächelnd blickte ich zu ihm auf und Tränen stiegen mir in die Augen.

»Danke, dass du mich hergebracht hast.«

Statt zu antworten, beugte er sich hinunter und legte seine Lippen auf meine. Es war ein kleiner, doch intensiver Kuss und ich spürte, wie mein Herz stärker in meiner Brust zu schlagen begann.

Wir setzten uns am Rand des Hügels hin, den Stein in unserem Rücken und genossen den Blick über diese wunderbare Natur.

»Ich weiß, wieso ihr so gerne hier wart.«

Reynir nickte. »Es ist manchmal so, als wäre das alles gar nicht passiert. Wie in einem Traum, einer Wunschvorstellung. Als hätte ich dieses Leben damals gar nicht gelebt und den früheren Reynir hätte es nicht gegeben. Jeden Tag trage ich meine Taten mit mir herum. Schmerz erfüllt mein Herz und ich habe so lange nach dem Sinn gesucht, wieder leben zu wollen.«

Bei seinen Worten wurde mein Herz schwer und ich wollte etwas sagen, doch Reynir sprach einfach weiter.

Das helle Blau seiner Augen brannte sich in mein Gesicht, so als würde er sich daran festhalten.

»Doch wenn ich jetzt hier sitze, mit dir, an diesem Ort, dann habe ich nach so langer Zeit wieder Hoffnung, Freya. Du bist in mein Leben gekommen und hast Zuversicht in meinem kalten Körper geweckt und dafür werde ich alles für dich tun. Ich würde für dich bis zum letzten Atemzug kämpfen und wenn es sein muss, in den Tod gehen. Das verspreche ich dir, mit jeder Faser meines seins.«

Tränen stiegen mir in die Augen, denn mein Herz füllte sich mit Wärme. Seine Worte ließen mich erschaudern und als ich die einzelne Träne wegwischte, die meine Wange hinab fiel, lächelte ich. Denn ich war glücklich. Zum ersten Mal nach so langer Zeit.

»Womit habe ich dich verdient? Es fühlt sich an, als wärest du mein persönlicher Schutzengel.«

Er lachte. »Das bin ich nun wirklich nicht.«

Wild schüttelte ich den Kopf. »Du hast mich aus fast jeder brenzlichen Situation gerettet.«

Ungläubig verzog er das Gesicht. »Nicht aus jeder.«

Eindringlich sah er auf mich herab und ich wusste sofort, was er meinte.

»Wie hättest du mich davor bewahren können? Ich habe es überlebt, das ist alles, was zählt.«

In Reynirs Augen flackerte Wut auf.

»Ich hätte dich früher aus seinen Fängen reißen sollen.«

»Du kannst nichts dafür, Reynir. Gib dir nicht die

Schuld. Das ist Vergangenheit. Nur dieser Moment jetzt zählt.«

Er war nicht überzeugt, doch ich verstand nicht, wieso er sich die Schuld dafür gab. Das, was Samuel mir angetan hatte, war weit vor meiner Begegnung mit Reynir.

»Darf ich dich was fragen?«

Reynirs Blick lag fest auf meinem Gesicht.

»Natürlich.«

Unwillkürlich musste ich laut lachen und Reynir sah verwirrt zu mir runter. »Noch vor ein paar Tagen hättest du über diese Frage geschwiegen und jetzt ist es, als hätten wir uns schon vor Ewigkeiten getroffen. Es ist so absurd, aber ich bin so überglücklich.«

Nun begann auch Reynir zu lachen.

»Was ist deine Frage?«

»Wie geht es weiter?«

Sein Blick traf auf mein Gesicht und er wusste, dass ich nicht nur die Zeit auf Sam und Sophies Hof meinte. Was würde aus uns werden? Würden wir die Flucht schaffen, doch was würde passieren, wenn wir getrennt wurden, wenn sogar jemand getötet wurde. Übelkeit stieg in mir hoch.

»Sam hat uns auf einen Flug nach Reykjavik geschrieben. Wir bekommen neue Pässe und werden in Island erst einmal in Sicherheit sein.« Ungläubig hob ich die Augenbrauen. Reynirs Hand legte sich auf meinen Rücken und er sah mir tief in die Augen.

»Hab Vertrauen. In Island sind wir in meiner alten Heimat.

Ich besitze dort eine Hütte, von der keiner weiß. Sie war immer mein Backup Plan, wenn es in Seattle nicht mehr gut läuft.«

Der Plan war zu gut, um wahr zu sein.

»Ich verspreche dir etwas, Freya.« Seine Hand legte sich auf meine Wange und das Blau seiner Augen hielt mich gefangen.

Mein Blick weitete sich und wieder rollte eine Träne meine Wange hinab.

»Wenn wir in Island sind, werde ich dir noch einen meiner Lieblingsorte zeigen. Das ist ebenfalls ein Versprechen.«

»Was für einen Ort?« Meine Stimme war leise, doch ich versuchte, stark zu bleiben.

»Überraschung.«

Er lächelte und ich versuchte, es ihm gleichzutun.

»Ich hasse Überraschungen«, antwortete ich.

Nun lachte er laut. »Was für ein Glück, ich liebe sie. Hab Vertrauen Freya. Vertrauen in unseren Plan und in uns.«

Unwillkürlich verlor ich mich in dem tiefen See seiner Augen und nickte.

»Das habe ich.«

KAPITEL 28
Freya

2 Tage später

»Hier.«

Blaue Augen trafen mich, als Sophie mir einen großen Rucksack in die Hand drückte.

»Da sind Klamotten und ein bisschen Proviant drin.«

Dankbar erwiderte ich ihren Blick und musste den Kloß im Hals herunterschlucken, bei dem Gedanken daran, diese nette Frau und ihren Mann niemals wiederzusehen. Meine Zukunft war ungewiss. Ich wusste nicht mal, ob ich es heil nach Island schaffen würde.

»Danke«, sagte ich und nahm ihr das schwere Teil ab, um es dann auf meinen Rücken zu hieven. »Für alles«, fügte ich hinzu.

»Ihr seid immer willkommen. Passt auf euch auf.«

»Das werden wir.«

Als ich mich umdrehte, sah ich Reynir an der Tür stehen. Sam wartete draußen bei seinem Wagen, um uns zum Flughafen zu fahren. Wir tauschten einen Blick, bevor er an mir vorbeiging und Sophie in die Arme schloss.

»Ich weiß nicht, was ich sagen soll«, murmelte er an ihrem Haar und der Kloß in meinem Hals wurde noch etwas größer.

Sophie nahm das Gesicht des großen Mannes vor sich in ihre Hände und lächelte.

»Ich habe und werde immer an dich glauben, mein Lieber. Bringt euch in Sicherheit und seid vorsichtig. Du wirst immer einen Platz bei uns haben. Egal wie viel Zeit vergeht und was auch geschehen mag.«

»*ég elska þig*«, sagte er und schenkte ihr ein wehmütiges Lächeln.

Da er diese Worte auch an mich gerichtet hatte, wusste ich, was sie bedeuteten. Es brach mir das Herz, Reynir von seiner Familie zu entzweien. Zwar hatte ich ihn nicht gezwungen oder darum gebeten, mit mir zu flüchten, hatte aber trotzdem ein schlechtes Gewissen. »Vielleicht kann ich allein ins Flugzeug steigen und du bleibst hier«, schlug ich vor, ohne groß darüber nachzudenken.

Reynir fuhr herum und die Wut in seinem Blick ließ mich verstummen. »Ich werde niemals wieder ohne dich sein, Freya.«

Mir stockte der Atem bei seinen Worten und Wärme breitete sich in meinem Bauch aus. Er hatte so viel auf sich genommen, um mich zu beschützen.

Ohne meine Worte weiter zu kommentieren, drückte Reynir Sophie einen letzten Kuss auf die Wange. Dann drehte er sich zu mir um. Fest legte er seinen Arm um mich und führte mich raus zu Sams Wagen. Dieser saß bereits am Steuer und wartete nur darauf, dass wir einstiegen. »Lass es uns durchziehen.«

Die Fahrt zum Flughafen in Glasgow dauerte fast zwei Stunden. Zwischenzeitlich war ich eingenickt. Bilder von brennenden Gebäuden, Verfolgungsjagden im Wald und toten Menschen hetzten mich durch die wenigen Minuten Schlaf, sodass ich die Augen müde wieder öffnete und die vorbeirasenden Berge durchs Fenster beobachtete. Reynir und Sam unterhielten sich leise miteinander und wieder einmal fragte ich mich, wie lange ich das noch tun sollte. Weglaufen. Wobei es dieses Mal anders war. Mein Blick glitt zu dem blonden Hinterkopf von Reynir und Bilder unserer gemeinsamen Nacht schoben sich vor mein inneres Auge. Wie konnte man jemanden lieben, den man nicht einmal richtig kannte? Wie lange war es her, seit Reynir mich in dem Hotel aufgelesen hatte? Eine Woche? Vielleicht etwas mehr. Er war ein Fremder, doch irgendwie auch nicht. Es war, als kannte ich ihn schon mein Leben lang. Als die Lichter des Flughafengeländes langsam näher kamen, dachte ich daran zurück, dass ich hier in Schottland ein neues Leben beginnen wollte. Wieder floh ich. Aber ich war nicht allein. Unwillkürlich fragte ich mich, ob es Schicksal war, dass Reynir und ich uns nur so kennenlernen konnten.

Sam fuhr um das Flughafengebäude herum, passierte mehrere Lichtschranken und Tore, bis wir uns direkt auf dem Platz neben der Start- und Landebahn befanden. Wie dieser Mann das schaffte, war mir immer noch ein Rätsel, aber ich beschwerte mich nicht.

Nun lenkte er das Auto direkt auf eine Maschine

der Airline *Blue Islands* zu. Das Flugzeug war in zwei Farben lackiert.

Der vordere Teil war Weiß und trug das Logo in blauer Schrift. Der hintere Teil war in ein dunkles Blau getaucht.

Sam hielt hinter dem Flugzeug und schaltete den Motor aus. Eine unsichtbare Last legte sich um mein Herz, als ich die hintere Tür öffnete und Kälte mich umfing. Ein scharfer Wind blies mir die Haare aus dem Gesicht.

»Kapuze«, sagte Reynir, der plötzlich neben mir erschien und ich wusste, er hatte recht.

Vielleicht hätte ich die verfluchten roten Haare überfärben sollen. Schnell zog ich die Kapuze des dunkelblauen Pullovers, den ich trug, über die Haare und sah zu Reynir hinauf. »Was jetzt?«

Das helle Blau sah liebevoll zu mir herab. Die Sorgenfalten auf seiner Stirn entgingen mir dennoch nicht und als er meine Hand in seine nahm, wusste ich, wir waren erst sicher, wenn wir in Island von Bord gingen. Vielleicht nicht mal dann.

Reynir war komplett in Schwarz gekleidet. Hoodie, Jeans und Boots. Seine blonden Haare versteckte er unter einer Mütze. Neugierig beobachte ich Sam und Reynir dabei, wie sie sich in die Arme nahmen. Danach überreichte er Reynir einen braunen Umschlag. Vermutlich die neuen Pässe, die aus mir wieder mal einen neuen Menschen machten, und etwas Bargeld, was Sophie und Sam uns leihen würden.

Woher in aller Welt sie plötzlich isländische Kronen gezaubert hatten, wusste ich nicht.

Die Verabschiedung von Sam hinterließ wieder einen Kloß in meinem Hals. Ich verdankte ihm so viel und hoffte, ihn nicht groß in Gefahr gebracht zu haben.

Hand in Hand gingen Reynir und ich schließlich auf das Flugzeug zu. Anders als die anderen Passagiere, die am hinteren Teil des Flugzeugs einstiegen, nahmen wir die Treppe vorn, worüber die Piloten und die Crew in die Maschine gelangten. Eine Stewardess stand am Eingang und lächelte, als sie uns sah. Sie trug ein dunkelblaues Kostüm mit einem kurzen Rock. Ihre blonden Haare hatte sie zu einem tiefen Dutt gedreht.

»Hallo Großer«, begrüßte sie Reynir und er schloss kurz die Arme um die Frau vor uns. Skeptisch beäugte ich die beiden, wusste mit dem flauen Gefühl in meinem Magen allerdings nichts anzufangen.

Nachdem sie sich wieder voneinander getrennt hatten, griff seine Hand wie selbstverständlich sofort wieder nach meiner.

»Du musst Freya sein?«, begrüßte mich die Frau und ich nickte, war mir allerdings nicht sicher, ob es so klug war, ihr meinen richtigen Namen zu verraten.

Doch Reynir schien ganz entspannt.

»Seid ihr bereit?«, fragte die Stewardess und Reynir nickte.

»Dann kommt.«

Sie führte uns zu zwei Plätzen neben dem Cockpit. Der Bereich war direkt an die kleine Küche angeschlossen und durch einen Vorhang von den Gängen mit den Passagierreihen getrennt. Üblicherweise nahmen hier die Stewardessen bei Start und Landung ihre Plätze ein.

»Wir starten in fünf Minuten.« Sie lächelte ein letztes Mal und verschwand dann hinter dem Vorhang, sodass Reynir und ich allein waren.

»Das war viel zu einfach«, murmelte ich und starrte der Frau hinterher.

»Entspann dich«, versuchte er mich zu beruhigen und griff wieder nach meiner Hand.

»Wie kommt es, dass du so gelassen bist?«, fragte ich mit hochgezogenen Augenbrauen.

»Ich vertraue ihr«, antwortete er schlicht.

»Einfach so?«

Reynir sah mich lächelnd an.

»Spricht da etwa Eifersucht aus dir, liebste Freya?« Mittlerweile konnte er seine Belustigung nicht mehr verbergen.

»Hör auf, dich lustig über mich zu machen!«, forderte ich und er beließ es tatsächlich dabei. Trotzdem hatte ich das Gefühl, dass es ihn amüsierte.

»Ich kenne sie. Sie ist eine enge Freundin von Sam und Sophie und den beiden würde ich mein Leben anvertrauen.«, antwortete er dann auf meine Frage, worauf ich nur nickte.

Natürlich verstand ich ihn und es schien mir auch richtig, trotzdem war da diese Unsicherheit in meinem Herzen.

In dem Augenblick, als das Flugzeug zu summen

begann und sich langsam in Bewegung setzte, fiel mein Blick wieder auf Reynir. Seine Hände umfingen die Lehne des Stuhls so fest, dass seine Knöchel bereits weiß hervortraten. Sein Kiefer war zusammengepresst, er hatte den Kopf in den Nacken gelegt und die Augen geschlossen.

»Alles okay?«, fragte ich, doch Reynir verzog nur das Gesicht.

»Willst du mir echt erzählen, dass du Flugangst hast?« Ohne es zu wollen, lachte ich.

Ein Auge öffnete sich und das Blau sah mich wütend an. »Amüsiere dich über mich, nur zu. Fliegen ist einfach nicht richtig.«

»Wie meinst du das?«

Er schnaubte. »Wir sind Menschen. Wir gehören auf die Erde, nicht in den Himmel.« Seine Stimme klang gequält.

»Du weißt aber schon, dass Fliegen zu den sichersten Fortbewegungsmitteln gehört, oder?«

»Sei einfach leise, Freya«, brummte er und ließ den Kopf sinken.

Um ihn ein bisschen zu beruhigen, drückte ich seine Hand. Bisher dachte ich, diesen Mann würde nichts erschüttern. Dass ihm eine so simple Sache wie Flugzeuge Angst einjagten, ließ mein Herz nur noch stärker für ihn schlagen. Als wir zum Starten auf die Rollbahn fuhren und es schließlich losging, krallte sich Reynir regelrecht an meiner Hand fest.

»Hey«, flüsterte ich sanft, nah an seinem Gesicht.

»Sieh mich an.«

»Freya bitte. Wenn wir in der Luft sind, wird es besser, nur lass mich jetzt«, verlangte er.

»Mach die Augen auf«, forderte ich jedoch bestimmend.

Ein tiefes Seufzen entglitt seiner Kehle, aber er öffnete sie. Ich beugte mich über ihn und als sein Blick meinen traf, legte ich den Mund auf seinen.

Erst war er steif und angespannt, doch ich ließ mich nicht beirren. Meine Zunge leckte über seine Unterlippe, dann knabberte ich an dieser und mein Herz machte einen Sprung, als er mich einließ und den Kuss erwiderte.

Sein Griff um meine Hand lockerte sich und er ließ sie schließlich los, nur um sie an meine Wange zu legen. Dann zog er mich näher, sodass ich halb auf ihm lag.

»Verdammt, Freya«, murmelte er an meinen Mund. »Nur du schaffst es, dass ich dieses Höllending um uns herum vergesse und stattdessen an nichts anderes denken kann, als dich zu besitzen.«

Nun lachte ich an seinen Lippen. Seine andere Hand fand meine und führte mich zu seinem Schritt. Hitze stieg in mir auf, als ich seine Erektion spürte, die sich fest an den Stoff seiner Jeans drückte.

»Blöd, dass wir nicht allein sind«, meinte ich grinsend.

»Nein, es ist besser so, glaub mir. Denn das, was ich mit dir machen will, wird nicht leise sein.«

»Ach ja?«

»O ja. Dein Schreien wird das ganze Flugzeug in

Aufruhr setzen. Wir ziehen besser keine Aufmerksamkeit auf uns.«

Jetzt lachte ich. »Dann holen wir das nach?«

»Scheiße, ja.«

KAPITEL 29
Freya

»Erster Kuss?«

Reynir verzog das Gesicht. »Das muss im Kindergarten gewesen sein. Warte, ja genau. Es war eine Mutprobe mit meinem besten Freund damals gewesen. Wer traut sich Lissy Clear als Erstes einen Kuss auf die Lippen zu drücken.«

»Das ist nicht dein Ernst?«, rief ich und lachte laut.

»Doch, klar. Ich habe gewonnen. Aber Lissy Clear hat mir dafür in den Bauch geboxt.«

»Das hattest du auch verdient.«

Wir flogen nun schon etwas über eine Stunde und in Kürze stand uns die Landung in Reykjavik bevor. Nachdem Reynirs Angst durch meinen Kuss verflogen war, unterhielten wir uns. Es war merkwürdig. Am Anfang hatte er nicht eine Silbe von sich verraten. Jetzt jedoch wusste ich bereits, wo er genau in Island aufgewachsen war. Dass er, seit der in die Brüche gegangen Fernbeziehung, keine Frau mehr gehabt hatte, was mich freute. Natürlich würde ich dies um nichts auf der Welt zugeben. Maracujaschorle war sein Lieblingsgetränk, Spare Rips seine Leibspeise und er beteuerte nochmals seine Liebe zu *Reese's Pieces* in allen Variationen. Ich dagegen erzählte von meiner Unizeit, die Zeit mit meiner Mutter

217

und das Leben, welches wir beide uns in Seattle aufgebaut hatten. Alles, bis zu der Begegnung mit meinem Ehemann. Er gehörte einfach nicht in dieses Gespräch.

»Wann warst du das letzte Mal in Island?«, fragte ich und zog einen Apfel aus dem Rucksack, den mir Sophie gegeben hatte und biss herzhaft hinein. Reynirs Blick spürte ich währenddessen fest auf meinem Gesicht.

»Meine Eltern sind bei einem Hausbrand ums Leben gekommen, da war ich achtzehn. Ich kam nicht sehr gut klar damit und konnte Island nicht mehr ertragen, sodass ich einfach nicht mehr hinflog. Auch wenn ich nicht im Einsatz war, ließ ich es einfach bleiben.«

»O Reynir«, flüsterte ich und griff nach seiner Hand. »Das tut mir so leid.«

Nun war es noch eine Spur schlimmer, dass wir ausgerechnet in seine alte Heimat fliehen mussten.

»Vielleicht wird es langsam Zeit für einen Neuanfang«, murmelte er.

»Du kannst ein neues Leben anfangen. Vielleicht findest du etwas Neues, wofür du brennst.«

»Vielleicht«, sagte er ruhig.

»Bist du froh darüber, dass du nicht mehr in Seattle bist?«

»Ja natürlich.« Seine Stimme war leise, als wäre er tief in Gedanken.

»Es ist schon merkwürdig, dass ich mich gerade bei dir in Sicherheit fühle. Obwohl ich dich kaum kenne und auch nicht weiß, was in dir vorgeht. Aber ich bin froh, dich gefunden zu haben.«

In diesem Moment sah er mich wieder an und lächelte. »Ich auch«, sagte er, doch da lag etwas Schwermütiges in seinen Augen.

»Liebe Passagiere, in Kürze beginnt unser Landeanflug auf Reykjavik. Wir bitten Sie, so lange angeschnallt zu bleiben, bis wir unsere endgültige Parkposition eingenommen haben.«

Leider hatte ich nicht mehr die Möglichkeit, Reynir zu fragen, was sein Blick zu bedeuten hatte, denn sobald wir im Sinkflug waren, versteifte er sich wieder in seinem Stuhl und ich versuchte, ihm so gut wie möglich zu helfen.

Das Verlassen des Flugzeugens geschah reibungslos. Sobald wir gelandet waren, erschien die blonde Stewardess und wir konnten vor allen anderen Passagieren das Flugzeug verlassen.

Reynir hatte mich an die Hand genommen und mich seitwärts geführt, weg von den Massen an Menschen. Weg von der Ankunftshalle. Schließlich standen wir, bei einem Lagerhaus und Reynir hatte mich gebeten, zu warten. Mit den Händen rieb ich mir die Oberarme, weil die Kälte sich langsam in meine Haut fraß. Zwar hatte ich von Sophie einen Parka bekommen, doch hier in Island, wo die Welt voller Schnee und Eis war, versagte er kläglich. Meine Ungeduld wuchs, je länger Reynir weg war. Es dauerte mir viel zu lange und ich erschrak, als ein großer Jeep plötzlich auf mich zugefahren kam. Er war schwarz und stach wie das perfekte Gegenteil aus dem Schnee hervor.

Das Auto hielt neben mir und als sich das Beifahrerfenster öffnete und ich Reynir am Steuer sitzen sah, schoss Erleichterung durch meinen Körper.

»Los spring rein«, forderte er mich auf.

Die Heizung im Jeep lief bereits auf Hochtouren, als wir das Flugzeuggelände Richtung Norden verließen, dennoch brauchte mein Körper eine Weile, bis er auftaute.

»Möchte ich wissen, woher du diesen Wagen hast?«

Reynir grinste und unsere Blicke trafen sich kurz. »Man lernt nützliche Dinge im Einsatz. Zum Beispiel den perfekten Autodiebstahl.«

»Das glaubt dir doch kein Mensch«, spottete ich belustigt, doch er grinste nur in sich hinein.

»Wo fahren wir eigentlich hin?«

»Bevor wir in meine Hütte fahren, von der ich dir erzählt habe, machen wir einen kleinen Abstecher.«

Überrascht sah ich ihn an. »Und wohin?«

»Überraschung.«

»Ich sagte doch, ich hasse das«, wiederholte ich meine Worte vom *Old Man*.

»Glaub mir, diese wird dir gefallen. Ich will dir Island zeigen, so wie ich es liebe.«

KAPITEL 30
Freya

Sonnenstrahlen legten sich auf mein Gesicht und zum ersten Mal seit so langer Zeit fühlte ich tief in mir Wärme. Ob das daran lag, dass ich mit diesem atemberaubenden Mann neben mir unterwegs war oder dass die Sonne über Island aufgebrochen war, wusste ich nicht.

Reynir hatte mich an einen besonderen Platz gefahren, der weit ab der menschlichen Zivilisation war. Wir hatten den Jeep etwas abseits geparkt und waren den Rest des Weges zu Fuß gelaufen. Bis sie vor uns erschienen war. Eine heiße Quelle.

Hier zu sein, auf diesem riesigen schneebedeckten Feld, mit dem Blick auf einen eindrucksvollen Wasserfall, dessen tosende Wellen von der Sonne glitzerten, kam mir absurd vor. So viele Tage war ich mittlerweile auf der Flucht. In dieser Zeit hatte ich nicht im Traum daran gedacht, Gefühle für einen Mann zu entwickeln. Und doch war es geschehen.

»Hast du dir Island so vorgestellt?«, fragte Reynir mich, während er meine Hand ergriff und unsere Finger miteinander verband.

»Es ist viel besser, als ich es mir vorgestellt habe.« Reynirs Lächeln ließ das Herz in meiner Brust höherschlagen. »Danke, für diesen kleinen Ausflug in die Normalität.«

»Denk daran, dass er der Erste von vielen sein wird.«

Mit klopfendem Herzen nickte ich und hoffte so stark, dass er Recht behielt. Das wir hier endlich sicher waren.

»Ich wollte dir nicht nur diesen Ort zeigen, Rauð kona. Es soll dir zeigen, wie viel du mir bedeutest. Ich habe noch niemals so empfunden.«

Jetzt zauberten seine Worte mir ein Lächeln auf die Lippen. »Ich liebe dich auch, Reynir«, antwortete ich schlicht und packte seine Hände.

»Los, lass uns endlich schwimmen gehen.« Euphorisch wand ich mich ihm zu und lachte über den verdutzen Blick, den mir Reynir zuwarf.

»Du willst das wirklich machen?«

Ohne auf ihn zu warten, begann ich den großen schwarzen Parka zu öffnen und ihn abzustreifen.

»Freya, es sind bestimmt -10 Grad.«

Lachend nickte ich und zeigte auf das glasklare Wasser vor uns. »Und das ist eine heiße Quelle. Sagtest du das nicht?«

»Ja schon, aber ...« Reynir schien immer noch nicht überzeugt, doch ich entschied, dass ich ihn zu seinem Glück zwingen musste. Heute würden wir unseren Tag genießen und nicht an unsere Flucht denken. Das hatten wir uns verdient.

Eisige Kälte kroch unter meine Haut, während ich den Kapuzenpullover über den Kopf zog und dabei war, mir Jeans und Stiefel abzustreifen.

Der eisige Schnee unter den Füßen ließ mich laut aufkreischen. Hüpfend und nur mit Unterwäsche bekleidet, rannte ich zum Ufer der Quelle und sprang mit einem kleinen Anlauf direkt in das dampfende Wasser. Wärme umfing mich augenblicklich und ließ die Kälte verschwinden. Als ich wieder auftauchte und zu dem blonden Mann rüber sah, stand auch er nur mit einer schwarzen, engen Boxershorts bekleidet am Ufer. Sein Blick lag fest auf mir und ich spürte das Feuer, welches in ihm brannte. Anders als ich kümmerte er sich kaum um die Kälte. Hitze, die nichts mit dieser Quelle zu tun hatte, bildete sich tief in mir, während ich beobachte, wie Reynir mit einem eleganten Schwung zu mir ins Wasser sprang. Kurz war er abgetaucht und ich sah seinem perfekten Körper dabei zu, wie er unter der Oberfläche auf mich zu schwamm.

Sobald er vor mir auftauchte, fanden seine Hände ihr Ziel sofort. Fest legten sich seine Finger, um meinen Hintern und er zog mich an sich, damit wir unsere Körper Haut an Haut spürten. Begierig schlang ich die Arme um seine Schultern und fühlte sein Herz dicht an meinem schlagen. Bereitwillig ließ ich es zu, wie er mich in tieferes Gewässer zog. Doch es war nicht so, dass man den Boden unter den Füßen verlor. Unsere Lippen trafen sich zu einem rhythmischen Kuss. Reynirs Hände berührten mich überall. Genussvoll mit diesem Kuss verschmolzen, schmiegte ich mich noch dichter an ihn.

Als ich etwas hinter mir wahrnahm und gegen eine

Felswand gedrückt wurde, öffnete ich die Augen und sah sein glühendes Verlangen.

»Du hast zu viel an, Rauð kona«, murmelte er an meinen Lippen.

»Was bedeutet das eigentlich?«, fragte ich atemlos und er lachte laut.

»Es bedeutet rote Frau.« Überrascht hob ich die Augenbrauen. Während ich sein Lächeln erwiderte, fasste er bestimmt in mein rotes Haar.

»Die Rauð kona hat viel zu viel Stoff am Leib.«

»Dann zieh es mir aus«, hauchte ich zurück. Das ließ Reynir sich nicht zweimal sagen. Ich merkte, wie er den Verschluss des BH´s öffnete und meine Brüste befreite. Seine Lippen schlossen sich über meine harten Knospen und begannen ein Spiel, was mich wahnsinnig machte. Mit geschlossenen Augen legte ich den Kopf zurück und gab mich ihm voll hin. Begierig strichen meine Finger seine Brust hinab zu der wulstigen Narbe an seinem Bauch.

Als er nicht mal zuckte, begann ich zu lächeln. Er vertraute mir. Mein Herz schwoll an. All die Dinge, die ich erfahren hatte, machten es mir nun einfacher, den Menschen hinter der harten Fassade zu verstehen. Die Schmerzen, die er in der Zeit nach der Gefangenschaft erduldet hatte.

Ein Stöhnen entfuhr meiner Kehle, als Reynir das Höschen, das ich noch trug, herunterzog und er eines meiner Beine um seine Hüfte legte. Ich fühlte seine Finger an meinem Eingang und ein elektrisierendes Kribbeln überzog meinen ganzen Körper. Unsere Münder im Kuss vereint, streichelte er mich in einem Rhythmus, der mich schnell an die Grenze brachte. Sein Kuss war drängend, voller Leidenschaft, als wäre es das letzte Mal, dass wir uns nah sein würden. Als wäre dies ein Abschied.

Doch es war ein Anfang.

Ein Neuanfang. Auch für Reynir. Wir würden zusammen sein und gemeinsam gegen unsere Dämonen ankämpfen. Unwillkürlich wurden meine Gedanken gestoppt, als er meine Knospe fand. Lust fuhr mir durch diese eine Berührung den ganzen Körper hinauf. Ich stöhnte in seinen Mund und er machte weiter, bis ich einen Druck tief in mir spürte. Voller Verlangen schloss ich die Augen.

»Komm für mich«, hauchte er an meinen Lippen, während ich schließlich die Spitze erreichte und die Welle meines Höhepunktes mich mitriss. Reynir stöhnte tief. Er hielt mich fest, ließ mich alles vollkommen auskosten. Liebevoll strichen seine Hände über meine Haut, während das warme Wasser unsere Körper umschmeichelte. Brust an Brust. Herz an Herz. Wie lange wir so zusammen waren, konnte ich nicht sagen. In meinem Körper hatte sich das Glück ausgebreitet und ich genoss jeden Moment davon.

»Freya?« Reynirs Stimme durchbrach schließlich die Stille um uns herum und ich hob den Kopf von seiner Schulter, um ihm in die blauen Augen zu sehen.

»Ja?«

»Ich liebe dich, Rauð kona. Das tue ich jetzt und für alle Zeit.«

Mein Herz schwoll an bei seinen Worten. Und ich empfand genauso.

»Ich habe dir mittlerweile sehr viel von meiner Vergangenheit erzählt«, fuhr er fort und ließ mich so seine Liebeserklärung nicht erwidern. Plötzlich wachsam nickte ich. Ein ungutes Gefühl breitete sich in mir aus.

Seine Augen waren dunkel, vorsichtig und ich konnte Panik darin erkennen. »Von der Zeit als Soldat, der Gefangenschaft und dem danach.«

»Was willst du mir sagen, Reynir?«, unterbrach ich ihn.

Er neigte den Kopf und ich sah, wie seine Brust sich hob und senkte. »Da ist noch eine Sache, die ich dir nicht erzählt habe. Sie gehört zu dem danach.«

»Was ist es?«

Er hob den Blick wieder und berührte mich an den Schultern. Eben noch war ich auf einer Welle der Glückseligkeit geschwommen, doch nun, wo er mich so ernst ansah, war davon nicht mehr viel übrig. Unwillkürlich ließ ich mein Bein von seiner Hüfte gleiten. In seinen Augen las ich kein Verlangen mehr. Stattdessen schien das Blau gefroren, als wäre dort etwas, was ihn von innen auffraß. Obwohl das Wasser warm war, überfiel mich ein eiskalter Schauer.

»Du machst mir Angst. Sag es schon«, drängte ich ihn dann.

Als er schließlich sprach, war seine Stimme leicht brüchig.

»Die Verletzungen und das Urteil, unbrauchbar für den Dienst geworden zu sein, veränderten mich. Ich wurde kalt und irgendwie stumpf.« Stockend schoss sein Atem aus seinen Lungen und er wand kurz den Blick ab. Als erinnerte er sich an Dinge, die er weit hinter sich lassen wollte. »Einfach leblos.«

Liebevoll strich ich ihm durch seine nassen Haare und legte dann die Hand an seine Wange.

Sein Blick glitt wieder nach oben, doch der Ausdruck darin machte mir noch immer Angst.

»Egal, was es ist, du kannst mir alles sagen«, versicherte ich ihm und ein kleines Lächeln erschien auf seinem Gesicht, doch es erreichte seine Augen nicht.

»Alles, was mir einmal wichtig gewesen war, der letzte Halt, den mir die Aufgabe für mein Land gegeben hatte, war fort. Ich wusste lange nichts mehr mit mir anzufangen. Betrank mich oft in irgendeiner Bar. Riss Frauen auf. So Zeug, damit der Kopf aufhört zu denken.«

Ich nickte. »Das war lange vor uns.« Er sprach einfach weiter und ich hatte kurz das Gefühl, als schaue er einfach durch mich durch.

»Ich hatte damals die Chance gehabt. Die Wahl. Ich hätte ein neues Leben beginnen können, zwar nicht bei meiner Einheit, doch vielleicht hätte ich eine Alternative finden können. Doch es kam anders. Eines Abends habe ich ein paar Kerle in einer Bar getroffen. Ich hatte mich gerade in eine Schlägerei verwickeln lassen, nur um wieder das Gefühl von Macht und Kraft zu spüren. Auf dem Nachhauseweg fingen sie mich ab.

Machten mir ein Angebot. Ich sollte Jobs für sie erledigen.«

»Was für Jobs?«, fragte ich nun hellhörig. Angst fraß sich wie Säure durch meine Adern.

»Verschiedene. Mal war es Angstmacherei. Dann ein paar Schläge und auch Entführungen.«

Mit steifen Fingern löste ich mich von Reynir und brachte etwas Raum zwischen uns. Das löste ihn aus seiner Starre und seine Augen fanden meine.

Er schien wachsam und doch sah ich Angst in seinem Blick.

»Was willst du mir sagen, Reynir?«

Er wollte nach mir greifen, doch er entschied sich dagegen. »Ich liebe dich, Freya. Denk bitte daran. Ich will nur ehrlich sein.«

»Sag es«, stieß ich hart heraus und er zuckte unwillkürlich zusammen. Ich wusste die Worte, noch bevor er sie aussprach. Doch ich musste es aus seinem Mund hören.

»Ich habe für die *Hollow Skulls* gearbeitet.«

Erschrocken riss ich die Augen auf und Übelkeit stieg in mir empor.

»Du bist Teil von Samuels Männern?« Meine Stimme zitterte und wieder versuchte er, nach mir zu greifen. Er kam näher, doch ich wich ihm aus.

»Ich weiß, ich kam dir bekannt vor, als wir uns das erste Mal sahen. Ich war oft da, habe dich beobachtet. Schon damals wusste ich, dass du da nicht hingehörst. Doch ich wusste nicht, was er dir angetan hat. Bitte

Freya. Ich wusste es nicht.«

»Aber du hast nichts getan«, flüsterte ich. Die Erkenntnis schlug voll zu. Er war da gewesen und hatte mir nicht geholfen.

»Nein.« Er senkte die Lider, als schäme er sich dafür.

Mein Herz schlug so stark in meiner Brust, dass ich Panik bekam. Als ich Anstalten machte, ans Ufer zu schwimmen, hielt er mich zurück.

Seine Hand legte sich um meinen Oberarm.

»Da ist noch etwas.«

Vor Schreck konnte ich keinen Laut machen. Stattdessen hörte ich nur seine Worte.

»Samuel Lopez hat mich beauftragt, dich zu entführen.«

Das war zu viel. Abrupt riss ich meinen Arm aus seiner Hand und begann zurückzuschwimmen, weg von dem Mann, der mich belogen hatte. Mit aufgerissenen Augen hielt ich den Blick ans Ufer gerichtet.

»Freya bitte. Es war nur ein Job. Glaub mir, ich habe ihn über Bord geworfen, an dem Tag, als ich dich mit in die Hütte genommen habe.«

»Ich glaube dir nicht«, stieß ich wütend aus und sah noch einmal zurück zu ihm.

»Wieso sollte ich es dir jetzt erzählen, wenn ich meine Absichten dazu nicht geändert hätte? Es wäre ein Leichtes gewesen, dich bewegungsunfähig zu machen und aus Schottland zurück nach Seattle zu verfrachten. Doch ich konnte es nicht. Vom ersten Moment an wusste ich, dass ich dich beschützen musste. Schon damals wusste ich das. Bevor ich dich kannte. Bitte Freya, glaub mir. Meine Gefühle für dich sind real. Sie sind echt.«

Übelkeit stieg in mir auf und ich drehte mich, ohne etwas zu sagen, wieder um und schwamm die letzten Meter zurück zum Ufer. Mir blieb der Atem weg, als mein Körper auf die eisige Luft traf, doch ich biss die Zähne zusammen, schnappte mir die restlichen Klamotten und ging zum Auto. Ohne zurückzublicken, öffnete ich die Türen, um das Handtuch aus dem Wagen zu nehmen. Nachdem ich angezogen war und den Parka geschlossen hatte, spürte ich Reynir hinter mir. Tränen sammelten sich in meinen Augen, doch ich zwang sie zurück.

Auf keinen Fall würde ich weinen.

Seine Worte hallten in meinem Kopf wie ein Echo wider und es kam mir vor, als wäre ich in einen besonders schlimmen Albtraum gefallen.

»Freya bitte.« Ich fuhr herum. Reynir hatte sich nur seine Hose und die Boots übergestreift. Eine Gänsehaut erstreckte sich quer über seine muskulöse Brust.

Wut packte mich so heftig, dass ich meine Handlung nicht hätte voraussagen können. Mit voller Wucht gab ich ihm eine so kräftige Ohrfeige, dass mir augenblicklich die Hand schmerzte.

»Du kannst Samuel sagen, dass er ein Wichser ist. Genau wie du einer bist.«

Wieder fuhr ich herum und lief zur Fahrerseite vom Jeep. Er hielt mich nicht davon ab, während ich auf den Sitz glitt und den Schlüssel im Zündschloss drehte, den er hatte stecken lassen. Der Motor heulte auf und ich wendete das Fahrzeug. Sobald ich mich von dem Mann, den ich liebte, entfernte, liefen Tränen meine Wangen hinab. Ein letztes Mal sah ich in den Rückspiegel. Reynir stand halb nackt im Schnee und schaute mir hinterher, die Hand auf seiner Wange, als fasste er nicht, dass ich ihn geschlagen hatte. Er sah aus, als verstand er nicht, was da grade passierte. So als würde ihm die Kälte nichts ausmachen, rührte er sich nicht und ließ mich einfach ziehen. Ein Schluchzen entfuhr meiner Kehle, deswegen wand ich den Blick ab und trat aufs Gas, um diesen Ort, sowie den Mann für immer hinter mir zu lassen.

KAPITEL 31
Freya

»Ich habe für die Hollow Skulls gearbeitet.«

Ich merkte erst, dass ich heftig zitterte, als der Wagen, den ich versuchte auf der Spur zu halten, ruckte, weil ich kurz vom Gaspedal gerutscht war. Mein Herz hämmerte wie ein Presslufthammer in meiner Brust. Panisch rang ich um Sauerstoff, doch die Panikattacke hatte mich fest im Griff. Alle paar Sekunden glitt mein Blick zum Rückspiegel, suchend nach einem verdächtigen Fahrzeug, welches mir folgen würde.

»Samuel Lopez hat mich beauftragt, dich zu entführen.«

Reynirs Worte hallten in meinem Kopf wie ein Echo und schnitten immer wieder in die Wunde in meinem Herzen. Er hatte mich getäuscht. Alles war gelogen gewesen. Jedes Wort, jeder Blick. Bitter schluckte ich die Abscheu herunter und Tränen brannten mir in den Augen. Jede Berührung.

Er hatte alles gespielt und mich in Sicherheit gewogen. Wie konnte ich nur so dumm sein?

Als der Jeep, den ich Reynir gestohlen hatte und der mir hoffentlich einen Vorsprung sicherte, ein Ortsschild passierte und ich durch eine kleine Stadt fuhr, wurde das Klopfen in meinem Kopf wieder stärker. Ein stechender Schmerz fuhr durch meine Stirn, direkt hinter meine Augen. Die Straße verschwamm und ich hielt kurzerhand vor einem Restaurant mit einem »*Zimmer frei*« Schild vor der Tür.

Entschlossen lenkte ich den Wagen in eine Nebenstraße und parkte ihn hinter einem Transporter mit der Aufschrift des Restaurants. Meine zittrigen Finger kramten den Rucksack vom Boden des Beifahrersitzes und als ich die Tür öffnete und meine Füße den Asphalt berührten, verlor ich augenblicklich den Halt, sodass ich mich am Rahmen der Fahrertür festhalten musste. Kurz hielt ich inne und schloss die Augen. Einatmen und Ausatmen.

Dann versuchte ich es nochmal und auch wenn ich nicht genau wusste wie, schaffte ich es, in das kleine Restaurant zu gelangen.

Der gut besuchte Laden löste Angst in mir aus, doch ich riss mich zusammen. Während ich auf den Tresen zuging, kramte ich meinen alten Pass hervor.

Zum Glück hatte ich ihn zur Vorsicht behalten.

Letizia Ortello. Erleichterung strömte durch meinen Körper, da ich Reynir nie meinen alten Decknamen verraten hatte.

So schnell wie möglich brachte ich den Small Talk mit dem Restaurantbesitzer hinter mich und war erleichtert, als er mir ein kleines Doppelzimmer anbieten konnte.

»Geht es Ihnen nicht gut?«, fragte der Herr und zeigte

auf meine Füße, an denen ich noch immer keine Schuhe trug.

Ich versuchte es mit einem Lächeln, war jedoch sehr dankbar, als er mir den Schlüssel reichte und mir erklärte, wo mein Zimmer sich befand.

Mein verschwommener Blick ließ mich auf der Treppe nach oben in den zweiten Stock zweimal stolpern. In dem Moment, als ich schließlich die Tür des Zimmers aufstieß und hinter mir absperrte, rutschte ich kraftlos an dieser hinab auf den Teppichboden. Erschöpft lehnte ich den Kopf nach hinten und schloss die Augen. Mein Puls schien irgendwo in den Wolken und immer noch atmete ich viel zu schnell, weil ich das Gefühl hatte zu ersticken.

Okay, ich wusste, was ich tun musste. Ich zog meine Beine an und versuchte, gleichmäßig ein- und auszuatmen.

»Fünf Dinge, die ich sehe«, flüsterte ich und zwang mich, die Umgebung zu begutachten.

»Sessel unterm Fenster. Doppelbett mit einem gelblichen Überwurf, hellbrauner Teppichboden, zwei kleine Nachttische, die am jeweiligen Kopfende stehen, eine Stehlampe in der Ecke neben dem Bett.«

Nachdem ich fünf Dinge aufgesagt hatte, schloss ich die Augen wieder.

»Vier Dinge, die ich höre.« Das war schon schwerer, denn das Einzige, was ich wirklich wahrnahm, war das laute Pochen meines Herzens in den Ohren.

»Autos, die an dem Hotel vorbeifahren«, flüsterte ich.

»Das leise Summen der Heizung. Lachen, das von den Menschen hinauf dringt, die im Restaurant Spaß haben und ...« Wieder musste ich mich konzentrieren. Da war ein Summen. Ich öffnete die Augen und entdeckte eine kleine Fliege, die immer wieder um die Deckenlampe flog. Schließlich hörte ich in mich hinein.

Mein Herz schlug zwar immer noch heftig, doch ich konnte wieder leichter atmen und das Bild vor meinen Augen wurde etwas schärfer.

»Okay, was mache ich jetzt?«, fragte ich in den Raum hinein. Es dauerte nicht lange, bis Reynir mich finden würde. Ich war nicht so naiv zu glauben, dass er nicht durch die kleinen Städte fuhr, um mich zu suchen. Und um mich zu Samuel zu bringen, hallte es in meinem Kopf wider. Tränen sammelten sich in meinen Augen und ein tiefes Schluchzen entfuhr meiner Kehle. Ich wusste nicht, was mehr weh tat: Dass er mich die ganze Zeit über angelogen hatte oder dass ich es nicht gemerkt hatte. Es gab so viele Warnzeichen. Sein Schweigen. Seine Reaktion, als ich im Flugzeug gesagt hatte, dass er sein Leben nun neu beginnen konnte. Das Töten. Er hatte, ohne mit der Wimper zu zucken, Männer getötet. Erst dachte ich, es war, um mich zu retten, doch er hatte es nur getan, um mich in Sicherheit zu wiegen. Und ich war direkt in seine Falle gelaufen.

Auf dem Nachttisch entdeckte ich ein Telefon. Mit größter Mühe klaubte ich mich vom Teppich auf und wankte auf das Bett zu. Wieder wählte ich die Nummer, die ich als einzige auswendig kannte.

Dreimal erklang das Freizeichen in meinem Ohr und dann …

»Freya?« Richies Stimme erklang und eine Traurigkeit legte sich um meinen Körper, die mich erschöpft auf die Matratze sinken ließ.

Müde rollte ich mich auf die Seite und hörte stillschweigend dabei zu, wie mein bester Freund am anderen Ende der Leitung mit Wer, Was, Wann - Fragen um sich schlug.

»Ich brauche Hilfe, Rich.«

Mein bester Freund seufzte. »Dann darfst du aber diesmal nicht wieder verschwinden, hörst du?«

Ich nickte.

»Freya?«

Mir fiel ein, dass er mich nicht sehen konnte. »Ich kann eh nirgendwo mehr hin. Aber ich weiß nicht, wie lange sie brauchen, um mich zu finden. Ich bin allein und in Gefahr, Richie.«

»Ich schicke dir Hilfe.«

In den nächsten Minuten berichtete ich Richie, wo ich mich befand. Wie durch einen Schleier hörte ich schließlich seine Abschiedsworte. Danach beendete ich das Gespräch und ließ das Telefon neben mir aufs Bett gleiten. Meine Augen schlossen sich wie von selbst und ich merkte kaum, wie ich in einen unruhigen Schlaf abdriftete. Mein Herz tat weh, denn ich wusste, wer mich in meinen Träumen heimsuchen würde.

KAPITEL 32
Reynir

»Shit!«

Da war viel zu viel Schnee. Meine Füße, die ich wieder in meine Stiefel gezwängt hatte, nachdem ich zugesehen hatte, wie Freya mit dem Jeep davon gefahren war, schmerzten von der Kälte, der sie ausgesetzt waren.

Ohne Auto und im Nirgendwo blieb mir nichts anderes übrig, als den Weg zurück zur Hauptstraße zu Fuß hinter mich zu bringen. Während ich also durch den Schnee stampfte, der mir bis zu den Knöcheln reichte, hatte ich genügend Zeit, um das Geschehende nochmal Revue passieren zu lassen. Schmerz breitete sich in meiner Brust aus wie ein Virus, der sich langsam in jede Ecke des Körpers fraß.

In meinem Kopf hallte nur ein Gedanke: Es war vorbei.

Ich hatte sie verloren und wenn ich mich nicht beeilte, würde sie höchstwahrscheinlich irgendeine Dummheit machen. Freya war nun auf sich allein gestellt. Mit Sicherheit war ich der Letzte, den sie sehen wollte. Trotzdem war es mein Ziel, sie wiederzufinden.

Ihre Reaktion schmerzte und am schlimmsten war, dass ich damit gerechnet hatte. Dieser Ausdruck auf ihrem Gesicht hatte mich davon abgehalten, ihr die Wahrheit zu sagen.

Zumal mein komplettes Wesen nicht mehr so war, wie vor der Zeit in Schottland. All das hatte mich verändert. Sie war es gewesen, die mich verändert hatte. Freya hatte mir gezeigt, was es hieß, wieder zu leben. Einen Sinn zu haben, für den es sich zu kämpfen lohnte. Und das würde ich tun. Es war wichtig gewesen, ihr die Wahrheit zu sagen. Klar, ich hatte auf eine andere Reaktion gehofft, aber die jetzige erwartet. Wer konnte es ihr verübeln?

Traurigkeit legte sich um mein Herz. Der Gedanke, sie mit meiner Vergangenheit verloren zu haben, quälte mich. Dass es für uns keine Zukunft geben würde, schmerzte. Außerdem war da diese Angst, dass sie in Gefahr geriet. Diese Panik hatte mich ergriffen, in dem Moment als ich dabei zu gesehen hatte, wie sie aus dem Wasser gestürmt war, um mit dem Jeep abzuhauen. Was würde passieren, wenn sie allein war? Auch wenn wir uns nun in Island befanden, waren wir nicht hundertprozentig sicher. Es gab immer das Risiko, dass Lopez uns auch hier fand. Deshalb wollte ich erst einmal mit ihr untertauchen. Doch jetzt? Was würde sie tun und viel wichtiger, würde ich sie rechtzeitig finden, um Schlimmeres zu verhindern?

Ich lief bereits fast eine Stunde in die Richtung, aus der wir gekommen waren und erreichte endlich das, was ich in Erinnerung hatte. Als Freya und ich mit dem Jeep zur heißen Quelle fuhren, waren wir an einer Schlittenhund-Schule vorbeigekommen. Diese Schule, die aus einem riesigen Haus aus Kiefernholz gebaut und einem großen Freigehege bestand.

Ebendieses erstreckte sich vor mir.

Mein Blick glitt in den Himmel, an dem die Dämmerung zu sehen war. Vereinzelt erkannte man bereits kleine und größere Sterne. In der Ferne entdeckte ich mehrere Huskys, die mich bereits gewittert hatten.

Sobald ich an den kleinen Zaun herantrat, kamen sie näher. Nun musste es schnell gehen. Hastig überflog ich das Gelände und fand, was ich suchte. Mit raschen Schritten ging ich um das abgesperrte Feld herum und näherte mich einem kleinen Schuppen, in dem ich hoffentlich etwas Fahrbares fand. Ich hörte das erste hohe Jaulen, als ich die Tür aufstieß. Nicht abgeschlossen, da hatte jemand viel Vertrauen in seine Umgebung. Tatsächlich fand ich ein Schneemobil und beeilte mich, um dieses kurzzuschließen, bevor das Bellen der Huskys den Besitzer der Farm alarmierte. Als der Motor lief und ich durch die Tür fuhr, die ich offengelassen hatte, wurde das Bellen aggressiver. Unwillkürlich hoffte ich, dass es die letzte kriminelle Tat war, die ich begehen musste.

KAPITEL 33
Freya

Eine starke Hand umfasst mich von hinten. Flinke Finger strichen über die nackte Haut an meinem Bauch. Glitten tiefer, bis sie das fanden, was sich nach diesem Mann verzehrte. Voller Verlangen schloss ich die Augen und ließ meinen Kopf nach hinten gegen seine Brust gleiten. Mein Blick fand seinen. Die hellen blauen Augen verschlangen mich und es lag ein Lächeln auf seinen Lippen, was mich in noch höhere Sphären brachte. »Du bist mein, Rauð kona«, flüsterte mein Beschützer in mein Ohr. Heißer Atem traf meine empfindliche, aufgeladene Haut. Sein Kuss hinterließ Feuer. Er verbrannte mein Inneres, ließ mich voller Hingabe in seinen Armen verschmelzen und mich in der Sicherheit wiegen, die ich nur bei ihm fand. Als er mich weiter berührte und sich in meinem Körper allmählich eine Hitze sammelte, die mich kaum mehr denken ließ, beendete ich den Kuss und ließ den Kopf wieder an ihn zurücksinken. Ich wollte den Moment genießen, darin schwelgen, sodass er zu einer festen Erinnerung wird. Als mich mein Höhepunkt über die Schwelle schickte, spürte ich seinen Atem an meinem Gesicht.

»Du wirst immer Mein sein. Ich besitze dich, für immer.« Meine Augen öffneten sich, denn etwas an seinem Tonfall hatte sich verändert.

Die dunkle, erregte Stimme, verwandelte sich in einen kalten, voller Wahnsinn berauschten Klang.

»Es ist vorbei.« Die Hand, die mich eben noch festhielt, riss mich plötzlich unsanft herum und als ich dann in zwei dunkle Augen sah, die voller Besessenheit glitzerten, empfand ich eine Panik, die einer Ohnmacht gleich kam. Als die Lippen meines Ehemannes sich zu einem siegessicheren Grinsen verformten, wusste ich, er hatte recht.

Es war vorbei.

Ein schrilles Geräusch riss mich aus meinem unruhigen Schlaf. Ich hatte recht behalten. In meinen Träumen verfolgten mich die letzten Tage. Die Worte von Reynir waren wie in einem Horrorfilm immer und immer wieder durch meine Gedanken gehallt, bis es sich zu einem Albtraum gewandelt hatte, der mich zu verschlingen drohte.

Nochmals ertönte das Geräusch und ich identifizierte es als das Telefon. Es musste Richie sein, wer sonst wusste, wo ich war? Trotzdem unsicher, hob ich das weiße, etwas vergilbte Telefon in meine Hände und nahm das Gespräch an. Das Klingeln verstummte. Es dauerte ein paar Herzschläge, bis ich bereit war, mir das Gerät ans Ohr zu halten.

»Miss?« Eine tiefe Stimme ertönte aus dem Hörer und sofort bekam ich Panik. Mein Herz schlug heftig in meiner Brust und mein Puls rauschte mir in den Ohren.

»Miss Ortello, ich habe hier einen jungen Mann am Apparat, der sie sprechen will. Sein Name ist Richard Bell.«

Ein Herzschlag. Danach noch einer.

Dann begriff ich, dass es der ältere Mann von der Rezeption war, der dort mit mir sprach.

»Möchten Sie das Telefonat annehmen?«, fragte er mich dann und das »Ja«, welches ich ausstieß, war kaum mehr als ein Hauchen. Kurz knackte es in der Leitung, dann hörte ich Richies Stimme.

»Freya?«, ertönte es aus dem Hörer.

»Hallo«, sagte ich leise ins Telefon und mich empfing ein erleichtertes Lachen. »Geht es dir gut?«, fragte mein bester Freund, doch ich wusste keine wirklich richtige Antwort auf seine Frage.

»Ich bin noch hier«, antwortete ich stattdessen, obwohl es unsinnig war, da ich ja das Telefonat abgenommen hatte.

»Hör zu. Hast du ein Auto?«, wollte er als Nächstes wissen.

»Ja, habe ich«, stieß ich aus. »Ich habe es Reynir geklaut.«

»Der Grund dafür wird kein Guter gewesen sein, schätze ich?«

Er bekam keine Antwort. Mein Körper fühlte sich merkwürdig taub an. Hatte ich einen Schock? Es fühlte sich an, als wäre ein tonnenschwerer LKW über mich hinweggerollt. Doch meine Panik war in mir geschrumpft. Ersetzt wurde sie durch Wut.

Wut auf Samuel. Auf die Polizei und auf den Mann, bei dem ich mir mehr als sicher gewesen bin, dass er mich liebte. Trotzdem hatte er mein Herz endgültig zerstört. Mein Inneres hatte sich mit Leere gefüllt und dieses Gefühl ließ mich schließlich vom Bett aufstehen und Richies Anweisungen in mich aufnehmen.

»Wenn du am Gate bist, wird dich Sergej abfangen und dir deine neuen Pässe geben.«

Ungläubig, wie er das alles organisiert hatte, notierte ich alle Schritte auf dem kleinen Papier neben dem Telefon. Richie hatte mir neue Pässe, einen Flug zurück in die USA und ein Apartment in der Nähe von New York organisiert. Er selbst würde in der Zeit ebenfalls nach New York fliegen, um mich dort vom Flughafen abzuholen.

»Wir schaffen das. Du kommst jetzt erstmal zurück und dann überlegen wir, was wir machen.«

»Danke«, sagte ich leise, da das Gefühl von Leere mir alle Kraft nahm.

»Du schaffst das, Freya.«

Nachdem wir aufgelegt hatten, fühlte ich mich besser. Mein Plan stand. Mein Weg würde mich wieder zurück in die USA führen und von da aus würde ich wieder untertauchen. Ich würde es alleine schaffen, auch ohne Reynir. Mit meinem neuen Ziel vor Augen schnappte ich mir meinen Rucksack und verließ das Hotelzimmer.

Die Uhr über dem Bartresen zeigte zwei Uhr an, als ich den Schlüssel in eine kleine Box warf, denn der alte Mann war nicht zu sehen, als ich die Treppe hinunterkam. Ich war froh, dass ich das Zimmer bereits im Voraus mit dem Geld von Sophie bezahlt hatte, sodass ich nun einfach fahren konnte.

Als ich schließlich das Gebäude verließ und der kalte Wind mir die Haare aus dem Gesicht schlug, saugte ich so viel frische Luft in meine Lungen, wie ich konnte. Woher ich die neue Kraft nahm, wusste ich nicht. Der taube Schmerz, der mein Innerstes seit Reynirs bitterem Geständnis erfüllt hatte, wurde durch Stärke und neue Hoffnung ersetzt.

Der Jeep stand noch genau da, wo ich ihn zurückgelassen hatte, und ich beeilte mich, um in den großen schwarzen Wagen zu steigen und ihn wieder Richtung Hauptstraße zu bewegen. Wie von selbst schob ich mir die Kapuze über die roten Haare und der Stich in meinem Herzen brannte etwas, als meine Erinnerungen zurück zu dem blonden Mann schweiften. Ich fragte mich, ob seine Worte wirklich der Wahrheit entsprachen. Selbst wenn er seine Meinung irgendwann zwischen dem Vorfall in dem Hotelzimmer und unserem süßen Spiel in der heißen Quelle geändert hatte, war seine ursprüngliche Absicht gewesen, Samuels Auftrag auszuführen. Nur aus diesem Grund war er nach Schottland gekommen. Er hatte mich die ganze Zeit belogen und ich wusste nicht, ob ich mir sicher sein konnte, dass er seine Meinung nicht irgendwann wieder änderte. Mehr als alles andere wünschte ich mir, dass seine Worte und seine Liebe keine Lügen waren.

Dennoch war es nun entschieden. Ich würde Island und Reynir den Rücken kehren und versuchen, endlich aus diesem Strudel von Flucht und Angst zu entkommen. Ich musste Beweise sammeln, die Samuel Lopez hinter Gitter brachten. Und ich würde über Reynir hinwegkommen müssen – irgendwie, irgendwann. Schnell versuchte ich, die Gedanken an ihn beiseitezuschieben, da die Straßen immer schmaler wurden und ich mich konzentrieren musste.

Aufmerksam folgte ich den Schildern Richtung Innenstadt und Flughafen. Wenn ich mich nicht irrte, waren wir nicht allzu weit davon entfernt gewesen, doch ich hatte mich nach meiner Flucht einfach ins Auto gesetzt und war losgefahren. Wie weit ich mich schließlich vom Zentrum entfernt hatte, konnte ich nicht mit Gewissheit sagen.

Etwas blendete mich plötzlich und ich erschrak, als mein Blick in den Rückspiegel zuckte. Grelles Licht traf mich und ich wand den Blick wieder ab. Ein Auto fuhr hinter mir. Es war eben noch nicht da gewesen.

»Polizei! Bitte werden Sie langsamer und stellen den Wagen auf der rechten Seite ab«, ertönte eine männliche Stimme und zerschnitt somit die Nacht. Mein Herz schlug schneller und mein erster Impuls war, aufs Gas zu treten. Das Auto kam näher und mein Blick zuckte nach rechts und links, um irgendeinen Ausweg zu finden.

»Ich wiederhole, stellen Sie sofort das Fahrzeug ab und bleiben Sie hinter dem Steuer sitzen.«

Die Stimme wurde hartnäckiger und ich wusste, ich hatte keine Wahl. Eine solche Aktion würde mir meine Flucht nur erschweren. Also wechselte ich auf die Bremse und ließ den Wagen langsam ausrollen, bevor ich ihn an dem rechten schmalen Feldstreifen abstellte. Das Fahrzeug hielt direkt hinter mir und während ich wartete, bis der Polizeibeamte an mein Fenster kam, schlug mein Herz immer schneller.

Der Mann, der schließlich in meinem Sichtfeld erschien, war groß gewachsen, trug eine dunkle Uniform und eine dicke Wollmütze mit dem Abzeichen der Polizei darauf. Sein Gesicht wirkte ausdruckslos. Seine braunen Augen hielten meinem Blick stand und er klopfte leicht gegen die Scheibe und gab mir zu verstehen, dass ich diese herunterfahren lassen sollte.

Ich tat, was er verlangte, und setzte ein freundliches Lächeln auf.

»Hallo Officer. Kann ich Ihnen helfen?«, fragte ich ihn mit leiser, doch fester Stimme.

»Guten Abend Miss. Wissen Sie, warum ich Sie angehalten habe?«

»Nein, leider nicht.«

Er machte ein Geräusch, als würde er mir das nicht abkaufen. Sein Mund verzog sich zu einem Lächeln, was ziemlich verzerrt wirkte, denn er trug einen dunkelblonden Schnauzer über seiner Oberlippe.

»Haben Sie die Papiere für mich?«

Ich nickte und kramte meinen Pass aus meinem Rucksack und reichte ihn an den Polizisten weiter.

»Fahrzeugpapiere?«

»Natürlich. Moment.«

Voller Anspannung begann ich nach den Fahrzeugpapieren zu suchen, während ich im Augenwinkel sah, wie der Polizist begann das Fahrzeug zu umrunden. Er erschien im Lichtkegel und sah auf die Rückseite des Autos, dann wieder auf meinen gefälschten Pass.

»Bitte. Sei einfach hier drin«, flüsterte ich, als ich das Handschuhfach öffnete. Als ich schließlich den Fahrzeugschein in einem kleinen Lederetui fand und wieder aufsah, stand der Beamte immer noch hinter dem Wagen.

Nervös beobachtete ich, wie er über sein Funkgerät mit jemanden sprach. Es sah aus, als würde er etwas durchgeben. Ich knetete das Lederetui in meinen vor Angst schwitzenden Fingern.

Dann, nach einer gefühlten Ewigkeit, kam der Polizist wieder zurück ans Fenster. Der Ausdruck in seinen Augen hatte sich nicht verändert.

»Ist das Ihr Fahrzeug, Miss Ortello?«, fragte er und ich nickte.

»Natürlich. Hier sind die Papiere.«

Er nahm den Fahrzeugschein entgegen und sah einen Moment darauf, bevor er wieder zu mir sah.

»Ziehen Sie bitte die Kapuze von ihrem Kopf«, sagte er und ich tat, wie er befohlen hatte, und befreite meine roten Haare aus ihrem Versteck.

Wieder blickte er erst mich an, dann wieder zurück auf meinen Pass.

»Von wo kommen Sie?«

»Ich bin nur auf dem Weg in die Stadt«, antwortete ich und er zog eine Augenbraue nach oben.

»Aber Sie kommen nicht aus Island, oder?«

»Ähm, nein. Ich komme aus den USA.«

»Weit weg von zu Hause, stimmts?«

Langsam nickte ich. »Ja, aber es gefällt mir sehr.«

»Wie wundervoll«, fand er, doch seine Stimme war keinesfalls erheitert. Immer noch hart und sachlich. »Miss Ortello, würden Sie bitte aus dem Wagen aussteigen?«

Erschrocken hob ich die Augenbrauen. »Warum?«

»Ich bitte Sie darum, deswegen.«

Die aufkommende Angst, die mich nun vollständig im Griff hatte, schluckte ich herunter und öffnete mit zittrigen Fingern die Autotür. Er ließ mir etwas Platz, damit ich aussteigen konnte. Hektisch blickte ich mich um und überschlug den Versuch, einfach wegzurennen, doch ich hätte so gut wie keine Chance, das wusste ich.

»Bitte drehen Sie sich um und legen die Hände auf das Fahrzeug.«

»Warum?«, fragte ich mit mittlerweile brüchiger Stimme.

»Tun Sie, was ich sage, sonst helfe ich.«

Langsam drehte ich mich um und hasste das Gefühl, dass er hinter mir stand und ich ihm den Rücken kehrte. Als meine Hände das kühle Fahrzeug berührten, trat er näher.

»Ich werde Ihnen jetzt Handschellen anlegen, Miss Ortello«, fuhr er fort.

»Wird man in Island für zu schnelles Fahren gleich verhaftet, Officer?«

»Nein, aber für Autodiebstahl. Dieser Jeep ist angemeldet auf einen gewissen Henry Bergen und er wurde heute Morgen als gestohlen gemeldet. Also nehme ich sie fest wegen Autodiebstahl und Unwahrheit gegenüber der Polizei.«

Er ratterte noch ein paar andere Sätze herunter. Irgendetwas wegen eines Anwaltes und Schweigen, doch in meinen Ohren hatte es so laut zu rauschen begonnen, dass ich ihn nicht mehr hören konnte.

Stattdessen spürte ich seine Hände auf meinen und das kühle Metall der Handschellen, die sich um meine Gelenke schloss.

»Miss Ortello?«, sagte er nun laut, als wäre er verärgert. Er hatte etwas gefragt, aber ich hatte es nicht mitbekommen.

»Haben Sie alles verstanden?« Er zog an meinen Armen und drehte mich zu sich herum. »Haben Sie?«

Ich nickte nur. Ich war nicht imstande ein Wort herauszubringen. Stattdessen ließ ich es zu, wie er mich zu seinem Polizeiwagen führte und mich dort auf den Rücksitz bugsierte.

Als die Tür zuschlug, hallte dieses Geräusch durch meinen ganzen Körper wider.

Was sollte ich jetzt tun?

KAPITEL 34
Reynir

Es war mitten in der Nacht, als ich schließlich meine kleine Hütte tief im Norden erreichte. Mein Körper war so durchgefroren, dass ich Mühe hatte zu laufen, als ich meine steifen Beine vom Schneemobil schwang.

Mit gemischten Gefühlen starrte ich auf das Holzhaus. Es war viereckig, mit einem dunklen Dach und einer Veranda, die einmal um das ganze Haus verlief. Fünf Jahre war ich nun nicht mehr hier gewesen und doch sah es aus, als hätte ich dieses Haus niemals verlassen.

Nachdem meine Eltern gestorben waren, war ich nur einmal hier gewesen, um einige wichtige Dinge zu deponieren. Diese Dinge könnten mir nun helfen, um Freya wiederzufinden.

Der Holzboden knarzte, als ich die Veranda betrat und den Schlüssel unter einer losen Diele hervorzog, die ihn dort versteckt gehalten hatte.

Der Innenraum lag im Halbdunkeln. Durch den Staub, der sich wie eine Decke über alle Sachen gelegt hatte, wirkte es, als wäre das Haus in einen tiefen Schlaf gefallen, aus dem ich ihn es nun erwecken würde. Entschlossen durchquerte ich den Wohnbereich und ignorierte die Fotos, die über dem Kamin hingen und mich womöglich in den Strudel der Vergangenheit bugsieren würden.

Daher nahm ich die Treppe in den Keller. Während die Kellertür hinter mir, mit einem dumpfen Knall zu schlug, war ich bereits auf dem Weg zu einem Kompressor, der etwas abseits in einer Ecke stand. Da ich so wenig wie möglich von mir preisgeben durfte, hatte ich damals eine Art Stromaggregat gebaut. Da dieser jedoch, ziemlichen Lärm machte, befand er sich in einer schallgedämpften Kiste, sodass es kaum merkliche Geräusche machte, wenn man das Ding mit Sprit befeuerte und somit Strom erzeugte.

Während ich nach dem Kanister mit dem Diesel griff und den Kompressor damit befüllte, spürte ich noch immer diese Nervosität in meinem Körper. Es war geplant mit Freya hierherzukommen. Alles war falsch gelaufen. Doch mein Plan, es wiedergutzumachen, stand. Es dauerte eine Weile, bis der Kompressor seine Arbeit machte, doch als dieser schließlich lief und ich tatsächlich das Deckenlicht anschalten konnte, schoss Erleichterung durch meinen Körper. Die erste Hürde war geschafft. Die Nächste folgte kurz darauf. Mein Blick glitt auf einen kleinen Tresor, dem ich mich schließlich näherte.

Meine Finger befreiten die kleine Tastatur mit dem Bildschirm von einem Spinnennetz und ich gab die vier Nummern ein, mit dem sich der Tresor öffnen ließ. Das Piepsen der Knöpfe hallte von den Wänden wider. Die schwere Stahltür ging kaum auf, aber ich schaffte es.

Mein Blick glitt zu einem Stapel Papiere, die hauptsächlich Dokumente für das Haus waren.

Entschlossen schob ich sie zur Seite, um an den kleinen Karton zu kommen. Vorsichtig öffnete ich den braunen Pappdeckel und fand, wonach ich suchte. Darin befand sich eine kleine Box, eine Prepaidkarte und ein kleiner zusammengefalteter Zettel.

Zuerst griff ich nach der Box, die als Schutz für ein Handy diente. Während ich dieses daraus befreite und anschaltete, hoffte ich, dass die speziellen Wände der Box und auch der Tresor es vor der Kälte und mit der einhergehenden Entladung geschützt hatte. Tatsächlich leuchtete der Bildschirm auf und ich setzte die SIM-Karte ein, die ebenfalls im Tresor war. 4 % Akku.

»Fuck«, fluchte ich. Das war wenig. Würde es das eine Telefonat durchhalten, was ich führen musste? Mir blieb nichts anderes übrig, als das Risiko einzugehen. Entschlossen faltete ich den Zettel auseinander, den ich vor so langer Zeit hier versteckt hatte. Bevor ich zur ICRU gegangen war. Um mich irgendwann, wenn ich zurückkam, wieder bei ihm zu melden. Zügig, bevor ich noch mehr Akku verlor, gab ich seine Telefonnummer ein. Gustav, mein alter Freund aus Schultagen, hatte nie verstanden, warum ich Island den Rücken kehren musste. Er hatte es mir krummgenommen, dass ich niemals wieder ein Fuß in dieses Land gesetzt hatte.

Anfangs hatten wir den Kontakt aufrechterhalten, doch nach jedem weiteren Jahr, in dem ich nicht nach Hause zurückgekehrt war, wurde es weniger. Bis er schließlich komplett abriss.

Erst nach meiner Gefangenschaft sprachen wir wieder miteinander.

Doch auch er, merkte meine Veränderung und aus einem wichtigen Grund war ich es schließlich gewesen, der den Kontakt zu ihm abgebrochen hatte. Meine Machenschaften mit der Gang, meine krummen Geschäfte und meine Verbrechen.

Gustav war in eine andere Richtung gegangen als ich. Wie sein Vater hatte er sich für den Beruf des Polizisten entschieden. Der beste Grund, ihn nicht mehr in mein Leben zu lassen. Er wusste bereits zu viel und als ich merkte, wie weit ich in die Dunkelheit rutschte, war es klüger, ihn von mir zu weisen. Bis jetzt. Denn nun brauchte ich seine Hilfe.

Mein Herz schlug unwillkürlich etwas stärker in meiner Brust, als ich das Freizeichen hörte, das aus dem Telefon erklang.

Was, wenn er mir nicht helfen würde? Was, wenn die Nummer nicht mehr aktuell war? Wenn er gar nicht mehr bei der Polizei war?

»Hallo?«, ertönte es dann aus dem Handy und ich atmete erleichtert aus, als ich die kratzige Stimme hörte, die zweifellos zu meinem alten Freund gehört. »Hallo Gustav.« Meine Stimme war fest, obwohl ich die Nervosität in jeder Faser meines Körpers spürte.

Kurz war da Stille am anderen Ende der Leitung, doch dann schnaubte Gustav verärgert.

»Das ist doch nicht dein Ernst, oder?«

Wut, natürlich, ich hätte damit rechnen müssen.

»Wie geht es dir?«

»Fünf Jahre Rey.«

Ich schwieg, denn ich hatte keine Antwort auf seine Worte.

»Was willst du nach so einer langen Zeit? Nach allem, was ich mitbekommen habe, könnte ich dich gleich verhaften.«

»Könntest du. Wirst du aber nicht.«

Auch wenn er wütend war, war er so lange mein bester Freund gewesen. Zählte unsere Freundschaft noch?

»Warum bist du dir da so sicher?«

»Ich brauche deine Hilfe.«

»Du bist ja nicht ganz dicht, dass du glaubst, ich helfe dir noch nach all dem, was passiert ist.«

»Bist du noch bei der Polizei?«, fragte ich und überging damit seine Worte.

»Ja, deshalb solltest du dir überlegen, schnell wieder aufzulegen, damit ich nicht das Telefon orten lasse, von dem du anrufst, um eine Sondereinheit hinter dir herzuschicken.«

»Ich bin in Island. In meiner Hütte.«

»Warum erzählst du mir das?«

»Weil du mir helfen musst, jemanden zu finden. Es geht um ein gestohlenes Fahrzeug. Ich muss wissen, wo es ist.«

Am anderen Ende der Leitung ertönte abermals ein abfälliges Schnauben.

»Lass mich raten, wer es gestohlen hat.«

»Hör zu, ich biete dir etwas an. Ich brauche die Information, ob das Fahrzeug gesichtet wurde und wo es sich befindet. Und ich brauche deine Kontakte zum FBI. Ich brauche alle Informationen, die du über Samuel Lopez herausfinden kannst.«

»Den Bandenchef Lopez?«, fragte mein ehemaliger Freund überrascht.

»Genau der.«

»Warum glaubst du, dass ich an solche Informationen überhaupt herankomme?«

»Weil ich dich kenne. Du warst schon immer auf Größeres aus.«

Gustav brauchte eine Weile, bis er wieder sprach. Ich ließ ihm die Zeit, das Gesagte sacken zu lassen.

»Was bekomme ich dafür, Reynir?«

Ich zögerte nicht lange. »Mich.«

»Was?« Die Überraschung in seiner Stimme war nicht zu überhören.

»Wenn alles erledigt ist, werde ich mich stellen«, spezifizierte ich meine Aussage. Es war der einzige Weg.

»Das ist nicht dein Ernst?« Gustav lachte kalt auf.

»Glaub mir, zusätzlich zu den Dingen, die du bereits über meine illegalen Aktivitäten weißt, kommen noch etliche andere Verbrechen dazu. Es winkt eine Beförderung, mein Freund.«

»Warum tust du das?«, fragte Gustav und ich stieß hörbar die Luft aus meinen Lungen.

»Um die Frau zu retten, die ich liebe.«

KAPITEL 35
Freya

»Kaffee?«

Ausdruckslos starrte ich den Polizisten vor mir an, der mich vor fast einer Stunde verhaftet hatte.

Er hatte sich mit Detective Louie Kristjánsson vorgestellt und mich in sein kleines Büro verfrachtet, wo ich nun schon eine gefühlte Ewigkeit wartete, damit ich erfuhr, was nun geschah. Mein Inneres war aufgewühlt. Ich fühlte Angst, Panik, Wut und ich wollte am liebsten sofort in Tränen ausbrechen. Zusätzlich zu dem Gefühlschaos in meinem Körper schmerzten meine Handgelenke, die immer noch in Handschellen steckten.

»Schwarz.« Meine Stimme war fest und ausdruckslos. Ich hatte nichts mehr zu verlieren. Ich musste hier raus. Mein Fluchtplan stand fest und diese Verhaftung würde mich nicht davon abhalten, aus Island abzuhauen.

Detective Kristjánsson kam um seinen Schreibtisch herum und stellte sich hinter meinen Stuhl. Eine Berührung an meinen Armen ließ mich zusammenzucken.

Als ich dann jedoch spürte, wie die Last der Handschellen plötzlich fort war, sickerte Erleichterung durch meinen Körper.

Während der Detective wieder um den Schreibtisch

herum ging und auf ein Sideboard zulief, auf dem eine Kaffeemaschine stand, und nach einem Filter griff, den er mit braunem Pulver füllte, massierte ich meine schmerzenden Gelenke.

Die Maschine begann ein gluckerndes Geräusch und man konnte die ersten kleinen braunen Tropfen erkennen, die in eine durchsichtige Kanne fielen. »Wann darf ich gehen?«, fragte ich in den Raum hinein, bekam allerdings statt einer Antwort ein Lachen.

»Was ist so witzig?«, fragte ich nach und hob die Augenbrauen.

Der Detective wand sich mir zu und strich sich mit der rechten Hand über das Gesicht, als wäre er müde und ein Seufzen kam zwischen seinen Lippen hervor, als hätte er nochmal eine Doppelschicht vor sich.

»Wissen Sie eigentlich, dass Sie Glück haben, dass ich Sie noch nicht eingebuchtet hab, Miss Ortello?«

»Haben Sie denn Beweise, Detective? Woher wissen Sie, dass ich es war, die den Jeep gestohlen hat?«

Er drehte sich ganz zu mir herum und verschränkte die Arme vor der Brust. »Waren Sie es denn?«

Ich schüttelte den Kopf.

»Nein.« Es war die Wahrheit, ich hatte ihn nicht dem fremden Mann gestohlen. Ich hatte ihn lediglich Reynir gestohlen.

Es machte mich nervös, dass er und ich uns noch zusammen in einem Land aufhielten. Was, wenn er mich fand und dann sein Vorhaben, mich an Samuel auszuliefern, zu Ende brachte?

»Lügen bringt uns hier nicht weiter, Miss.«

»Ich lüge nicht.«

Wieder seufzte der Mann vor mir und kratze sich über seinen blonden Schnauzer. Er sah aus wie ein isländischer Mafioso mit der Oberlippen Verschönerung.

»Woher kommen Sie?«, fragte er wieder und ich rollte mit den Augen.

»USA, sagte ich bereits.«

Der Detective wand sich ab und griff nach der mittlerweile vollen Kaffeekanne. Er füllte zwei Becher zur Hälfte und stellte einen blau-weißen vor meine Nase. Als ich merkte, dass meine Finger zitterten, ließ ich die Hand sinken.

»Sie möchten mir heute Nacht also nichts mehr erzählen?«

Entschieden schüttelte ich den Kopf.

»Heute Nacht nicht und morgen früh genauso wenig.«

Der Detective nickte. »Schön. Trinken Sie den Kaffee aus und dann bringe ich Sie in ihr Schlafquartier für den Rest der Nacht.« Ohne es zu wollen, bekam ich Panik. Selbst wenn ich die Wahrheit sagen würde, dass ich eigentlich Freya Ortiz war und auf der Flucht vor meinem Noch-Ehemann, würde das sehr wahrscheinlich nicht dazu führen, dass ich gehen durfte. Ich traute der Polizei nicht, deshalb war es besser, nichts zu sagen. Zu viel war passiert und zu oft hatten sie weggeschaut.

»Gut«, meinte ich dann nur und griff nach dem Kaffeebecher, zittrige Hände hin oder her. Denn wer wusste schon, was noch passierte.

KAPITEL 36
Reynir

Ich erkannte den Polizisten schon von weitem. Eine Rauchwolke stieg von seinem Gesicht hoch in den Himmel. Gustav rauchte gerne mal, wenn er Stress hatte. Und wahrscheinlich bedeutete es Stress für ihn, seinen alten Freund, der nun kriminell war, nach langer Zeit wiederzusehen. Ich hatte das Schneemobil hinter einem kleinen Schuppen abgestellt und war die restliche Strecke zu dem Angelplatz gelaufen. Vorsichtshalber hielt ich mich einen Moment versteckt, einfach um mich abzusichern, ob er nicht doch mit einer Mannschaft anderer Polizisten gekommen war. Doch Gustav war allein.

Nervös trat er von einem Fuß auf den anderen, während er auf den zugefrorenen See sah, an dem ich mit ihm gerne stundenlang nach Fischen geangelt hatte.

Seit unserem Telefonat waren vier Stunden vergangen. Es war gegen Mittag und Freya und ich waren schon viel zu lange getrennt voneinander. Dieses nervöse Flattern in meiner Brust verstärkte sich mit jeder Minute, in der wir nicht zusammen waren. Kurz überprüfte ich die Waffe an meiner Hose, die ich ebenfalls in meinem Tresor deponiert hatte, und vergewisserte mich, dass sie geladen war. Dann trat ich aus dem Schatten und ging auf meinen Freund zu.

Als würde er es spüren, drehte er sich in dem Moment um, als ich bereits dicht hinter ihm stand.

»Hallo mein Freund.«

Gustavs Augenbrauen hoben sich überrascht über meine Worte.

»Starkes Wort, was du da sagst, Freund.« Er hob die Finger zu Gänsefüßchen. Statt zu antworten, beobachtete ich ihn, wie seine Augen mich von oben bis unten abscannten.

»Bist du allein?«, fragte ich, als sein Blick wieder auf mein Gesicht gerichtet war.

»Bedauerlicherweise ja.« Mit einer kurzen Handbewegung schnippte er den Rest der Zigarette fort.

»Hast du lange überlegt?«

Gustav fuhr sich durch die braunen Haare und griff in seine vordere Jeanstasche. Er holte das Päckchen Zigaretten hervor und schob sich eine Weitere davon zwischen die Lippen. Danach ließ er sein Feuerzeug aufschnappen und wieder stieg eine kleine Wolke Rauch in die Luft über uns.

»Eigentlich nicht. Frag mich aber nicht wieso. Sag mir eins... «

»Was willst du wissen?«, unterbrach ich ihn.

»Wer ist sie, dass du für sie ins Gefängnis gehst, Reynir? Du weißt, welche Strafe auf dich wartet.«

Natürlich wusste ich das. Doch mein Ziel war es, Freya zu retten. Sie wiederzufinden und mit den Beweisen, die Gustav für mich organisiert hatte, Lopez und seine

Hurensöhne ans Messer zu liefern. Damit sie frei war. Ich wusste, für uns gab es keine Zukunft.

Konnte man es ihr verübeln?

Wer würde sich schon ein Leben mit jemanden aufbauen, der eigentlich dafür beauftragt wurde, sie zu entführen? Daher spielte es für mich keine Rolle mehr. Wenn alles erledigt war, würde ich für meine Taten bezahlen. Das hätte ich schon viel früher machen sollen.

Ich war dankbar für die Zeit, die ich mit ihr gehabt hatte. Jetzt gab ich alles dafür, damit sie wieder ein normales Leben führen konnte.

»Das spielt wirklich keine Rolle.«

»Für mich schon«, schnaubte Gustav und stieß eine kleine weiße Wolke zwischen seinen Lippen hervor.

»Sag mir einfach, was du rausgefunden hast.«

»Erst redest du«, forderte Gustav und zog an seiner Zigarette.

Ich stöhnte. Eher würde ich mir eine Kugel in den Kopf ballern, als jemanden von ihr zu erzählen, doch ich sah Entschlossenheit in den Augen meines früheren Freundes.

»Sie ist die Frau von Samuel Lopez. Sie ist vor ihm geflohen und er hat mich dafür bezahlt, dass ich sie ihm zurückbringe. Doch ich …«

»Was?«, drängte mich Gustav.

»Es ging nicht. Ich kannte sie von früher. Ich habe gesehen, was für ein Leben sie in ihrer Ehe mit ihm geführt hat und ich habe beobachtet, wie der Lebensmut Tag für Tag in ihren Augen erloschen ist. Doch ich habe nichts unternommen, bis zu dem Zeitpunkt, als sie in Schottland wahrhaftig vor mir stand. Ich habe sie schon geliebt, als ich es noch nicht mal wusste, Gustav. Ich will sie retten.«

»Warum ist sie dann nicht bei dir?«

Frustriert, weil mir das alles zu lange dauerte, fuhr ich mir durch die blonden Haare.

»Ich habe ihr die Wahrheit gesagt und sie hat mich verlassen.«

»Und jetzt willst du sie vor Lopez retten und danach in den Knast gehen, für sie?«

Ich nickte.

»Was ist bloß aus dir geworden, Rey? Ich sehe dich an und vor mir steht ein fremder Mann. Nur du und Gott allein weiß, was du durchgemacht hast und was dich dazu gebracht hat, dem Guten den Rücken zu kehren. Ich dachte, du wärest verloren, doch deine Worte ...«

Er räusperte sich. »Die Worte, die du da gerade ausgesprochen hast, stammen von dem alten Reynir. Was bedeutet, dass er noch da drin ist.«

Sein Arm hob sich und er legte die Hand auf meine Brust. Unwillkürlich zuckte ich zusammen.

»Wirst du mir helfen?«, fragte ich leise, denn ich wollte es mir nicht eingestehen, aber ich hatte seine Freundschaft vermisst. Statt zu antworten, schnippte Gustav die Zigarette fort und griff in die Innentasche seiner Lederjacke.

Daraus hervorkam ein gelber Umschlag, den er mir schließlich hinhielt.

»Es liegt noch ein hartes Stück Arbeit vor dir, doch deine Chancen stehen nicht schlecht.«

Mit einem Lächeln nahm ich den Umschlag entgegen. »Danke mein Freund.«

Ich wollte mich abwenden, doch ein fester Griff an meiner Schulter hielt mich zurück.

Als ich mich wieder umdrehte, trafen mich entschlossene braune Augen.

»Du wirst Hilfe brauchen.«

KAPITEL 37
Freya

»Guten Morgen, Sonnenschein.«

Die männliche Stimme ließ mich aus einem unruhigen Schlaf hochschrecken. Ich musste nicht lange überlegen, um mich zu erinnern, wo ich war und was passiert war. Mein Rücken schmerzte von dem Nickerchen auf der eisernen Pritsche in der kleinen Zelle, in die mich der Detective gesperrt hatte.

»Wie spät ist es?«

»Wir haben schon Mittag gegessen, der Nachmittagskaffee und Kuchen steht kurz bevor.«

»Sehr witzig.«

Der Polizist sah nicht so aus, als würde er Witze machen wollen. Ich setzte mich mühsam auf und blickte zu der kleinen Öffnung in der Tür.

»Wie ist Ihr Name?«, fragte er dann und ich legte verwundert die Stirn in Falten.

»Den kennen Sie doch schon.«

»Ist das so?«

Verunsichert nickte ich.

»Mhh.« Das Geräusch eines Schlüssels ertönte und als die Tür sich öffnete und der Polizist die kleine Zelle betrat, zuckte ich bei dem knarrenden Geräusch zusammen. Er schloss sie wieder und lehnte sich dagegen.

»Wann lassen Sie mich endlich gehen? Sie können mich nicht für immer hier festhalten, ich habe Rechte. Wie wäre es zum Beispiel mit einem Anwalt?«

Meine Stimme wurde lauter und der Polizist lachte.

»Ich weiß nicht, ob Sie den noch brauchen.«

»Was soll das bedeuten?«

»Na ja, wissen Sie, es ist üblich, Personen durch die öffentliche Datenbank laufen zu lassen. Wir haben das bei Ihnen auch getan und was glauben Sie, was dabei herausgekommen ist?«

»Sie werden es mir bestimmt gleich erzählen.«

»Die Datenbank findet tatsächlich eine Letizia Ortello mit ihrem Gesicht.«

»Warum auch nicht, ich bin Letizia Ortello.«

Die Augenbrauen des Officers hoben sich.

»Sind Sie das?«

Mir wurde eiskalt. Mein Herz schlug so heftig in meiner Brust, dass ich es mit der Angst zu tun bekam.

»Erzählen Sie mir, warum Sie in Island sind, Miss.«

Unsicher sah ich in seine dunklen Augen.

»Ich mache Urlaub.«

Nun erschien ein Lächeln auf dem Gesicht des Mannes vor mir. Er stieß sich von der Tür ab und kam näher. »Urlaub von der Ehe?«

Das Gefühl zu fallen erfasste mich und ich krallte die Finger in die Wolldecke, die auf der Pritsche lag.

»Was meinen Sie damit?«, fragte ich mit zittriger Stimme.

»Ich weiß, dass sie nicht Letizia Ortello sind.«

Ich hob eine Schulter nach oben.

»Und wer soll ich sonst sein?«

Das Grinsen auf seinem Gesicht wurde größer.

»Freya Ortiz.«

Mein Name, der aus seinem Mund kam, hinterließ einen Schauer, der meine Wirbelsäule hinab rieselte.

»Nochmal die Frage: Warum sind Sie hier?«

Starr blickte ich den Polizisten vor mir an. Mein Kopf schien wie leergefegt.

»Ich bin weggelaufen«, flüsterte ich völlig mechanisch.

»Vor wem?«

Ich zögerte. »Meinem Mann.«

Der Polizist sah mich vorsichtig an. Als hätte er Angst, ich würde jeden Moment ausrasten.

»Ich hatte Angst. Er ist gefährlich.«

»Verstehe.« Er nickte und kratzte sich die Wange, die mit kleinen Bartstoppeln übersät war.

»Ich versichere Ihnen Mrs. Ortiz, Sie brauchen keine Angst zu haben.«

»Woher wollen Sie das wissen? Mein Mann will mich höchstwahrscheinlich töten und damit habe ich wohl noch Glück.«

»Oh, natürlich. Sie wissen es gar nicht.«

»Was weiß ich nicht?«, fragte ich verwirrt.

Der Polizist kam noch einen Schritt näher. Unwillkürlich rutschte ich weiter nach hinten. »Ihr Mann will nur das Beste für Sie. Es hat sich herausgestellt, dass alles nur ein doofes Missverständnis war.«

»Was?«, fragte ich aufgeregt.

»Er wurde von seinen Anschuldigungen freigesprochen. Sie haben da wohl viel in den falschen Hals bekommen.«

Ungläubig riss ich die Augen auf. »Ist das ihr Ernst?«

Der Detective nickte. »Sie brauchen jetzt keine Angst mehr haben und können ohne Bedenken zurück zu ihrem Ehemann.«

Nun stand ich auf und starrte den Mann vor mir an. Und dann fiel es mir wie Schuppen von den Augen. »Sie stecken auch da drin. Sie gehören zu ihm, stimmts?«

Statt zu antworten, grinste der Polizist einfach.

»Er hat überall seine Augen und Ohren.«

»Was gibt er Ihnen dafür?«

Jetzt lachte der Polizist.

»Hören Sie, dieser Mann ist gefährlich. Egal, was er Ihnen versprochen hat, er wird es brechen. Ich habe Beweise.«

»Welche denn?«, fragte er nach.

Ohne darüber nachzudenken, riss ich meinen Pullover hoch und öffnete meine Jeans. Unwillkürlich schob ich sie so weit hinunter, dass der Anfang meiner Narbe zum Vorschein kam. Samuels Abschiedsgeschenk an mich.

»Er hat mir das angetan, weil ich zu viel gesehen habe.«

Der Polizist sah auf die zwei Narben in Form von Samuel Lopez' Initialen.

»Kommen Sie«, sagte er, ohne etwas darauf zu erwidern.

»Was?«

»Ich lasse Sie frei.«

Jetzt war ich verwirrt. Kopfschüttelnd sah ich dabei zu, wie der Polizist zurück zu Tür ging und sie öffnete.

»Kommen Sie«, forderte er mich auf und ich zog meine Hose wieder nach oben.

Unschlüssig, was ich tun sollte, ging ich ein Schritt auf die Tür zu.

»Ich weiß nicht, was Sie vorhaben, aber ...«

»Ich sagte doch, Sie sind frei«, unterbrach er mich.

Detective Kristjánsson verließ die Zelle und ließ die Tür offen. Unsicher ging ich ihm nach. Besser, ich war frei. Aus welchen Gründen auch immer.

Er wartete auf mich und als ich die Schwelle betrat, gab er mir ein Zeichen, dass er mir den Vortritt ließ. Wir gingen einen schmalen Gang entlang, an mehreren Zellen vorbei.

»Da entlang.« Wir hielten an einer Tür und der Detective schob sich wieder an mir vorbei, während er zeitgleich einen Schlüssel hervorzog, um diese aufzuschließen. Dann griff er zu einem Regal und holte meinen Rucksack daraus hervor und reichte ihn mir.

»Louie!«, rief dann jemand von rechts und ich blickte mich um. Ein anderer Polizist erschien neben uns. Er war groß gewachsen und hatte braune kurze Haare. Sein Blick glitt über mein Gesicht und für meinen Geschmack blieb er etwas zu lange an mir hängen.

»Der Captain will dich sprechen«, meinte er zu seinem Kollegen und dieser nickte.

»Gib mir fünf Minuten, ich begleite nur diese Dame hinaus. Danke, Gustav.«

Wieder glitt der Blick des anderen Polizisten zu mir und er sah mich durchdringend an. Was sollte das?

Detective Kristjánsson führte mich aus dem Zellenbereich hinaus, quer durch die kleine Polizeistation und dann Richtung Ausgang.

»Das schaffe ich ab hier schon allein«, sagte ich vorsichtig, doch der Mann neben mir grinste nur. Als wir ins Freie traten, suchte ich die Umgebung nach einem schnellen Ausweg ab.

»Kommen Sie. Ich habe Ihnen ein Taxi bestellt. Damit können Sie zum Flughafen fahren.«

Misstrauisch sah ich zu dem Polizisten auf. Ich folgte ihm und er führte mich zur Straße, wo tatsächlich ein Taxi hielt.

»Passen Sie auf sich auf, Mrs. Ortiz.« Er öffnete die Tür des Wagens und ich ließ mich auf den Rücksitz gleiten. Es war nur ein kurzer Moment von Sicherheit, der durch mich floss, doch als ich den Blick zur Seite warf und dort jemand sitzen sah, versteifte ich mich. In diesem Moment wurde die Tür zugeschlagen und das Taxi fuhr los.

Dunkle Augen sahen mich an und ich verlor mich in einem Strudel aus Angst.

»Hallo meine geliebte Freya. Wie sehr habe ich dich vermisst.«

Die Stimme drang durch den Panikschleier in meinem Kopf. Ein eisiger Schauer zog sich von meiner Kopfhaut bis in die Zehen. Ich zitterte. Nein, nein, nein.

Mein Körper ging in den Abwehrmodus.

Ich riss meinen Blick zurück zur anderen Seite der Rückbank und wollte mit meiner geballten Faust ausholen, doch sie wurde mitten im Flug gestoppt.

»Zeit für eine Aussprache«, hörte ich die Stimme aus meinen Albträumen sagen und dann wurde mir etwas auf den Mund gedrückt. Ich wehrte mich, verteilte Tritte und wand mich in den Armen meines persönlichen Monsters. Eine Hand griff in meine Haare und riss mich zurück. Ich flog zur Seite und knallte mit dem Kopf fest ans Fenster. Um mich herum drang Dunkelheit in meinen Körper. Ich wollte kämpfen. Mit voller Kraft versuchte ich, die Schatten von mir zu schieben. Doch ich schaffte es nicht. Der Schmerz an meinem Hinterkopf brannte sich durch mein Innerstes und als die Hand mit dem Tuch wieder näher kam, waren meine Tritte und Schläge ein Hauch von nichts. Verzweifelt spürte ich, wie ich weg driftete. Ich fiel in ein dunkles Loch und das Letzte, was ich sah, war das Gesicht meines Ehemannes und das selbstsichere Grinsen auf seinen Lippen.

Er hatte mich gefunden.

KAPITEL 38
Freya

Das Erste, was ich spürte, war Kälte. Sie kroch unaufhaltsam meinen Körper hinauf und bildete eine Gänsehaut auf meiner Haut. Mein Atem ging stoßweise und das Pochen in meinem Schädel verriet mir, dass ich mir den Schlag auf den Hinterkopf nicht eingebildet hatte. Prüfend versuchte ich, meinen Körper zu bewegen, doch meine Arme waren in einem ungünstigen Winkel am Rücken zusammengebunden. Mit steifen Fingern ertastete ich etwas Hartes. Vermutlich der Stuhl, auf dem ich saß. Beißender Geruch nach modriger Nässe und irgendetwas, was ich nicht sofort einordnen konnte, drang in meine Nase. Dann erkannte ich es. Es roch nach verbranntem Essen, das tagelang auf dem Herd vergessen worden war. Das Einzige, was ich hörte, waren tropfende Geräusche, die im gleichen Rhythmus den Raum erfüllten. Übelkeit stieg in mir hoch und ich schluckte. Panik und Angst sickerten in meinen Körper und ich begann zu zittern. Was würde ich sehen, wenn ich die Augen öffnete? Wo hatte er mich hingebracht? Das Bild von Samuel Lopez erschien vor meinem inneren Auge. Es war das Letzte, was ich gesehen hatte, bevor alles schwarz geworden war und ich das Bewusstsein verloren hatte.

Ich sah sein Gesicht so real, als würde er vor mir stehen.

Wie eine Figur aus einem Horrorfilm flimmerte sein genüssliches Lächeln in meiner Erinnerung auf. Hatte ich denn nichts aus dieser verdammten Flucht und dem Mord gelernt? Aus den vielen Malen, als ich auf seine Männer getroffen war und ihnen doch entwischen konnte? Hätte ich mich bloß gegen dieses verfluchte Island entschieden und wäre irgendwo in den USA untergetaucht. Hätte ich ja. Doch ich habe es nicht getan und warum das Ganze?

Weil ich jedes Mal, als mich die Männer fast geschnappt hätten, gerettet wurde. Seit dem Tag, an dem ich den Bodyguard, der mein Aufpasser hätte sein sollen, ermordet in seinem Hotelzimmer gefunden hatte, war Reynir es gewesen, der mir aus jeder Situation heraus geholfen hatte. Schon damals war es mir komisch vorgekommen und jetzt wusste ich, dass ich ihm niemals hätte vertrauen dürfen. Wieso hatte ich nicht auf mein Bauchgefühl vertraut? Warum ließ ich mein Verlangen entscheiden? Oder schlimmer, warum hatte ich wieder auf mein Herz gehört, obwohl es mir doch schon in der Vergangenheit gezeigt hatte, dass es keine guten Dinge für mich wollte.

Dass es mich an Männer band, die mir nur Schlechtes wollten. Bitter schluckte ich den Kloß in meiner Kehle herunter. Er gehörte dazu. Von Anfang an war er nur um mich bedacht, weil es sein Job war, mich auszuliefern. Mich an Samuel zurückzugeben, damit dieser sich rächen konnte.

Reynir hatte mich in Sicherheit gewogen. Er hatte mir gezeigt, wie es sich anfühlte, keine Angst mehr haben zu müssen. Zum ersten Mal in meinem Leben hatte ich das Gefühl, dass mich jemand begehrte, dass sich ein Mann um mich sorgte.

Wieder wurde mir bewusst, dass alles eine Lüge gewesen war. Jedes Wort. Jede Berührung. Sogar, das Versprechen, das er gestern noch an mich gerichtet hatte.

»Ich liebe dich, Freya. Das tue ich jetzt und für alle Zeit.«

Eine Träne lief meine Wange hinab. Nicht aus Traurigkeit oder Enttäuschung, sondern aus Wut. Wut auf alle Menschen, auf mein Leben und die Entscheidungen, die ich darin getroffen hatte. Wut auf die Zeit mit Samuel und die Flucht. Doch am meisten fühlte ich Wut auf mich selbst. Weil ich naiv war. Eine Frau, die sich ihren Gefühlen hingegeben hatte, obwohl sie es hätte besser wissen müssen. Voller Frustration stieß ich einen schweren Atemzug aus, um die Panik, die sich in mir hoch schlängelte, abzuschütteln. Endlich versuchte ich, meine Augen zu öffnen. Ich würde hier nicht sterben. So viel war klar. Auch wenn es vielleicht unklug gewesen war, vor Reynir zu flüchten, nur um Samuel direkt in die Hände zu laufen. Ich hatte beschlossen, dass ich das hier überleben würde. Kostete es, was es wolle.

Ich sah auf meine Knie. Die helle Jeans war komplett durchnässt und an einigen Stellen zerrissen. Schuhe trug ich keine. Kabelbinder hielten meine Knöchel zusammen, genau wie meine Hände auf dem Rücken.

Langsam, weil mein Schädel immer noch vor Schmerz pochte, hob ich den Kopf, um die Umgebung zu betrachten. Ich saß auf einem weißen Stuhl, der sich inmitten eines riesigen Raumes befand. Der Raum wurde durch drei Öffnungen über mir und ein paar nackte Glühbirnen beleuchtet. Draußen war es immer noch dunkel und ich sah Schnee.

Sehr viel davon. Über meinem Kopf toste ein Schneesturm. Vorsichtig ließ ich den Blick zu den Wänden links und rechts von mir gleiten, um nach einem Ausgang zu suchen. Schwarze Rolltore ragten vor mir empor. Drei auf jeder Seite. Was zur Hölle war das hier? Und was hatte Samuel vor?

Wieder spürte ich die Angst, die mein Inneres betäubte. Meine Hände, die fest in den Kabelbindern fixiert waren, schmerzten bei dem Versuch, mich daraus zu befreien. Scharf schnitten sie mir in die Haut. Kälte fraß sich in meinen Körper und als ich dann ein lautes Krachen hörte, zuckte ich so heftig zusammen, dass ich glaubte, fast von diesem verdammten Stuhl zu kippen. Ein Surren löste das laute Geräusch ab und ich versuchte zu sehen, was hinter mir passierte, doch es war unmöglich.

»Hola mi Amor.« Wieder stieg mir Übelkeit die Kehle hinauf, als ich diese vertraute Stimme hörte, die ich mittlerweile abgrundtief hasste. Das Gefühl, keine Luft mehr zu bekommen, breitete sich in meinem Körper aus. Irgendetwas musste ich tun. Einfach so da sitzen, um darauf zu warten, dass Samuel Lopez dort weiter machte, wo er damals aufgehört hatte, wäre dumm. Und das war ich nicht.

»Hast du mich vermisst?« Die Stimme kam näher, höchstwahrscheinlich beugte er sich zu mir herab, denn ich konnte seinen Atem in meinem Nacken spüren.

»Ich habe dich vermisst.«

Wieder zuckte ich zusammen, als ich sein Gesicht an meiner Wange spürte.

Der Geruch von Zigarren und Whiskey erfüllte die Luft und bestätigte mir nur, dass Samuel Lopez wirklich hier war. Als ich seine Hand auf meiner nackten Schulter spürte, schloss ich die Augen. Ekel befiel mich und auch wenn die Narben an meiner Leiste bereits so lange verheilt waren, schoss ein Schmerz in meinen Unterbauch, dass ich glaubte, sie wären frisch. Seine Finger strichen von meiner Schulter hoch zu meinem Hals und von da aus erhob er mein Gesicht, in dem er seine Finger unter mein Kinn legte.

»Sieh mich an, Rojita.« Dieser Spitzname. Damals, als ich glaubte, dieser Mann vor mir wäre meine große Liebe, hatte mir dieser Name viel bedeutet. Er erklärte ihn mir so, dass die schönste Farbe, die er je gesehen hatte, die wäre, die mein Gesicht erfüllte, wenn er mich zu einem Orgasmus brachte. Früher hatte es mir geschmeichelt. Heute empfand ich nichts mehr als Scham. Ohne, dass ich es wollte, erinnerte ich mich an den Spitznamen, den Reynir mir gegeben hatte. Doch hatte mir dieser nie das Gefühl gegeben, schmutzig zu sein.

Die Hand an meiner Wange wurde gröber.

»Mach die Augen auf.« Seine Stimme war nicht laut, aber bestimmt. Als ich dann den Blick auf ihn legte, stieg die Wut wieder in mir auf. Dieser Mann hatte mir so viel Leid angetan. Er hatte mich gefoltert, erniedrigt, belogen und betrogen. Und wieder hielt er mich gefangen.

»Diós, wie sehr habe ich diese Glut in deinen Augen vermisst.«

»Was willst du von mir?« Es waren die ersten Worte, die ich an ihn richtete.

Jetzt lachte mein Ehemann. Er erhob sich und mir war, als fühlte ich ein Brennen an der Stelle, an der eben noch seine Finger gewesen waren.

Musternd ging er um mich herum. Seine Stiefel machten ein knirschendes Geräusch und wieder suchten meine Augen nach einem Ausweg.

Dann spürte ich seine Hand an meinem Hals. Langsam strich er mir die Haare zur Seite, sodass seine Lippen meine Haut berührten.

»Du hast in den letzten Wochen so viele Länder gesehen, fast so wie damals, oder? So viel Anstrengungen umsonst. Hast du wirklich gedacht, du kannst einfach so fortlaufen?«

Im Augenwinkel sah ich die Waffe, die er sich vorne in die dunkle Jeans gesteckt hatte. Mein Puls wurde schneller. Wenn ich es schaffte, meine Hände zu befreien, dann könnte ich nach der Waffe greifen und versuchen, ihn zu überwältigen.

»Eigentlich nicht«, antwortete ich ihm auf seine Frage. »Und doch hast du es, versuchst?«

»Ich hatte keine Chance.« Immer noch spürte ich seinen Atem auf meiner Haut.

»Stimmt. Du hattest nie eine Chance, Rojita. Ich war immer da, wo du warst. Immer im Hintergrund, ich habe dich nie aus den Augen verloren. Einzig meine Neugierde war es, die dich so lange in Freiheit gelassen hat. Neugierde, was du tun würdest.«

Samuel kam wieder in mein Blickfeld und ich musterte ihn zum ersten Mal. Er trug eine dunkle Jeans und einen blauen Kapuzenpullover.

Die Haare, die er damals auf exakt zwei Millimeter abrasiert hatte, fielen ihm nun mit kurzen lockigen Strähnen ins Gesicht und ließen ihn fast so aussehen wie früher, als ich mich in seine schwarzen Haare verliebt hatte.

»Du siehst albern aus in deinen Klamotten«, sagte ich und hielt seinen Blick stand.

Samuel zeigte mir seine perfekten geraden Zähne, als er grinste.

»Ich weiß, du liebst es, wenn ich einen Anzug trage. Ich habe es auch immer genossen, wie du ihn mir Stück für Stück vom Leib gerissen hast.«

»Das ist lange her.«

Die braunen Augen legten sich wieder fest auf mein Gesicht.

»Sag nicht, dein Verlangen ist fort.«

»Es ist nur noch eine ferne Erinnerung.«

Erschrocken starrte ich ihn an, als er plötzlich einen Satz nach vorne machte und sein Gesicht sich jetzt nahe an meinem befand. Er hatte beide Hände auf den Armlehnen des Stuhls abgestützt und ragte bedrohlich vor mir auf.

»Hat sich meine kleine Rojita tatsächlich in den Auftragskiller verknallt?«

Der Gedanke an Reynir hinterließ ein Brennen in meinem Herzen. Die Enttäuschung ätzte immer noch durch meinen Körper.

»Du weißt es also?«, fragte er lachend.

»Was soll ich wissen? Dass er genauso ein Arschloch ist, wie du?«

Samuel nickte süffisant.

»Dass er ein Arschloch ist, das ich bezahlt habe, um dich mir wiederzubringen.«

»Weil du die Drecksarbeit immer an andere weitergibst. Der große reiche Mann macht sich sonst den Anzug schmutzig«, verhöhnte ich ihn.

Die Ohrfeige, die auf mich niedersauste, war so heftig, dass mein Kopf hart nach hinten geschleudert wurde. Für eine Sekunde verschwamm die Welt vor meinen Augen und ich schmeckte Blut. Mit zusammengekniffenen Augen, um die Tränen zurückzuhalten, biss ich die Zähne aufeinander und kam zurück in eine aufrechte Position. Mein Blick legte sich wieder auf meinen Ehemann.

»Hat er dich gefickt?«, fragte er. Mittlerweile war Samuels Stimme lauter geworden.

»Das konnte er gut«, hauchte ich grinsend und erfreute mich daran, wie sich seine Hände zu Fäusten ballten. Ich hatte einen Plan. Ich würde Samuel dazu bringen, mich loszubinden. Dann würde ich mir seine Waffe greifen und von hier verschwinden.

»Du willst mich nur wütend machen, Freya.«

Ich zuckte mit den Achseln. »Ich sage nur die Wahrheit.«

Wütend packte er mich an meinen Haaren und zwang mich näher an sein Gesicht.

»Was hat er mit dir gemacht?« Mühsam versuchte ich, den Schmerz der Kabelbinder auszublenden, die tief in meine Haut schnitten.

»Das, was du nie konntest.«

»Was?«, schrie er mich an.

Mit einem tiefen Atemzug hielt ich seinem Blick stand.

»Er hat mich angefasst und mein Körper stand in Flammen. Eine Berührung und ich habe mich ihm voll und ganz hingegeben. Ich wollte ihn schmecken, ihn überall berühren. Ich habe alles von ihm in mich aufgenommen, was er mir gab. Jeder Orgasmus war eine Offenbarung und noch immer erregt es mich, wenn ich an seinen Körper denke. An seine Zunge, die mich geleckt hat und seine flinken Finger, die mich immer wieder über die Schwelle gebracht haben.«

Diesmal hatte ich die Faust kommen sehen, die auf mich niedersauste, doch ausweichen konnte ich nicht. Die Wucht seines Schlags war so heftig, dass ich mit dem Stuhl zur Seite kippte. Ein schmerzvolles Stöhnen kam aus meiner Kehle und ich spuckte eine kleine Lache Blut auf den grauen Betonboden.

Benommen lag ich da. In meinem Kopf hämmerte es und vor meinen Augen verflossen die Bilder. Als ich dann eine Berührung an meiner Hand spürte, stöhnte ich noch einmal, denn die Kabelbinder, hatten tiefe Furchen in meiner Haut hinterlassen. Doch dann merkte ich, wie Samuel meine Fessel löste und mich zu sich herumdrehte. Der Triumph, dass ich bekommen hatte, was ich wollte, keimte in mir auf, doch ich spürte noch kein Leben in meinen müden Armen, um nach der Waffe in seiner Hose zu greifen.

»Weißt du, was ich jetzt tun werde, Rojita?«

Verschwommen sah ich, wie er sich zu mir niederkniete und auch meine Fesseln an den Füßen löste.

Ich wusste, was er tun würde, doch als er meine Beine ergriff und die Hand an den Knopf der Jeans legte, überfiel mich die Panik so heftig, dass ich glaubte, ich würde ersticken.

»Ich werde mir ansehen, wie gut mein Kunstwerk verheilt ist, und danach werde ich dich so hart ficken, wie es sich für mich gehört. Damit du diesen verfickten Isländer aus deinem Kopf bekommst und nur mich darin behältst.«

»Du kannst mich mal«, spie ich hervor und spuckte ihm Blut direkt in sein Gesicht.

Trotz der Schmerzen versuchte ich, mich von Samuel zu befreien. Mühsam wand ich mich unter seinem Griff, doch er nagelte mich mit seinem Körper fest. Mit einer Hand packte er mich an den Haaren, mit der anderen fuhr er meinen Körper hinab. Als er dann die Hose über meine Hüften schob, starrte ich ihn mit weit aufgerissenen Augen an.

»Nein«, stammelte ich, denn etwas anderes befand sich nicht mehr in meinem Wortschatz. Panik stieg in mir auf, als Samuel meine Beine weit spreizte, um sich dazwischen zu drängen.

Ohne es zu wollen, rutschte ich zu der Erinnerung, die ich weit in meinem Kopf versteckt hatte.

In meinen Gedanken spürte ich immer noch das kalte Messer auf meiner Haut. Wie in Trance sah ich das heiße Blut meine Oberschenkel hinablaufen. Samuels hasserfüllter Blick, der voller Gier auf das Rinnsal starrte, das von seinem Messer abtropfte, womit er eben noch in meine Haut geschnitten hatte.

»Ich habe gute Arbeit geleistet.«

Samuels reale Stimme riss mich aus meiner Erinnerung, als ich seine Finger spürte, die erst über das S und dann zum nächsten Buchstaben hinübergingen, um das L zu liebkosen.

»Du wirst für immer Mein sein.«

»Nein«, sagte ich wieder und nahm all meine Kraft zusammen und schlug um mich.

»Es ist nur fair, dass ich eine Entschädigung bekomme für das, was du mir angetan hast«, sagte er und sein Blick lag noch immer auf meiner Narbe.

»Ich dir?«, krächzte ich.

»Natürlich. Du hast das größte meiner Restaurants abgefackelt und mich mit dem Auftragskiller betrogen. Ich habe mehr, als nur das Recht, mir dafür eine Entschädigung zu holen.«

Ich schrie auf, weil ich nicht wusste, was ich anderes tun sollte. Immer wieder schlug ich auf das, was ich von ihm erreichte ein, und verpasste ihm schließlich einen Fußtritt direkt auf seinem Hinterkopf, was ihn nach hinten stieß. Mühsam schaffte ich es, unter seinem Körper hervor. Schnell stand ich auf. Der Schwindel ließ die Dinge vor meinen Augen verschwimmen, doch ich biss die Zähne zusammen und nahm den Überraschungsmoment für mich. Mit einem schnellen Griff zog ich die Waffe aus seiner Hose und hielt sie vor mich. Rasch stolperte ich so weit wie möglich von dem Mann weg, den ich abgrundtief hasste. Hastig zerrte ich mir die Hose wieder hoch, während die Waffe in meiner zitternden Hand lag. Entschlossen löste ich den Abzug. Ich war bereit, abzudrücken, doch Samuel lächelte nur und erhob sich.

»Ich drücke ab, glaub mir.«

»Das kannst du gar nicht, Rojita.«

Er kam auf mich zu, unbeeindruckt von der Waffe, die ich auf ihn richtete. Bedrohlich kam er näher, was mich panisch immer weiter nach hinten rutschen ließ, bis ich eins der eisernen Rolltore in meinem Rücken spürte.

»Ich bin alles, was du noch hast, Freya. Du wirst mich nicht töten. Dafür bist du nicht gemacht.«

Mit weit aufgerissenen Augen starrte ich ihn an und

mein Finger am Abzug zuckte.

»Ich bin sogar dafür ausgebildet worden.«

Es ging alles ganz schnell und doch sah ich die Ereignisse wie in Zeitlupe vor mir ablaufen. Ich riss den Kopf herum und sah Reynir, der ebenfalls mit gezückter Waffe plötzlich im Raum stand. Seine Gesichtszüge waren hart und direkt auf Samuel gerichtet.

»Du bist hier?«, fragte ich und sein Blick zuckte kurz zu mir herüber. Dann erschien noch ein weiterer Mann hinter ihm und kurz überlegte ich, wer dieser Kerl war, bevor es mir plötzlich einfiel. Es war der andere Polizist, der mich und Detective Kristjánsson angesprochen hatte. Ich dachte an den durchdringenden Blick, den er mir zugeworfen hatte. Meine Augen glitten wieder zurück zu Reynir. Das Blau schien wie gefroren und doch las ich Besorgnis darin.

Es war nur ein Moment, in dem wir dastanden und uns ansahen, den Samuel jedoch dafür nutzte, mir die Waffe wieder aus der Hand zu reißen.

Ich erschrak so heftig, dass ein kleiner Schrei meine Kehle verließ.

Voller Angst starrte ich auf die drei Männer, die sich mit gezückter Pistole gegenüberstanden.

»Schieß nur.« Reynirs Stimme war ganz ruhig, als wäre diese Situation etwas Alltägliches für ihn.

Was eventuell auch stimmte. »Du wirst tot sein, bis die Kugel in meinen Körper eintritt«, fügte er hinzu.

»Was habe ich davon, dich zu töten?«, fragte mein Ehemann. Samuel ging noch ein Stück näher auf mich zu und lächelte. »Besser ist es doch, wenn die Kugel auf jemanden trifft, der dir sehr am Herzen liegt.«

Mit diesen Worten wanderte die Waffe in Samuels Händen von Reynir fort und richtete sich auf mich. Das Letzte, was ich wahrnahm, war das siegessichere Grinsen auf dem Gesicht meines Ehemannes und der Schrei, der aus Reynirs Kehle kam, als Samuel den Abzug drückte. Auch aus der Waffe seines Gegenübers musste sich eine Kugel gelöst haben, denn noch ein Knall erfüllte die Lagerhalle.

Zunächst spürte ich nichts. Dann riss das Eindringen der Kugel mir den Boden unter den Füßen weg. Als mein Körper in sich zusammen sackte, glitten meine Finger auf meinen Bauch und als ich dort Nässe spürte, war die Panik zurück. Zitternd hob ich die Finger und der Anblick des Blutes, welches daran klebte, brachte auch den Schmerz hervor. Es fühlte sich an, als würde ich in Flammen stehen. Dann war jemand an meiner Seite. Druck wurde auf meinen Bauch ausgeübt. Mein Blick glitt von der Stelle fort, in dem die Kugel eingedrungen war, und mein Kopf neigte sich zur Seite. Da war er. Reynir kniete neben mir, die Hände auf die Einschussstelle gedrückt. Die blauen Augen starrten mich panisch an. Unwillkürlich dachte ich daran, dass ich wahrhaftig die ungefilterte Emotion in seinen Augen wahrnehmen konnte.

Ohne dass da Lust oder Wut war. Die Angst, die sich in seinen Augen spiegelte, ließen diese aussehen, als hätte man ihnen die Farbe entnommen.

»Bitte Rauð kona, bitte bleib bei mir. Es tut mir so leid. Es tut mir alles so leid.« Die Stimme, die den Schleier des Schmerzes durchdrang, passte zu den emotionsgeladenen Augen. Mir war, als hörte ich sogar ein kleines Zittern darin.

»Freya, ich liebe dich. Bitte, verlass mich nicht. Es tut mir so leid.« Immer und immer wieder wiederholte er diese Worte. Die Sicht auf ihn wurde schmaler, als läge sich langsam Dunkelheit über mich und der Schmerz, der so stark war, begrüßte die Schwärze.

Doch etwas ließ mich dagegen ankämpfen.

»Warum?«, setzte ich an, doch es war nicht einfach, zu sprechen.

»Warum bist du hier?«, fragte ich ihn schließlich und in dem Moment rollte eine Träne aus dem Winkel seines Auges. Wie hypnotisiert sah ich, wie sie über seine Wange rollte. Dann fiel es mir wie Schuppen von den Augen. Als wäre es plötzlich klar in meinem Kopf, konnte ich diesen einen Blick in seinen Augen endlich einem Gefühl zu ordnen und mein Herz wurde schwer. Als rücke alles in den Hintergrund und meine Seele an den richtigen Platz. Ohne den Schmerz zu spüren oder die Dunkelheit, die mich zu verschlucken drohte, sah ich in Reynirs Augen und entdeckte Liebe darin. Als wäre sie schon immer da gewesen. Seine Lippen bewegten sich, doch ich konnte zunächst nicht hören, was er sagte.

Zu aufgewühlt war ich von seinen Emotionen. »Freya, verzeih mir«, drang schließlich seine Stimme durch den

Nebel.

»Du liebst mich«, sagte ich fast, als wäre ich überrascht.

»Seit dem ersten Tag.«

Jetzt musste ich lächeln. »Das tust du wirklich.« Auch er lächelte.

Als sich der Nebel schließlich komplett um mich schloss, war ich nicht ängstlich. Nicht mal meine bekannte Panik war zu spüren. Ich war glücklich. Ich spürte Frieden, weil ich mich doch nicht in dem Mann neben mir getäuscht hatte. Mit einem Lächeln schloss ich die Augen und driftete davon. Das Letzte, was ich hörte, war Reynir, der meinen Namen rief.

KAPITEL 39
Freya

Es war dunkel und doch hell. Als läge ich mit geschlossenen Augen unter der Sonne. Langsam sickerte ich aus dem Albtraum hervor, der mich erfasst hatte, und versuchte, meine Augen zu öffnen, doch es ging nicht. Ich wollte mich daran zurückerinnern, was passiert war und erst als ich einen Schmerz spürte, der durch meinen kompletten Körper fuhr, dachte ich an den Angsttraum, der keiner gewesen war. Samuel, der mich gefunden und gefangen genommen hatte. Die Kugel, die in meinen Körper eingedrungen war. Der Schmerz und ... Mein Herz schwoll an. Reynir, der mich liebte. Es kostete mich Kraft, trotzdem schaffte ich es, die Augen zu öffnen. Grelles Licht blendete mich und erst sah ich nur ein weißes Zimmer. Ich lag in einem Bett, eine schwere Decke lag auf meinem Körper und versteckte den Ort, von dem die Schmerzen ausgingen. Panisch begriff ich, dass ich in einem Krankenhaus war. Das konnte ich nicht. Sie würden mich zurück zu ihm bringen. Ich war nicht sicher. Etwas piepste, als meine Aufregung in meinem Körper anstieg. Dann spürte ich eine Bewegung neben mir und jemand ergriff meine Hand. Erschrocken riss ich den Kopf zur Seite und wollte die Hand wegschlagen, bis ich wahrnahm, wer neben dem

Bett saß.

Müde Augen sahen mich an, Sorge schwamm durch das eisblau seiner Augen. Trotzdem lag ein Lächeln auf seinen Lippen.

»Meine Rauð kona«, flüsterte er und ich spürte Erleichterung. Das Piepen wurde wieder leiser, konstanter.

»Was machen wir hier? Wir sind hier nicht sicher.« Meine Stimme war nur noch ein Krächzen. Reynirs Lächeln wurde größer.

»Meine süße Freya. Du bist sicher. Ab jetzt bist du sicher.«

Ich verengte die Augen und sah ihn unsicher an. Er war so entspannt. »Was ist passiert?«

»Ich werde es dir erzählen, denn wir haben nicht mehr viel Zeit, aber bevor ich das mache, werde ich etwas anderes tun.«

Verwirrt hob ich die Augenbrauen und beobachtete ihn, wie er sich erhob und sich neben mich ins Bett legte. Er versuchte es zumindest. Mühsam und unter großen Schmerzen rutschte ich etwas zur Seite, doch mein größter Wunsch, dem Mann vor mir endlich nahe zu sein, ließ mich die Zähne zusammen beißen. Wir schafften es irgendwie und Reynirs großer Körper legte sich neben meinen und sein Arm zog mich vorsichtig an sich. Wie von selbst legte ich den Kopf auf seine Brust und schloss die Augen. Sein Herzschlag beruhigte mich nun vollends.

»Du liebst mich«, flüsterte ich, mit dem Gesicht auf seine sich hebende Brust gesenkt.

»Das tue ich.« Seine tiefe Stimme verursachte einen Schauer auf meiner Haut. Jetzt blickte ich hoch in sein Gesicht, das ernst auf mich nieder sah.

»Was ist passiert? Erzähl es mir.«

»Für mich ist es ein Wunder, dass du hier neben mir liegst, Freya. Das du mir diesen Moment erlaubst.«

»Wie meinst du das?«

Reynir verzog das Gesicht, ich konnte die Qual und den Schmerz in seinen Augen sehen.

»Du hast mich verlassen.«

Sofort wollte ich zum Sprechen ansetzen, aber er hielt mich davon ab.

»Ich kann dir deine Reaktion nicht verübeln. Es war unverzeihlich, dich so lange im Ungewissen zu lassen.«

»Reynir, ich ...« Wieder stoppte er mich, indem er einen Finger auf meine Lippen legte. Ich verstummte, als er die Hand schließlich auf meine Wange legte und sich zu mir beugte. Der Kuss war zart und wachsam. Und er erreichte mein Herz in Rekordgeschwindigkeit. Kurz verweilten seine Lippen auf meinen und ließen mich fliegen. Viel zu schnell waren sie wieder fort.

»Nachdem du gegangen bist, habe ich viel Zeit gehabt, um nachzudenken.«

Ich erinnerte mich, ihn irgendwo im Nirgendwo zurückgelassen hatte. Jetzt bereute ich es.

»Ich habe eine Entscheidung getroffen.«

»Welche?«, fragte ich.

»Ich habe meine alten Kontakte aufleben lassen. Mein alter Freund Gustav - erinnerst du dich?«

Ich nickte.

»Er half mir, dich zu finden. Er arbeitet bei der Polizei.«

»Ich habe ihn gesehen. Auf der Polizeistation und in dem Lagerhaus.«

Jetzt nickte er. »Doch wieder kam ich zu spät. Ich sah nur noch, wie du in dieses Taxi gestiegen bist und Lopez, der auf dem Rücksitz saß.«

»Es ist nicht deine Schuld.«

»Freya.«

Ich sah auf, denn die ernste Stimme ließ mich aufhorchen. »Du bist frei.«

Ein Schauer überfiel meinen Körper, als er dies sagte.

»Ist er tot?«, fragte ich und ich hielt die Luft an, während ich darauf wartete, dass er antwortet.

»Ich habe auf ihn geschossen. Er wurde schwer verletzt, aber er wird wieder.«

Tief in mir wusste ich nicht genau, ob ich mit diesem Ausgang glücklich war oder nicht. »Dann bin ich auch nicht frei«, sagte ich traurig.

»Hör zu. Ich habe Gustav nicht nur darum gebeten, dich zu finden.«

Ich hob die Augenbrauen.

»Er hat Kontakte zum FBI. Er hat alle Beweise, die sie über die Hollow Skulls und Lopez bereits haben, besorgt. Man konnte ihm nie richtig etwas nachweisen, bis heute. Stets hat er die Drecksarbeit jemand anderen machen lassen. Doch jetzt ist er selbst in Erscheinung getreten. Er hat Personen auf der Polizei geschmiert, hat dich entführt und verletzt. Er hat auf dich geschossen. Nur um ein Haar hast du überlebt, Freya.« Seine Stimme brach am Ende seines Satzes.

»Was bedeutet das?«

»Du wirst aussagen müssen und dann wird es vorbei sein, Freya. Dann wirst du wieder zurück in dein Leben können. So wie vor ihm.«

Ich dachte kurz über seine Worte nach. Gab es dieses Leben noch? Das Leben vor Samuel Lopez?

»Bis ich ausgesagt habe, wird er schon wieder über alle Berge sein, Reynir.«

Er schüttelte den Kopf. »Nein, sobald er aus dem Krankenhaus entlassen wird, geht er ins Gefängnis bis zur Verhandlung.«

»Wieso?«

»Ich habe ebenfalls ausgesagt.«

Nun drehte ich mich trotz schmerzendem Körper weiter zu ihm um und auch er wand sich mir zu und ergriff meine Hand. Die andere legte er auf meine Schulter. »Du hast was getan?«

»Ich habe alles erzählt. Gustav und ich haben einen Deal. Er findet dich und die Beweise gegen Lopez. Im Gegenzug bekommt er …« Er stockte kurz.

»Dich«, flüsterte ich und er nickte traurig.

»Ich habe ihm alles gestanden. All die schmutzigen Dinge, die ich getan habe und auch die Jobs, die ich für Lopez' Bande getätigt hatte. Glaub mir, da kommt viel zusammen und ich hasse mich dafür.«

»Aber was bedeutet das?«, stammelte ich und Tränen

schossen mir in die Augen.

»Ich habe mit ihm eine Abmachung. Er hat mir gestattet, dich ein letztes Mal zu sehen. Doch wenn ich heute aus dieser Tür gehen werde, ist es vorbei.«

»Nein«, stieß ich voller Verzweiflung aus.

Das konnte nicht sein. Wenn es wirklich stimmte und Samuel ins Gefängnis gehen würde, wenn nur meine Aussage fehlte, damit er vollends von der Bildfläche verschwand, würde ich das tun. Doch was war der Preis dafür? Konnte ich Reynir wirklich aufgeben, jetzt wo ich wusste, was das zwischen uns war? Das es echt war und keine Illusion. Sollte ich wirklich meine Zukunft aufgeben?

»Das werde ich nicht zulassen, Reynir. Nein.«

Aufgeregt sah ich ihm dabei zu, wie er aufstand und mich im Bett zurückließ.

Nun beugte er sich herab und legte wieder die Lippen auf meine. Sanft streiften unsere Münder übereinander und seine Zunge strich behutsam über meine Unterlippe. Ich ließ ihn herein, verband mich mit ihm, so stark wie nur irgendwie möglich. Mein Herz schwoll an und mein Kopf erlebte noch einmal alle Dinge wieder, die wir zusammen erlebt hatten. Das konnte nicht das Ende sein.

Von weit entfernt hörte ich ein Geräusch und als Reynir sich von mir löste und mich anlächelte, wusste ich, dass dies der Abschied war.

Mein Blick glitt zur Tür, in der jetzt der Polizist stand. Gustav. Sein Gesicht wirkte ausdruckslos, doch seine

Augen waren traurig.

Meine Finger krallten sich in den Stoff von Reynirs Oberteil.

»Nein, Reynir.«

Tränen sammelten sich in meinen Augen und rollen unaufhaltsam meine Wangen hinab.

»Ich bereue nichts. Ich liebe dich von ganzem Herzen. Dieses Gefühl wird mich tragen, bis zum Ende, Freya.«

Ein Schluchzen entfuhr meiner Kehle.

»Ich werde eine Lösung finden, Reynir. Das verspreche ich.«

Er lächelte nur und löste meine verkrampften Finger von seinem Pullover. Stattdessen nahm er meine Hände in seine und führte sie an die Lippen. Sanft hauchte er einen Kuss darauf.

»Versprich mir, dass du wieder in dein normales Leben zurückkehrst. Mit deinen Freuden zusammen bist und eine Familie gründest.«

Wild und ablehnend schüttelte ich den Kopf.

»Nicht ohne dich.«

»Es wird nur ohne mich funktionieren. Bitte Freya, ich kann nur gehen, wenn du mir versprichst, dass du weiter leben wirst.«

Meine Hand griff in seine Haare und ich zog ihn zu mir herab. Seine Lippen fanden meine und wir küssten uns, als wäre es das letzte Mal. Und das war es.

»Ich verspreche es«, flüsterte ich an seine Lippen.

Das »Ich liebe dich« kam noch etwas leiser hinterher. Ein letzter Kuss. Ein letztes Lächeln, dann ging er ein paar Schritte zurück, löste sich von mir. Panisch blickte ich zu dem Polizisten, der nur schweigend da stand. Wut erklomm meinen Körper. Wut darauf, dass das alles passierte.

»Meine Rauð kona. Meine rote Frau.« Seine Worte waren leise, aber klar. Die blauen Augen, gehüllt in einen dunklen Schleier voller Trauer.

Dann sah ich zu, wie er sich umdrehte und an Gustav vorbei durch die Tür lief, ohne noch einmal zurückzusehen. Der Polizist folgte ihm, nachdem er mir einen letzten Blick zugeworfen hatte, als wolle er sich entschuldigen. Dafür, dass er mir die Liebe meines Lebens nahm. Als die Tür zwischen uns zufiel und ich wieder alleine war, ließ ich mich vorsichtig zurück ins Bett fallen. Es dauerte eine Weile, bis ich begriffen hatte, was da grade passiert war. Doch als ich es endlich verstand, fiel die Mauer um meinem Herzen und ich brach in Tränen aus.

KAPITEL 40
Freya

4 Monate später

»Willst du Milch?«

Mit der Milchpackung in den Händen drehte ich mich Richtung Tür.

»Ist das Meer blau?«, fragte mein bester Freund Richie und betrat meine Küche. Nickend wand ich mich ab und steckte die kleine Kapsel voller Kaffeepulver in die Maschine. Da diese nicht besonders neu war, fing sie laut an zu brummen und bewegte sich leicht auf der Arbeitsplatte hin und her, als ich den Start-Knopf betätigte. Doch nach einigen Sekunden erfüllte ein köstlicher Duft von Kaffee den Raum.

»Setz dich.« Ich zeigte auf den kleinen Tisch unter dem Fenster. Richie nahm auf dem Stuhl Platz und stützte sein Gesicht auf seinen Händen ab. Seine Augen beobachteten mich, das spürte ich, obwohl ich ihm den Rücken kehrte. Wie ferngesteuert füllte ich den großen XXL-Kaffeebecher zur Hälfte mit Milch. So wie mein bester Freund ihn gerne trank.

Zusammen mit meinem schwarzen Kaffee ging ich dann zu ihm hinüber.

»Was willst du mir sagen?«, fragte ich, noch bevor er

einen Schluck aus dem Becher nehmen konnte.

»Was meinst du?« Er hob unschuldig die Hände.

»Ich merke doch, dass du mich beobachtest.«

Seine Hand fuhr sich gedankenverloren durch seine braunen Haare. »Es ist nur so. Ich sehe dich an und da ist meine beste Freundin, die vor mir sitzt und doch auch irgendwie nicht. Ich habe dich so lange nicht mehr gesehen und jetzt bist du anders.«

»Nach all dem verständlich, oder?«

»Erzähl es mir endlich«, forderte Richie dann, doch anstatt ihm zu antworten, nahm ich einen großen Schluck meines bitteren Kaffees und sah aus dem Fenster. Der Blick aus meinem Küchenfenster war für Seattles Standards atemberaubend. Ich sah direkt auf die *Space Needle* und schluckte. Unwillkürlich dachte ich an den *Old Man* und dass man ihn ebenfalls Nadel nannte.

Peng. Da war sie wieder. Diese betäubende Traurigkeit, die sich immer um mein Herz legte, wenn ich an ihn dachte. Obwohl, eigentlich war es, als trüge ich sie immer mit mir. Als wäre sie immer dort im Hintergrund, seitdem er weg war.

»Bitte Freya. Bitte rede endlich. Du bist seit vier Monaten wieder hier. Du hast diesen Wichser endlich hinter schwedische Gardinen gebracht und die Gang wurde komplett zerschlagen. Was ist da noch, was du nicht erzählst?«

»Nichts«, flüsterte ich und dachte an den Prozess zurück, den ich durchgestanden hatte. Nachdem ich aus dem Krankenhaus in Island entlassen worden bin, brachte man mich zurück nach Seattle.

Ich kam ins Zeugenschutzprogramm. Reynirs Aussage, zusammen mit meiner, hatte zu einem Prozess geführt. Es war grausam, alles wieder erleben zu müssen. Jedes noch so kleine Detail wiederzugeben, doch immer sagte ich mir, wofür ich das alles machte. Damit ich frei war und mein Leben zurückbekommen konnte. So, wie ich es Reynir versprochen hatte. Durch meine Aussage meldeten sich sogar mehrere Restaurantmitarbeiter und Frauen, den Samuel das Gleiche angetan hatte und die den Mut fanden, um ebenfalls auszusagen. Es fügte sich eins zum anderen und Samuel Lopez wurde zu einer sehr langen Haftstrafe verurteilt. Bis heute konnte ich nicht sagen, was in mir vorgegangen war, als die Richterin ihr Urteil verkündet hatte. Samuels hasserfüllter Blick lag schwer auf mir. Den Ausdruck würde ich niemals vergessen. Danach war mein Leben irgendwie hohl. Als würde ich nicht wissen, was ich damit anfangen sollte. Ich fing an, routiniert Sachen zu erledigen. Eine neue Wohnung, die ich nach meinen Wünschen eingerichtet hatte. Ich fühlte mich wohl, doch trotz allem fühlte ich mich einsam. Jede Nacht und jeden Tag. Daraufhin hatte ich mir einen neuen Job gesucht. Die Arbeit als Architektin war nicht mehr meine Berufung, das hatte ich schnell herausgefunden. Stattdessen fand ich eine Stelle in einem kleinen Café. Es war ein Job, weit unter meinen Fachkenntnissen, jedoch hatte ich neue liebevolle Freunde und eine Aufgabe gefunden, die mir Spaß brachte. Alles in allem lebte ich ein tolles Leben.

Meine Mutter war überglücklich, mich wiederzu-haben. Wir hatten eine Woche zusammen verbracht und wir trafen uns jeden Sonntag zum Abendessen. Mit Raquel und Richie war ich ausgegangen und hatte normale Dinge getan, die man in meinem Alter tat und die ich in der Ehe mit Samuel nicht tun durfte. Es machte mich glücklich. Doch jeden Abend, wenn ich in das große Bett stieg, die Decke bis unter meine Nase zog und die Augen schloss, schmerzte mein Herz, als wäre es voller kleiner Wunden, die nicht heilen konnte. Ich verstand, dass ein Herz nur eine gewisse Anzahl von Narben aushielt, bis es nichts mehr fühlen konnte. Mein Körper und meine Seele, waren erschöpft und ich hatte jede Träne geweint, bis ich leer war. Doch Reynir war immer noch fort. Ich wusste nicht mal, was mit ihm passiert war. Und ich hatte es wahrhaftig versucht, es herauszufinden. Doch niemand hatte mir geholfen. Daher blieb ich mit meinem Schmerz allein.

»Er ist weg«, sagte ich schließlich zu Richie, der immer noch auf eine Antwort wartete.

»Wer war er?«

Kurz schloss ich die Augen und Reynirs Gesicht erschien in meinen Gedanken. Dieser eiskalte See in seinen Augen, voller Leidenschaft und Liebe für mich. Der Gedanke, nie wieder in seine Augen zu sehen, schmerzte.

»Er war die Liebe meines Lebens. In der schlimmsten Zeit meines Lebens fand ich meinen Retter. Da fand ich mein Zuhause.«

Als Richie nach ein paar Stunden schließlich nach Hause ging, vergrub ich mich auf mein großes weiches Sofa und schaltete den Fernseher an. Das war etwas, womit ich ebenfalls angefangen hatte.

Ausflüchte zu Serien oder Büchern halfen mir, aus meinem eigenen Leben zu fliehen. Denn wie schön es auch war, es fehlte das letzte Puzzlestück. Gerade endete die fünfte Folge von der neuen Staffel Stranger Things und die nächste lud bereits, da klopfte es an der Tür. Verwundert sah ich auf und fragte mich, ob Richie etwas vergessen hatte. Sofort checkte ich mein Telefon, um nachzusehen, ob er mir geschrieben hatte. Meine Familie und Freunde hatte ich gebeten, sich mir vorher anzukündigen, und in der Regel hielten sie sich daran. Wieder klopfte es und ohne es zu wollen, schlug mein Herz schneller in meiner Brust. Nach jahrelanger Angst war es schwer für mich, die Panik komplett abzuschütteln. Nervös stand ich auf und griff nach meiner blauen langen Strickjacke, die ich vorne zuband, damit ich mein kurzes Top und meine Schlafhose damit verdeckte.

»Wer ist da?«, rief ich und drückte mein Ohr gegen die Tür, um die Antwort zu hören. Warum hatte diese Tür keinen Spion? Ich sollte das nachbauen lassen.

Ein Lachen ertönte und ich stockte. »Wer ist da?«, rief ich wieder, diesmal begann mein Puls höher zu schlagen. Das konnte nicht sein.

»Öffne die Tür und sieh selbst, Rauð kona.«

Ruckartig riss ich den Kopf nach hinten und starrte auf die Tür. Hatte ich das richtig gehört? Es dauerte zwei

Herzschläge, bis ich begriff, was da gerade passierte und wer da vor der Tür stand. Mit nervösen Fingern machte ich mich daran, die drei Schlösser zu öffnen, die ich zur Sicherheit an den Türen angebracht hatte.

Als meine Hand schließlich auf dem Türgriff lag, hörte ich meinen Herzschlag in den Ohren.

»Freya?«

Augenblicklich riss ich die Tür auf und starrte auf den Mann, der mit einem riesigen Lächeln im Gesicht vor mir stand. Voller Unglauben war ich zur Statue geworden. Die blonden Haare waren kürzer, doch immer noch beeindruckend. Er trug schwarze Kleidung und Turnschuhe. Seine Augen, der zugefrorene See, den ich so liebte, waren unverändert. Neu war die Tatsache, dass sein Blick voller Leben war. Freude und Glück strahlten von ihm ab.

»Bist du echt?«, fragte ich, weil ich mir sicher sein wollte, dass dies kein Trugbild meiner Träume war. Reynirs lautes Lachen erfüllte das Treppenhaus und erreichte mein Herz in Rekordgeschwindigkeit.

»Soll ich dich kneifen oder darf ich dich endlich küssen?«

Da wusste ich, dass es kein Traum war. Ruckartig machte ich einen Satz nach vorne und warf mich in seine Arme. Reynir fing mich mit Leichtigkeit auf und hielt mich fest. Voller Emotionen schlang ich die Beine um seine Hüften und krallte mich so fest an ihn, dass es ein Wunder war, dass wir nicht hinten überkippten.

»Wie?«, stammelte ich und sah in sein attraktives

Gesicht.

»Später«, flüsterte er und dann lagen seine Lippen auf meinen. Wir küssten uns, als hinge unser Leben davon ab. Nur am Rande spürte ich, wie Reynir mit mir auf den Armen zurück in die Wohnung ging und die Tür hinter uns schloss. Mir war egal, was passierte, solange unsere Münder zusammen passten und seine Zunge mit meiner tanzte. Nur kurz löste ich mich von seinen Lippen und sah ihm ins Gesicht. Begierde lag in seinen Augen. Tränen liefen mir über die Wangen, die er mit den Fingern fortwischte.

»Weine nicht, meine Freya.«

»Endlich bist du zu Hause«, sagte ich und das Lächeln auf seinem Gesicht wurde breiter.

In den letzten Monaten hatte ich mir mein Leben wieder aufgebaut und doch hatte ich mich nie angekommen gefühlt. Doch jetzt, in Reynirs Armen, war ich wieder zu Hause. Denn er war meine Heimat.

EPILOG
Freya

»Du hast zu viel an.«

Reynirs Arme legten sich von hinten um meinen Bauch und zogen mich dicht zu ihm heran. Lachend versuchte ich mich aus seinem Griff zu befreien.

»Ich mache uns grade etwas zu essen«, protestierte ich und drehte den Kopf so, dass ich in sein Gesicht sehen konnte. Die Augenbrauen über den blauen Augen zogen sich misstrauisch nach oben. »Du kochst?«

Empört schlug ich ihm gegen die Schulter. »Genauer gesagt, habe ich uns zwei Pizzen in den Ofen geschoben.« Ich grinste, als er laut zu lachen anfing.

Nur ungern ließ er mich los, damit ich die Ofentür schließen und den Timer stellen konnte. Mein Blick legte sich auf den Mann, der wie selbstverständlich durch das Wohnzimmer in den kleinen Essbereich hinüberging. Als hätten wir nie etwas anderes gemacht. Ein normales Leben. Statt den Tisch zu decken, ging er jedoch weiter bis zur gläsernen Front, von der unsere Terrasse abging. Schweigend folgte ich Reynir und jetzt war ich es, die die Arme genüsslich auf seinen Oberkörper legte und über seine Bauchmuskeln strich. Meine Finger ertastete die Narbe auf seiner Brust und ein Schauer legte sich über seine Haut. Doch es war nicht, weil er sich unwohl fühlte. Im Gegenteil.

»Ich glaube, ich werde mich nie an den Anblick gewöhnen«, murmelte ich, mit dem Gesicht an seinem Rücken, auf den ich viele kleine Küsse verteilte.

»Es ist fast so schön wie du.« Kichernd sah ich ebenfalls aus dem Fenster auf den kleinen zugefrorenen See, der im Schein der Abenddämmerung glitzerte.

»Wann geht dein Nachtflug heute?«

»In zwei Stunden. Ich treffe Gustav um Mitternacht am Airport.«

Immer noch mit dem Blick auf den kleinen See dachte ich daran zurück, wie wir hier an diesem Ort gelandet waren. Nachdem Reynir vor meiner Haustür in Seattle aufgetaucht war, hatten wir uns die halbe Nacht geliebt. In den Pausen, in denen wir uns ausruhten, erzählte er mir, was in den letzten vier Monaten geschehen war. Ganze zwei Monate hatte Reynir im Gefängnis gesessen. Während dieser Zeit hatte sein Freund Gustav alles daran gesetzt, die Wahrheit ans Licht zu bringen. Und tatsächlich hatte man Reynir schließlich einen Deal angeboten, weil er geholfen hatte, die *Hollow Skulls* zu zerschlagen.

Man hatte Reynir zu einer Freiheitsstrafe von fünf Jahren verurteilt, die jedoch auf Bewährung ausgesetzt wurde. Auf meine Frage hin, wieso er nicht nach seiner Entlassung sofort zu mir gekommen war, erklärte er mir, dass er mir erst ein neues Zuhause bauen wollte, bevor er mich holen kommen könnte. Er meinte, er wolle es diesmal richtig machen. Sein Leben aufräumen, um mir zu zeigen, dass er es wert war, dass ich es mit ihm verbringen würde.

Daraufhin hatte ich ihn einen Dummkopf genannt und ihn fest gegen die Schulter geboxt, weil er mich so lange hatte warten lassen. Reynir drehte sich in meinen Armen um, sodass wir uns gegenüber standen und ich mein Gesicht in seiner Halsbeuge vergraben konnte.

»Bist du glücklich, Rauð kona?«, flüsterte er in mein Haar und ich nickte.

Wir waren zurück nach Island gegangen, weil Reynir dort zusammen mit Gustav eine Fluggesellschaft gegründet hatte, die Rundflüge über das Land anboten. Sein Freund war durch Lopez' Überführung zwar befördert worden, versuchte aber, so oft wie möglich mit Reynir zu fliegen. Als er mir davon erzählte, war ich unglaublich stolz gewesen und bin es noch jetzt. Er hatte einen neuen Weg gefunden. Einen Neuanfang. Hier in Island.

»Mehr als das«, antwortete ich auf seine Frage. Ich hatte hier in Island ein kleines Café eröffnet, so ähnlich wie das, in dem ich in Seattle gearbeitet hatte. Es machte mir so viel Freude, dass ich mir nichts anderes mehr vorstellen konnte, als es für den Rest meiner Tage zu tun. Zusammen mit dem Mann in meinen Armen.

»Wie lange dauert die Pizza noch?«

Ich lachte, als ich seine Hände an meinen Hüften spürte, die langsam, aber sicher unter mein übergroßes T-Shirt wanderten. Hitze schoss durch meine Adern, als seine Finger meinen Bauch streiften und schließlich meine Brüste fanden.

»Welche Pizza?«, sagte ich gespielt und er lachte.

»Richtige Antwort.« Ein kleiner Schrei verließ meine Lippen, als er mich plötzlich packte und hochhob.

Meine Beine schlagen sich wie von selbst um seine Hüften und wir verfielen in einen leidenschaftlichen Kuss, während Reynir mich ins Schlafzimmer trug. Die Pizza ließen wir zurück.

Als er mich vor dem Bett wieder auf die Füße stellte, zog ich mir mit einer schnellen Bewegung mein T-Shirt über den Kopf. In dem Blau seiner Augen entfachte ein Feuer.

»Ich liebe dich, Freya Ortiz«, sagte er und legte die Hände um mein Gesicht, um mich wieder an sich zu ziehen.

Wer hätte gedacht, dass sich das Leben schließlich in diese Richtung wenden würde. Es gab zwar Nächte, an denen ich aufwachte und gefangen war in meinen Erinnerungen, doch wenn ich dann zur Seite blickte und den schlafenden Reynir neben mir entdeckte, beruhigte sich meine Seele schlagartig. Denn mein zu Hause lag neben mir und vor uns ein ganzes Leben.

ENDE

BROKEN

NATALIE HENNIG

Kann Liebe den stärksten Sturm besiegen?

BROKEN

NATALIE HENNIG

Eine neue Stadt. Eine neue Aufgabe. Ein neues Leben.
Dies war alles, was Kat Mason sich von ihrem Umzug
nach New York versprach. Als Literaturstudentin an
der New York University versucht sie einen Neuanfang,
fern ab ihres alten Lebens in Wisconsin.
Glücklich ist sie, wenn sie ihrer
Lieblingsbeschäftigung, dem Lesen, nachgeht oder
Zeit mit ihrer besten Freundin Emma verbringt.
Doch was tut man, wenn der Geschichts-
professor befiehlt, einem frisch aus dem Gefängnis
entlassenen Jungen auf Bewährung Nachhilfe zu
geben? Augen zu und durch ist Kats Devise. Doch da
hat sie die Rechnung ohne den attraktiven Luce Snow
gemacht. Dieser meist kühle, mürrische Junge, beginnt
ihr routiniertes Leben und ihr Herz langsam
durcheinander zu bringen.
Doch Luce hat Dunkelheit aus dem Leben im
Gefängnis mitgebracht.
Wird er Kat damit das Herz brechen?

Band 1 der Broken Dilogie

UNBROKEN

NATALIE HENNIG

UNBROKEN

NATALIE HENNIG

Ende gut, alles gut. So war der Plan.

Doch ein Anruf lässt Kats und Luces Happy End in weite Ferne rücken. Die Ereignisse überschlagen sich, eine angebliche Vergewaltigung und eine Schwangerschaft, bricht die zarte Beziehung der beiden wieder entzwei. Mit dem Wissen, dass Luce wieder ins Gefängnis muss, lässt Kat ihn gehen und versucht ihr Leben, wie sie es vor Sturmauge gelebt hat, wiederaufzunehmen. Doch da hat sie die Rechnung ohne den schwarzhaarigen Jungen gemacht. Denn Luce ist, trotz der Anklage, fest überzeugt, Kat zurückzugewinnen.

Wird er es schaffen und gibt es für die Beiden doch noch ein Happy End?

Band 2 der Broken Dilogie

BECAUSE YOU TOUCH MY HEART

JANINE NIGGEMEIER

Persönliche Leseempfehlung!

BECAUSE YOU TOUCH MY HEART

JANINE NIGGEMEIER

Die Ontario Love Reihe

Ontario Love

Als Madison mit ihrer besten Freundin Robin in den langverdienten Urlaub zu einer Blockhütte am Lake Huron aufbricht, glaubt sie nicht, dass ihr gebrochenes Herz jemals heilen kann. Zu tief sitzt der Verlust ihrer Tante, der ihr Leben auf den Kopf gestellt hat.
Doch das Schicksal hat seine eigenen Pläne mit der jungen Kanadierin und so trifft sie auf Taylor, der ihr Herz auf eine Weise höherschlagen lässt, mit der sie niemals gerechnet hätte.
Während beide Gefühle füreinander entwickeln, wird Taylor von seinen eigenen Problemen eingeholt.
Können zwei gebrochene Herzen den Weg zueinanderfinden? Und hat die Liebe überhaupt eine Chance, wenn die Vergangenheit die Gegenwart nicht loslässt?

Hoffnung und Neuanfänge, diese Story bietet alles was einen das Herz höher schlagen lässt!
Natalie Hennig